Mikaela Sandberg

Im Rausch

Ein Schweden-Krimi

Michaela Stadelmann, wie Mikaela Sandberg im richtigen Leben heißt, wuchs in Wesel am Niederrhein auf. Seit 2007 veröffentlicht sie Romane in unterschiedlichen Genres, u.a. Krimis bei Midnight Ullstein. Hauptberuflich ist die Autorin als freie Lektorin tätig. Mit ihrer Familie lebt sie in Mittelfranken.

Bibliografische Information der Deutschen Nationalbibliothek:
Die Deutsche Nationalbibliothek verzeichnet diese Publikation in der Deutschen Nationalbibliografie; detaillierte bibliografische Daten sind im Internet über dnb.dnb.de abrufbar.

TWENTYSIX - Der Self-Publishing-Verlag
Eine Kooperation zwischen der Verlagsgruppe Random House und BoD - Books on Demand
© 1. Auflage 2018 Michaela Stadelmann
Coverdesign: Esther Wagner
Fotos: Shutterstock
Herstellung und Verlag: BoD - Books on Demand, Norderstedt
ISBN: 9783740747060
Das E-Book zum Roman erschien 2017 bei Midnight Ullstein.

Manchmal muss man den Weg in die Vergangenheit antreten, um in die Zukunft zu gelangen.

Montag

Tuva

»Nein«, sagt Nelli. Aber so läuft das Spiel nicht! Ich drehe mich auf meinem Bett um und halte mein Handy ans andere Ohr: »Ach, Nelli, Schätzchen. Du weißt doch ganz genau, dass wir eine Vereinbarung haben. Du schreibst mich in die Anwesenheitsliste, und dafür sage ich deiner Mutter nichts von deinen Schwierigkeiten.«

Ich bemühe mich, das Wort »Schwierigkeiten« zu betonen. So gut wie jeder in Malmö weiß, dass Nelli Bergström-Larssons Schwierigkeiten sich längst zu einem Riesenproblem ausgewachsen haben. Sie tankt alles, was mehr als 0,5 Promille hat. Und das mit gerade mal dreizehn!

Nelli schnieft. »Gar nichts werde ich tun. Ich bin nämlich nicht erpressbar. Außerdem interessiert es deine Mutter sicher brennend, womit du die Zeit verplemperst, die du eigentlich in der Ballettschule verbringen solltest!«

Resigniert rolle ich auf den Rücken und starre an die Decke. Meine Güte, ist das heute wieder kompliziert! »Ballett ist so was von unwichtig«, nuschele ich. »Was hältst du davon, wenn ich ...« Mein Mund klappt zu. Still zähle ich bis zehn.

»Wenn du was?«, blafft Nelli. Sie kann es nicht leiden, wenn ich mitten im Satz aufhöre zu sprechen.

»Wenn ich Tom frage, ob er Lust auf ein Date mit dir hat.«

Das Grinsen kann ich mir nun nicht mehr verkneifen. Darauf *muss* sie eingehen, denn Tom Bergman ist das Heißeste, was an der Schule ihrer Mutter herumhopst! Ja, okay, er tanzt auch ganz passabel und ist einer der raren männlichen Eleven, hat also einen enorm hohen Sammlerwert. Beschlösse er, von heute auf morgen mit dem Ballett aufzuhören, liefen ihm die Mädchen trotzdem in Scharen nach. Die Kombination seiner tiefblauen Augen und der wikingerblonden Haare ist einfach unwiderstehlich.

»Ich bin normalerweise nicht erpressbar.« Normalerweise? Nellis bockige Selbstsicherheit gerät ins Wanken!

»Und ich bringe normalerweise nicht so viel Geduld auf. Also, was ist, ja oder nein?« Mir bleibt nicht mehr viel Zeit. Ich werde unruhig.

»Ich überleg's mir«, meint Nelli schnippisch. »Ich melde mich morgen bei dir.«

»Mensch, Nelli, du kannst mich doch nicht …« Tuuut, macht mein Handy. Mist, verdammter!

Was ist bitte schön so schwer daran, die Chance zu begreifen, die ich ihr biete: ein Date mit Tom Bergman, meinem Tanzpartner, dem Schwarm aller Mädchen zwischen zehn und siebzehn! Ich mache bei jeder Gelegenheit ein Foto von ihm, damit ich abends vor dem Einschlafen was zum Anstarren habe. Ich würde ihn sofort daten! Was gäbe ich um ein ungestörtes Stündchen mit diesem wahnsinnig scharfen Typen, der mich seit fast einem Jahr zuverlässig mit meinen kleinen bunten Freunden versorgt?

Mit einem Ruck setze ich mich auf und werfe das Handy aufs Kissen. Nelli ist stur, weil sie weiß, was sie zu verlieren hat, wenn ihre Trinkerei auffliegt. Ich bin unsicher, weil mir wer weiß was blüht, falls meine Eltern dahinterkommen, dass ich regelmäßig die heiligen Ballettstunden schwänze, nach denen sich andere die Finger lecken. Aber vor allem: Was soll ich jetzt machen, um endlich runterzukommen?

Unruhig wandert mein Blick zu dem Tablettendöschen auf meinem Nachttisch. Tom hat es mir heute Morgen in der Schule mit einem umwerfenden Lächeln zugesteckt und dafür ein paar lustige bunte Scheinchen mit aussagekräftigen Ziffern drauf bekommen. »Nimm sie rechtzeitig, damit du heute Nacht schlafen kannst«, hat er ganz dicht an meinem Ohr geraunt, und ich hätte mir vor Wonne fast in die Hose gemacht. Sein Atem duftet ungelogen nach Pfefferkuchen. Das ganze Jahr! Ich zittere vor Aufregung, als hätte ich an einen Elektrozaun gefasst. Habe ich heute Nachmittag noch was vor, außer lässig in der Gegend herumzuswaggen? Nein. Also kann ich genauso gut Toms Cocktail ausprobieren. Es ist nicht ganz ungefährlich, die Pillen zu schlucken. Von Schweißausbrüchen über Atemlähmung bis zu Dauerkrämpfen kann alles passieren. Aber das soll es wert sein, sagt Toms Zwischenhändler. Der schwört auf die Dinger.

Lautlos husche ich durch den Flur im ersten Stock, um meine Mutter Nova nicht aus ihrem heiligen Mittagsschlaf zu wecken. Vor der Schlafzimmertür meiner Eltern vollführe ich eine skurrile Schrittfolge. Greta Holm, die alte Krähe, hätte in der Impro-Stunde ihre helle Freude daran, wie ich auf Zehenspitzen von einer Seite zur anderen hüpfe, um die Stellen auszulassen, die am lautesten knarren. Denn wenn ich eines nicht brauchen kann, dann ist es Nova, die, zwei Minuten nachdem ich die Pillen eingeworfen habe, im Badezimmer auftaucht und fragt, ob sie bei meinem Beauty-Nachmittag mitmachen darf. Nova ist Gott sei Dank ziemlich verpeilt, was meine chemischen Freunde angeht, aber trotzdem nervig.

Kurz darauf sperre ich die Badezimmertür fast geräuschlos und vor allem erleichtert von innen ab. Bedächtig klappe ich den Deckel des Döschens auf. Da seid ihr ja, meine allerliebsten Helferlein! Ich pule eine hellblaue Pille heraus und platziere sie vorsichtig in meiner Handfläche. Winzig sieht sie aus. Tom hat mir die Wirkung so beschrieben, dass ich gleichzeitig total entspannt und hellwach bin. Langsam drehe ich den Wasserhahn auf. Das ist eine reine Vorsichtsmaßnahme. Tom meint, dass die Pillen manchmal nicht unten bleiben, und es wäre schön blöd, wenn ich vergesse, meine Kotze wegzuspülen.

Das Wasser spritzt.

Ich starre mein aufgemotztes Spiegelbild an. Schwarz gefärbte Haare und ein gewagter Kajalstrich sind keine Indizien dafür, ob jemand Drogen nimmt oder nicht. Aber wer so viel Geld für einen Haarschnitt ausgibt wie ich, nur um auszusehen wie Sia in finster, hat auch keine Geldprobleme, wenn es um den chemischen Kick geht. Und ich muss zugeben, ich bin auch sehr zufrieden mit meinen Designerklamotten vom Lillehus-Label. Meine Pearl-Hose steht mir heute wieder ausgezeichnet. Kein Wunder, die hat die Designerin Lillemor Langhus ja auch höchstpersönlich für mich genäht. Manchmal ist es ganz praktisch, reich zu sein.

Vorsichtig führe die Hand an meinen knallrot angemalten Mund, die Augen fest auf die Pille gerichtet. Meine Zungenspitze beginnt zu kribbeln ...

DING! DANG! DENG! DONG!

Ein Hunderttausend-Volt-Blitz lässt mich zusammenfahren. Wie bei Stanley Kubrik wird das kleine blaue Raumschiff in die Höhe katapultiert und vollführt mehrere elegante Drehungen, bevor die Erdanziehung es nach unten reißt. Hilflos rudern meine Arme in Zeitlupe durch die Luft, um die Pille zu fangen. Zahnputzbecher, Haarbürsten, Gel-, Pasten- und Rasierschaumtuben explodieren in einem geradezu kafkaesken Durcheinander, krachen und klappern in den schäumenden Wasserstrahl. Eine eiskalte Fontäne prallt von den Bechern ab und ergießt sich über mich. Ich schlage nach der Armatur, treffe das Pillendöschen, das mit einem Purzelbaum die drei verbliebenen Pillen in den Siphon befördert, wo sie sich auflösen. Dann klatscht das Pillenraumschiffchen ins Waschbecken, rollt fast schon bedauernd in die sanitäre Singularität, hinter den drei Kameraden her und ist verschwunden.

»NEIN!«

Ein letztes Mal schlage ich nach der Armatur und treffe sie endlich. Der Wasserstrahl versiegt.

Und Nova brüllt: »Tuva! Hast du nicht gehört?! Mach endlich die Tür auf!«

Mich als fassungslos zu bezeichnen, wäre die Untertreibung des Jahres. Wie viele schwedische Kronen habe ich gerade dem Universum geopfert? Nur weil meine Eltern es nicht lassen können, überall versteckte Hinweise auf ihre zahlreichen Weltreisen zu platzieren, dröhnt unsere Türglocke wie eine Kreuzung aus Big Ben und tibetischem Klostergong!

DING! DANG! DENG! DONG!

»TUVA!«

»JA!« Verzweifelt drücke ich an meinem hauchzarten T-Shirt herum, das davon nur verknitterter, aber nicht trockener wird. Damit ich wegen der verdammten Glocke nicht noch etwas zerstöre, stürme ich aus dem Bad, falle fast die Treppe hinunter und reiße tropfend die Haustür auf, kurz bevor der Finger des Besuchers den Klingelknopf ein drittes Mal berührt.

Auge in Auge und vor allem tropfend stehen wir uns gegenüber. Der Typ ist genauso nass wie ich, nur dass es sich bei ihm um Schweiß handelt. Kein Wunder bei 37 Grad Außentemperatur. Da sorgen auch seine Cargo-Shorts nicht für Abkühlung. Ist das ein verirrter Tourist? Und warum die Weste? Wer so was trägt, kann doch nur …

»Ich bin Hauptkommissar Olofsson. Sind deine Eltern da?«

… ein Polizist sein!

Der nächste Blitz droht einzuschlagen. Kurz habe ich das Gefühl, die Tablette hätte mich ins Delirium gespül… nein. Die liegt ja im Siphon.

»Äh, ja.« Ich bewege mich keinen Millimeter. Ein Polizist! Hat uns jemand verpfiffen? »Haben Sie einen Ausweis?« Die Frage kenne ich aus dem Fernsehen. Also muss sie auch gestellt werden.

»Tuva! Was soll das denn? Lass doch den Herrn nicht vor der Tür stehen!« Ich kann Novas Auftauchen förmlich riechen. Sie ist eine wandelnde Parfümflasche, Duftnote Lavendel, quasi eine olfaktorische Super-Nova. Und sie hasst meine Wortspiele, haha.

Der Hauptkommissar hat sicher schon mit Menschen in allen Lebenslagen gesprochen. Da können ihn weder Novas rosa Seidenhausmantel noch die hochgeschobene Schlafbrille auf der Stirn erschüttern. »Ich bin Hauptkommissar Olofsson vom Dezernat für Tötungsdelikte. Frau Eklund, ich müsste Sie oder Ihren Mann sprechen.«

Wie auf Kommando wird Nova sehr, sehr blass. Unsicher tastet ihre Hand nach mir. »Milva, würden Sie meinen Mann …«

»Milva ist im Urlaub«, knurre ich. Muss sie mich ausgerechnet jetzt darauf hinweisen, dass ich seit der Abreise unserer Hausdame auch noch deren Botentätigkeiten übernehmen darf? Ich bin sowieso schon maximal verspannt, aber diese Erniedrigung vor einem Polizisten macht mich fertig!

In Novas Gesicht arbeitet es sichtlich. »Dann kommen Sie doch bitte erst einmal herein, Herr Kommissar.« Für seinen Ausweis hat sie nur einen flüchtigen Blick übrig. Seltsam schleppend führt sie ihn ins Besucherwohnzimmer. Und ich frage mich: Was will der Typ hier?! Tom und ich haben doch niemanden umgebracht! Zum ersten Mal lässt mein Bedauern darüber, dass ich meine neuen Freunde heute noch nicht ausprobiert habe, nach.

»Tuva, würdest du dem Kommissar ein Glas Wasser bringen?« Novas Stimme klingt ungewöhnlich hoch. In ihren Augen liegt eine stumme Bitte, die etwas in mir berührt, das uns beide einmal verbunden hat. Was war das nur? Irritiert biege ich in die Küche ab und hantiere mit dezent geschliffenen Kristallgläsern und einem schlicht gearbeiteten, aber teuren Teakholz-Tablett herum. Im Hause Eklund ist alles sehr, sehr edel. Und seit ein paar Sekunden auch sehr, sehr seltsam, denn wann hat Nova ihre Gäste jemals im Hausmantel empfangen?

Ich beeile mich mit den Insignien der Verköstigung und komme in dem Moment dazu, als der Hauptkommissar sagt: »... völlig ausgebrannt. Die Insassen konnten nur noch tot geborgen werden. Mein Beileid.« Er schaut Nova an, dann mich, dann wieder Nova.

Hart stelle ich das Tablett auf dem niedrigen Designertisch ab. Gläserklirren untermalt meine etwas zu forsche Frage: »Wer?«

»Tante Uta und Onkel Magnus«, antwortet Nova erstickt.

Ein Stich durchzuckt mich, ich sinke neben Nova auf die Couch.

»Es gibt Hinweise, dass der Unfall vorsätzlich herbeigeführt wurde«, sagt Olofsson neutral, was wohl zu seiner Rolle als Unglücksbote gehört. »Das Dezernat für Tötungsdelikte hat die Ermittlungen bereits aufgenommen und ...«

»Also habe ich mich nicht verhört, Sie sind von der Mordkommission«, unterbricht Nova ihn.

Olofsson zögert. »Ja.«

»Die beiden wurden umgebracht?« Ihr Zittern setzt so abrupt und heftig ein, dass die Couch vibriert, auf der wir sitzen. Aus einem Impuls heraus lege ich die Arme um Novas Schultern. Heimlich frage ich mich, warum diese Nachricht sie so mitnimmt, denn sie konnte weder Uta noch Magnus besonders leiden. Vielleicht sollte ich die traurige Nichte mimen? Aber nicht mal jetzt kann ich mir vorstellen, meine Ablehnung für Uta zu überspielen. Mag sein, dass Nichten zu ihren Tanten ein besseres Verhältnis haben sollten, wenn sie jeden Sommer auf ihrer spanischen Finca mit eigenem Strandabschnitt Urlaub machen dürfen. Aber ich kann nun mal nicht über meinen Schatten springen, da halte ich es wie Nova. Warum das so ist? Keine Ahnung, Nova hat mich immer selbst entscheiden lassen, wen ich mag und wen nicht.

»Ich muss Jorik anrufen.« Geistesabwesend zieht Nova ihr Handy aus der Hausmanteltasche und verlässt das Zimmer. Wir hören sie im Flur sprechen.

Die Augen des Kommissars kleben jetzt an mir. »Das ist bestimmt schlimm für dich.«

Ich zucke mit den Schultern. »Weiß nicht.« Viel schlimmer finde ich, dass Drogen im Wert von ein paar tausend Kronen im Siphon vor sich hin weichen. Heimlich erwäge ich, in meinem Zimmer darauf zu warten, dass hier unten alle beschäftigt sind. Dann könnte ich ins Bad schleichen und den Siphon abschrauben. Könnte ja sein, dass noch etwas von den Tabletten übrig ist! »Brauchen Sie mich noch?«

Olofsson schüttelt den Kopf. »Nein.«

Ich warte nicht ab, bis Nova zurückkommt, stürme die Treppe hinauf und hocke mich neben die Tür, die ich einen Spalt offen lasse. Das macht mich erst recht nervös, denn außer dem sommerwarmen Wind und den Brokatimitatvorhängen an meinem Panoramafenster bewegt sich im Haus nichts. Das erscheint mir aber genauso verdächtig, als wenn da unten die Post abginge!

Kurz entschlossen greife ich nach meinem Handy und wähle Toms Nummer. Er muss mir umgehend Ersatz verschaffen. Aber er geht nicht ran! Das Klingeln im Handy nervt. Ich ziehe die Tür etwas weiter auf, damit ich mitbekomme, wenn Nova wieder zum Kommissar hinübergeht.

Ich höre nichts. Auch Tom reagiert nicht.

Ich unterbreche die Verbindung und linse durch den Türspalt. Wenn Nova noch länger braucht, kann ich aus dem Siphon garantiert nichts mehr herausholen. Ich spucke doch jeden Morgen ins Waschbecken. Ekelhaft.

Wahlwiederholung. Tuten. Mein nervöses Zittern. Das geht eine ganze Weile so. In der Zwischenzeit geruht Nova, sich endlich wieder zum Kommissar zu begeben und mit ihm Konversation zu betreiben. Ihr leises Weinen kann ich sogar hier oben im ersten Stock hören.

Die Haustür wird aufgesperrt. Jorik kommt dazu, und jetzt geht es erst richtig los. Ich kann nicht verstehen, was Nova sagt, weil sie plötzlich laut losheult. Jorik schickt sie raus, er bleibt und erzählt mit seiner Business-Stimme, die mir imponiert, seit ich denken kann, dass niemand wusste, dass Uta und Magnus nach Schweden kommen. – Wahlwiederholung. Tuten. Ich könnte schreien vor Wut! – Der Kontakt sei seit dem letzten großen Krach zwischen Nova und Uta eingeschlafen. Vielleicht sollte es ein spontaner Heimatbesuch werden, bevor Magnus und Uta wie jedes Jahr ihren Hochzeitstag am 23. Juli im norwegischen Kirkenes begehen?

»Bis dahin sind es noch zwei Wochen«, stellt der Kommissar fest.

»Tuva? Was soll der Scheiß?«

Toms aufgebrachte Stimme unterbricht das Unwohlsein. Schlagartig höre ich auf zu zittern. Freude will trotzdem nicht aufkommen, obwohl ich jedes Mal halb wahnsinnig vor Aufregung werde, wenn ich mit ihm sprechen soll. »Ich brauche Nachschub«, flüstere ich hastig.

»Warum?«

Mit Genugtuung nehme ich zur Kenntnis, dass er alarmiert klingt. »Hab sie aus Versehen ins Waschbecken fallen lassen.«

»Bescheuert«, meint Tom. »Ich kriege erst in zwei Tagen eine neue Lieferung.«

»Warum so spät?«

»Weil mein Zwischenhändler selbst bestimmt, wann er liefert«, knurrt Tom. »Treffen wir uns am Donnerstag am Kallbadhus, dann kriegst du welche zum üblichen Preis.«

»Halsabschneider.« Ich schlage einen zärtlichen Unterton an. Er kann ruhig wissen, dass er für mich mehr ist als mein Dealer!

»Pass einfach besser auf dein Zeug auf.« Seine Antwort ist eine kalte Dusche »Sonst alles okay?«

»Ach.« Plötzlich kommt Nova die Treppe herauf. Vorsichtig schiebe ich die Zimmertür zu. Die Männerstimmen im Untergeschoss verschwimmen zu unverständlichem Gemurmel. »Meine Tante ist gestorben. Und ihr Mann. Konnte die beiden eh nicht leiden.«

Tom reagiert nicht.

»Die mit der Finca auf Formentera«, schiebe ich hinterher.

»Hm«, macht er. »Mein Beileid.«

»Danke.« Und weil er darauf schweigt und ich auch nicht weiß, wie ich ihm meine Zuneigung noch zeigen könnte, sage ich: »Bis morgen«, und unterbreche die Verbindung. Dann werde ich ihm eben am Kallbadhus zeigen, was ich wirklich will.

Nova schiebt meine Zimmertür auf, ohne anzuklopfen. Ihr Gesicht hat sich nicht nur wegen ihrer Heulerei verändert. Sie sieht aus wie jemand, dessen Welt gerade mächtig in Schieflage geraten ist. Seltsam, denke ich und sage: »Ja?«

Nova beißt sich auf die Lippen.

Ich stehe auf, umarme sie, und dann muss ich auch heulen. Von den Tabletten ist jetzt garantiert nichts mehr übrig.

Dienstag

Olofsson

Olofsson rieb seine verschwitzte Hand an seiner Weste trocken. Es war erst halb zehn Uhr morgens und schon wieder so warm wie nach einem Aufguss in der Sauna. Der Juli 2015 brach bereits jetzt locker alle Rekorde!

Seine Morgenlektüre bestand aus der Akte zum Fall Pieters, die ihm gestern Abend jemand von der KTU auf den Schreibtisch gelegt haben musste. Die Leichenfotos überblätterte er rasch. Bei jedem neuen Brandfall erwog Olofsson, Vegetarier zu werden, weil er den Geruch tagelang nicht aus der Nase bekam. Den schriftlichen Teil mit den Verbrennungen übersprang er ebenfalls und kam zum Eintrag »Auffälligkeiten«. Der Rechtsmediziner hatte sich mal wieder selbst übertroffen und regelrecht in Fachterminologie gebadet. Da er Olofsson kannte, hatte er ein Post-it dazugeklebt. Grob zusammengefasst stand darauf, dass jemand mit einem scharfen Messer versucht hatte, Magnus Pieters' Arm vor dem Verbrennen vom Schultergürtel zu trennen.

»Hm«, brummte Olofsson. Die Hitze machte ihn müde. Magnus Pieters hatte am Steuer gesessen. Schön blöd von Uta Pieters, in diesem Fall Gattin und Beifahrerin, während der Fahrt mit den Schnitzarbeiten an seiner Schulter zu beginnen. Wo war überhaupt das Messer geblieben?

Gedankenverloren schlürfte Olofsson einen Schluck Eistee. Ein paar Tropfen fielen beim Absetzen der Tasse auf die Akte und trockneten augenblicklich ins Papier. In zwanzig Minuten kam das Ehepaar Eklund zur Identifizierung. Viel war zwar nicht übrig von den Opfern, aber vielleicht half ihnen das auffällige Stück rosa Kunstleder auf die Sprünge, das zu einer Damenhandtasche gehört hatte.

Olofsson klappte die Akte zu und legte die Finger auf die klebrige Computertastatur, die seit mehreren Jahren den schmutzigen Teil der Schreibarbeit übernahm. Selbst die Reinigungstücher, die er in der Schublade aufbewahrte, waren ausgetrocknet. Aber es war schon zu lange heiß, um sich noch vor den dunklen Rändern auf den Tasten zu ekeln.

Schleppend klickte und tippte Olofsson sich durch seinen E-Mail-Eingang. Bereits am vergangenen Abend hatte er herausgefunden, dass Magnus Pieters ursprünglich aus Norwegen stammte. Von den Kollegen aus Oslo erfuhr er nun, dass Pieters ein Dotcom-Glücksritter gewesen war. Von seinem Heimatort Tana in Norwegen hatte es ihn nach Oslo verschlagen, wo er bis zum Platzen der Spekulationsblase der New Economy unendlich viel Geld gescheffelt zu haben schien. Nach dem Crash investierte er in amerikanische Derivate und ging 2009 in der weltweiten Wirtschaftskrise erneut baden.

»Und wie der Zufall es will«, murmelte Olofsson, »lernt er kurz darauf die reiche Beauty-Salon-Besitzerin Uta Eklund kennen, die Aussicht auf ein beträchtliches Erbe hat, und heiratet sie prompt. Wieso passiert das eigentlich nie mir?« Kurz sah er sich in einer schneeweißen Strandvilla an der Côte d'Azur auf der Terrasse stehen. Im Sommer. Bei über 40 Grad. Olofsson verwarf den Gedanken.

»Vor seinem Ausflug in die Wirtschaft hat er Slawistik studiert«, las er laut gegen die Schläfrigkeit an. »War zwischen Crash und Hochzeit als Hilfslehrer in Kirkenes tätig und hat Aufträge als Dolmetscher für eine russische Seereederei in Murmansk angenommen.« Klingt komisch, dachte Olofsson. Da hat jemand Geld wie Heu. Immobilien. Verliert alles. Und gibt sich dann mit einem Aushilfsjob zufrieden? Wieso hatte Magnus nicht seine Kontakte spielen lassen, um wieder zu Geld zu kommen? Das klang nach einem bekehrten Sünder. Also eher unglaubwürdig. Uta Pieters hatte noch einen Beauty-Salon in Malmö, dem er nach der Identifizierung einen Besuch abstatten würde. Sein Telefon klingelte. Widerwillig nahm Olofsson den Hörer ab. »Ja?«

»Guten Tag, Hauptkommissar Olofsson, hier spricht die zentrale Verwaltung Stockholm.«

Wenn ein Gespräch so begann, hatte Olofsson schon vor dem zweiten Satz die Nase voll. Wenn die Zentrale sich einmischte, konnte es nur schieflaufen. »Was gibt's?«, fragte er misstrauisch.

»Der Fall Pieters wird ab sofort von der Fachabteilung Osteuropa übernommen.«

»Was? Aber die Pieters war doch nach Formentera ausgewandert. Liegt das nicht in Spanien?«

»Das tut überhaupt nichts zur Sache.«
»Also hat die Russenmafia ihre Finger im Spiel«, schloss Olofsson.
»Dazu kann ich nichts sagen.« Die Stimme räusperte sich. »Falls Sie trotzdem neue Erkenntnisse gewinnen, reichen Sie diese bitte an Stockholm weiter, Hauptkommissar.«
Wenn ihn jemand von einer übergeordneten Stelle so ansprach, war Widerstand zwecklos. Davon abgesehen war Olofsson ganz froh, wenn er sich mit anderen Dingen beschäftigen konnte.
»Aha. Dann war's das jetzt für mich?«
»Ja. Auf Wiederhören.«
Klick!
Olofsson knallte den Hörer auf die Gabel. »Toll. Und wenn ihnen einfällt, dass sie mich doch brauchen, darf ich wieder im Dreieck springen!«
Umständlich faltete er alle Papiere zusammen, legte sie fein säuberlich in eine Mappe und platzierte die Akte Pieters am äußersten Rand des Schreibtischs. Andererseits, dachte er, habe ich erst mal meine Ruhe. Die kann ich bei diesen Temperaturen gut gebrauchen.

Tuva

Ich bin leicht zufriedenzustellen. Mir ist es völlig egal, ob in einem Raum schicke Möbel sind oder nicht. Hauptsache, es gibt einen Teppich, der einigermaßen sauber ist, und etwas Weiches zum Draufsetzen. Licht sollte auch vorhanden sein, nicht unbedingt von Neonröhren, und, ach ja, etwas, auf das man seine Klamotten stellen kann wie das Designer-Beistelltischchen in Joriks Home-Office. Aber das kriegen die im Polizeipräsidium ja nicht hin!

Außerdem hat mir Nova ihre Handtasche in die Hand gedrückt, damit sie bei der Identifizierung die Hände frei hat.

Wahrscheinlich steht sie gerade neben Jorik im Leichenkeller und weint bittere Tränen um Uta, mit der sie im Streit auseinandergegangen ist. Ich kann ihr Geschluchze förmlich hören, wie leid es ihr tut, dass sie sich nicht mehr mit ihrer Schwägerin versöhnen kann! Und Jorik schweigt und hält sie bei den Schultern, damit sie nicht kopfüber in den Leichensack kippt, in den man die Reste seiner Schwester gestopft hat. Der Rechtsmediziner im weißen Kittel denkt sich: »Wow, was für ein Theater!« Und der Polizist steht ernst und betreten daneben und will bloß ein »Ja, ich erkenne sie!« hören, damit er weiter in Ruhe in seine Weste schwitzen kann.

Und ich sitze derweil im Erdgeschoss auf dem Gang und klebe langsam, aber sicher mit meiner roséfarbenen Redblizz-Jeans auf dem orangen Plastikstuhl für Besucher fest. Eine Klimaanlage kennt man hier auch nicht. Wofür zahlt Jorik eigentlich so viele Steuern?

»Kann ich dir was zu trinken bringen?«

Die Polizistin, die mich aus meinen Betrachtungen reißt, sieht eigentlich ganz nett aus. Ich ziehe meine Mundwinkel zu einem Lächeln hoch. Damit kommt man bei Erwachsenen am weitesten. »Ja, gegen den Elektrolytverlust wäre jetzt ein Lycheesaft nicht schlecht.«

Gelächter. »Tut es auch ein stilles Low-Carb-Wasser?«

Unter ihrer guten Laune zerbröselt mein Lächeln. »Meinetwegen.« Ich seufze, obwohl ich ihre blöde Antwort am liebsten mit einer scharfen Erwiderung vernichten würde. Aber sie ist Polizistin und die Arrestzellen liegen gleich neben dem Leichenkeller. Jedenfalls im Fernsehen. Und ich habe keinen Bock, das nachzuprüfen!

Als wäre es noch nicht schlimm genug, dass sie mir kurz darauf einen Plastikbecher mit lauwarmer Pisse aus dem Hahn bringt, läutet auch noch mein Telefon. Die angezeigte Nummer kann ich jetzt als Allerletztes gebrauchen. Ich trinke ein paar Schlucke von der Brühe und drücke den Anruf weg. Siebenmal in vier Minuten. Dann gebe ich auf und gehe ran.

»Was willst du, Nelli?«

»Was ist jetzt mit dem Treffen mit Tom?«

»Was soll sein?«

Nelli schnaubt abfällig. »Wenn du das nicht organisierst, lasse ich dich und Tom auffliegen.«

So eine Kackbratze! Aber damit kommt sie bei mir nicht durch. »Mach doch. Dann sage ich, dass du säufst.«

Stille. Ich entspanne mich.

»Mach doch«, äfft Nelli mich nach. Ich kann hören, wie sie dabei grinst. Die Kackbratze hat also keine Angst vor der Tatsache, dass wir quasi im gleichen Boot sitzen.

»Fuck«, zische ich. »Ich ruf ihn an. Und jetzt lass mich in Ruhe!« Wütend pfeffere ich mein Handy in meine Original-Birkin-Tasche. Es ist ja nicht so, dass man als Tochter eines reichen Saatgut- und Pflanzenexporteurs nicht jederzeit damit rechnen müsste, erpresst zu werden. Aber das hier ist echt würdelos!

Die Polizistin kommt schon wieder vorbei und lächelt nachsichtig. »Alles okay?«

»Ja«, knurre ich.

Novas Stimme lässt mich aufschauen. Gerade hält ihr der Westentaschen-Polizist die Tür zum Gang auf. Ich schnappe ihr Lächeln auf, kurz bevor sie mit Jorik und Olofsson in ein Büro abbiegt und die Tür hinter ihnen zugeht. Auf die Entfernung erahne ich, dass ihr Make-up im Keller tatsächlich gelitten hat. Joriks Gesicht erscheint mir grau wie Marmor.

»Dauert wohl noch ein bisschen.«

Die Polizistin seufzt mitleidig. »Es fehlt noch was im Protokoll. Sie sind bestimmt bald fertig.« Ihr kurzes Tätscheln mit drei Fingern hinterlässt auf meiner nackten Schulter einen dünnen Schweißfilm, bevor sie endlich verschwindet. Ekelhaft!

Tom. Ich muss ihn anrufen.

Mein Herz kann sich mal wieder nicht entscheiden, ob es vor Aufregung oder Wut die Schlagrate erhöht. Ich ziehe das Handy wieder heraus und schaue mir erst mal die heimlichen Schnappschüsse von ihm an. Jetzt hinterlasse *ich* einen Schweißfilm auf dem Display, und es liegt nicht nur an der Hitze. So dermaßen dämlich daneben war ich noch nie wegen einem Jungen. Geliebter Dealer!

Nach einem endlosen Blick auf Tom und seine schiefe Attitüde am letzten Donnerstag kann ich seine Nummer schließlich wählen. Obwohl er zurzeit in der Schule sitzen sollte, weil er nicht wie ich frei hat und im Präsidium auf seine Alten warten muss, geht er sofort ans Telefon. »Was ist los?«, fragt er. Er klingt erstaunlich besorgt.

»Fast nichts«, meine ich verwundert. »Außer dass meine Tante und mein Onkel noch immer tot sind.«

»Das hat wohl inzwischen jeder mitbekommen. Das war ja ein Riesen-Crash.« Tom spricht leiser als sonst. »Kann ich was für dich tun?«

»Seit wann bist du so fürsorglich?«, entgegne ich verwundert. »Seit wann rufst du mich an, um mit mir Small Talk zu machen?«

»Stimmt auch wieder. Es geht um Donnerstag.«

Seine Antwort kommt prompt: »Ich kann nicht früher liefern.«

»Darum geht's doch gar nicht.«

»Mir aber schon! Wenn du früher was brauchst, kostet es zehn Prozent mehr.«

»Aber ich hab doch ...«

»Mir egal.« Das war's wohl mit seiner Fürsorglichkeit. »Also Donnerstag?«

Ich seufze. »Ich rufe an, weil Nelli mitkommen will.«

Tom lässt ein paar Worte vom Stapel, die bei Nova eine Ohnmacht ausgelöst hätten. »Was will die kleine Säuferin denn?!«, motzt er. Besorgt schaue ich mich um, ob auch ja niemand hört, was wir zu besprechen haben.»Ein Date mit dir.« Gott ist mir das peinlich!»Sonst quatscht sie.«

In der Nähe geht eine Tür auf. Zwei finster dreinblickende Zivilfahnder in T-Shirts, Cargo-Shorts und Outdoor-Sandalen latschen an mir vorbei. Ein weniger salopper Dresscode täte denen auch mal ganz gut.

Tom legt verbal noch einen drauf. Mit den Worten »Zehn Prozent mehr, oder du kannst dir einen anderen guten Freund suchen!« beendet er unser Gespräch.

Benebelt stecke ich mein Handy ein. Die Dresscode-Typen sind längst verschwunden. Zehn Prozent. Das sind gut und gern hundert Kronen. Die hätte ich zwar, aber ich habe keine Lust, sie auszugeben.

Ein Schweißtropfen läuft meine Beine hinunter, weil ich immer noch Novas Tasche auf den Knien halte und sich zwischen Haut und Kunstleder ein Flüssigkeitsfilm gebildet hat. Mein Gewissen hat keine Chance, den nächsten Gedanken abzublocken, so schnell öffne ich ihre Tasche und hole ihr Portemonnaie heraus. Ihr Umgang mit Kreditkarten ist eher lässig. Sie öffnet ihr Portemonnaie und zieht die erstbeste heraus. Und sie kann sich keine Geheimnummern merken, weshalb sie sie auf den Karten notiert. Gut für mich!

Mein Gewissen hebt endlich den Zeigefinger, aber das juckt mich nicht mehr. Es sind ja nur hundert Kronen, die ich von ihrem Konto hole. Vorausgesetzt, die Karte ist noch gültig.

Hektisch ziehe ich eine nach der anderen hervor. American Express – abgelaufen, Visa – abgelaufen. Barclays – abgelaufen! Und die anderen Gold-, Silber- und Exklusiv-Karten auch. Mist! Was für eine verdammte Kiste läuft hier? Seit wann ist Nova so schlampig?! Aufgebracht stopfe ich alles in Novas Tasche zurück und werfe sie neben mich auf den Boden.

Verdammt. Verdammt!

David

Mit einem Ruck blieb er stehen. Ihre Stimmen klangen beunruhigt.

»Bist du sicher?«

»Es ist immer ein Fehler, wenn ein Menschenleben ausgelöscht wird.«

»Wie anthroposophisch! Du hättest es verhindern können!«

»Und warum hast nicht *du* es getan?«

»Was hätte ich denn schon für ihn ausrichten können?«

Vorsichtig glitt er in den Schatten und spähte durch den Spalt zwischen Zarge und Wohnzimmertür. Seine Nasenflügel bebten. Es war falsch, zu lauschen.

»Ich habe heute einen Anruf bekommen.« Das nervöse Haare-aus-dem-Gesicht-Streichen hatte er bei Elsa schon lange nicht mehr gesehen.

»Und?«

»Göteborg wurde aktiviert.«

Schwer atmete Lasse aus. »Ich gebe Bescheid. Lass mich allein.«

Elsa unterbrach ihre rastlose Wanderung zwischen Wohnzimmerschrank und Couch und kam direkt auf ihn zu. Er drückte sich noch tiefer in den Schatten. Ihr Parfum wehte an ihm vorbei. Es hatte sich mit dem Schweiß des Tages vermischt. Sie ging ins Gästebad im Erdgeschoss und sperrte die Tür ab, ein sicheres Zeichen, dass sie längere Zeit in Ruhe gelassen werden wollte.

Nebenan wurde das Porträt des Großvaters zur Seite geklappt. Dahinter kam die graugrüne Tresortür zum Vorschein, die wie ein Schandfleck in dem hellen Rechteck auf der Tapete saß. Stumm sprachen seine Lippen hinter der Tür die Zahlenkombination mit, die Lasses Finger an den Rädern einstellten. Dank seiner Minderbegabung nahm man ihn nicht sonderlich ernst, nicht mal in seiner eigenen Familie. So war es ein Leichtes für ihn, seine Eltern und seinen Bruder zu beobachten, ohne dass sie Verdacht schöpften.

Lasse zog die kleine Tresortür auf. Der erleichterte Seufzer im Flur entging ihm. Er nahm eine der unversehrten Trägerkarten von einem kleinen Stapel, brach eine unbenutzte SIM-Karte heraus, steckte sie in ein uraltes Nokia-Telefon, das ebenfalls im Tresor gelegen hatte, und ärgerte sich beim Wählen über die kleinen Tasten. Zum Glück antwortete der Angerufene sofort. Nichts ahnend nannte Lasse seinen Gesprächspartner bei seinem richtigen Namen und vereinbarte mit ihm, dass es besser war, schon jetzt einen LKW zu organisieren. Die folgende Erwiderung wartete er geduldig ab.

»Ich danke dir. Dann also Sonntag. Wir warten auf deinen Assistenten.«

Dann entfernte er die SIM-Karte, legte das Handy zurück in den Tresor und richtete wieder alles so her wie vorher. Mit schweren Schritten ging er hinauf in den ersten Stock. Kurz darauf wurden fast gleichzeitig die Toilettenspülungen oben und im Erdgeschoss betätigt. Damit war die nächste SIM-Karte bei den Fischen.

Die Tür des Gästebades wurde aufgesperrt. Elsa kam heraus und verschwand ebenfalls in den ersten Stock.

Stumm zählte er bis vierhundert, ehe er sich traute, die Schatten hinter der Tür zu verlassen. Lasse hatte schon wieder mit diesem Ukrainer telefoniert. Er würde Tom fragen, was das alles zu bedeuten hatte.

Mittwoch

Tuva

DING! DANG! DENG! DONG!
»RAMONA!«
»Ja, Herr Eklund, bin schon unterwegs.«

Eilige Schritte fliegen die Treppe hinunter. Sicher hat Ramona sich ihren Job als Urlaubsvertretung geruhsamer vorgestellt. Bestimmt hat die Agentur für Hauspersonal bei der Stellenbeschreibung schlichtweg gelogen, damit überhaupt jemand unterschreibt und Novas stündliche Anrufe wegen einer neuen Arbeitskraft aufhören. Oder meine Eltern zahlen so gut, dass Ramona alles schweigend über sich ergehen lässt. Ich jedenfalls würde diese Treppauf-Treppab-Hetzerei gleich am ersten Arbeitstag keine Minute mitmachen.

Seit fünf nach neun ist sie im Dauereinsatz zwischen unseren privaten Räumen und der Haustür. Wir konnten uns gerade mal die Hand geben, da ging die Big-Ben-Kakophonie schon los. Ich hätte nicht gedacht, dass Utas und Magnus' Tod so viele Leute aus ihren Löchern kriechen lässt! Darunter sind Gestalten, an die ich mich nicht mal vage erinnern kann. Dass die alle erst heute hier auftauchen, liegt an den Leuten von Joriks Sicherheitsdienst, die er vorgestern kurzerhand von seiner Firma abgezogen und hergeschickt hat, damit niemand ungebeten durch die Rabatten trampelt. Dieses paradoxe Sicherheitsrisiko muss ich beachten, wenn ich morgen Abend zum Kallbadhus will.

Im Wohnzimmer schüttelt Jorik wie am Fließband schweißige Hände. Mir wäre das bei der Hitze zu ekelig, aber das ist quasi sein letzter Dienst für Uta. Ich glaube, Nova ist ganz froh darüber, dass er heute nicht in die Firma gefahren ist. Sie hätte es niemals über sich gebracht, die Kondolenzen für ihre verhasste Schwägerin entgegenzunehmen!

Ich trauere notgedrungen individueller: Die Jalousien sind bis auf einen Schlitz geschlossen, durch den die Sommersonne gleißt. Man glaubt es kaum, aber das reicht, um mein Schlafzimmer komplett auszuleuchten. Die Klimaanlage kühlt mein Zimmer auf angenehme 23 Grad herunter. Das bewahrt mich davor, den Tag in meinem Badezimmer auf den kühlen weißen Marmorfliesen zu verbringen. Liebend gern wäre ich heute wieder in die Schule gegangen, weil ich das ganze Theater hier hasse. Aber Nova und Jorik waren mal wieder anderer Meinung.

Ich habe den bunten Flokati zusammengerollt und mich auf dem Parkett ausgestreckt. Das Holz kühlt zusätzlich und ich wäre sicher längst eingeschlafen, wenn mir die Sache mit den Kreditkarten nicht so unter den Nägeln brennen würde. Da Nova sich vor dem Händeschütteln mit einer Tour durchs Haus drückt, um Ramona ihren vorübergehenden Arbeitsplatz zu zeigen, kann ich mich nicht frei bewegen. Im Fünf-Minuten-Takt höre ich sie an meiner Zimmertür vorbeigehen. Novas wohlmodulierter Reiche-Leute-Sprechstil macht mich wahnsinnig: »Hinter dieser Tür befindet sich das Ankleidezimmer. Die Wäsche wird von unserer Küchenkraft Dorothea gewaschen und gebügelt. Sie, Ramona, koordinieren mit mir zusammen die Kleiderplanung für die nächsten drei Wochen.«

Nova und ihre tägliche Kleiderplanung. Ein Theaterstück, bei dem der Vorhang niemals fällt! Ja, gut, sie ist viel mit Jorik unterwegs und hat ein paar Charity-Jobs an der Backe, wegen denen sie pro Woche dreimal hinauf nach Stockholm fährt. Aber man wird doch kein besserer Mensch, wenn man Farbe und Schnitt der Kleidung auf Schuhe, Make-up und Veranstaltung abstimmt. Jedenfalls bleibt Nova genauso nervig, egal wie viel Zeit sie in ihrem heiligen Ankleidezimmer verbringt. Den Spleen hat sie von ihrer Mutter geerbt, die auch zu viel Zeit, Geld und Mitgefühl für die »minderbemittelten Schweden« hatte. Aber off duty war sie immer meine Lieblingsomi. Nun liegt sie auf dem Malmöer Friedhof und muss sich um den Klamottenwechsel keine Gedanken mehr machen.

Selbst in meinem Zimmer kann ich das dramatische Öffnen der Ankleidezimmertür hören. Wie erwartet folgen ein paar Sekunden der Stille, ehe Ramona brav ehrfürchtige Worte findet, um dem Kleidungsstil ihrer neuen Chefin zu huldigen. Nova sondert noch ein paar gespielt-verschämte Antworten ab, die Tür schließt sich mit dumpfem Poltern, dann zieht sie Ramona weiter zum Wäscheraum. »Und hier finden Sie die Weißwäsche.« — Ja, genau. Novas Aussteuer ist so gewaltig, dass sie die Unter-, Bett- und Küchenwäsche in einem Extraraum unterbringen muss. Das zeugt von ihrem großen Wäsche-Mitgefühl.

Der Brummton meines Handys unterbricht meinen Sarkasmus. Normalerweise hat jeder Eintrag in meinem Telefonbuch einen eigenen Klingelton, aber dieser Anrufer war mir dafür nicht wichtig genug. Missmutig greife ich dorthin, wo das Handy auf dem Parkett vibriert. Auf dem Display leuchtet dick und fett: NELLI!

Nicht. Schon. Wieder. Aber es hat keinen Sinn, sie wegzudrücken, sie ist hartnäckiger als Kopfläuse. Ergeben nehme ich das Gespräch an. »Was willst du?«

»Du könntest dich ruhig mal zu einem ›Hej!‹ zur Begrüßung durchringen wie jeder normale Schwede.«

»Dito«, schnarre ich. »Also noch mal: Hej! Was willst du?«

»Was ist mit Tom?«

»Im Gegensatz zu mir bist du heute in der Schule. Du könntest ihn selbst fragen.«

»Keinen Bock.«

Nein, keine scharfe Erwiderung jetzt! Sie hat mich wegen der kleinen Freunde in der Hand, ich sie zwar auch wegen der Sauferei, aber jede Verschärfung ist unnötig! »Ist geritzt«, sage ich schroff. »Morgen Abend am Kallbadhus.«

»Prima!« Ohne sich zu verabschieden, unterbricht Nelli die Verbindung. Ich könnte kotzen vor Wut! Tue es dann aber doch nicht, weil es leise an meiner Tür klopft.

Ich springe auf. »Ja?«

Ramona steckt den Kopf herein. »Post für Sie, Fräulein Eklund.«

Durch die geöffnete Tür kann ich Nova hinter ihr stehen sehen. Ich fake ein Lächeln und nehme den schmuddeligen Brief entgegen. »Danke«, sage ich glockenhell.

»Gern geschehen«, flötet Ramona. Bevor sich die Tür hinter ihr wieder schließt, sehe ich Novas zufriedenes Lächeln. Damit wäre also auch dieser Der-Tochter-die-Post-überreichen-Test bestanden. Mal sehen, ob Ramona ihre Höflichkeit mir gegenüber bis zu Milvas Rückkehr beibehält. Achtlos werfe ich den Brief auf den Schreibblock, der aufgeschlagen auf meinem Schreibtisch liegt.

Viel wichtiger als jeder Test ist momentan, wann die beiden endlich in den hinteren Teil des Hauses gehen, in dem die Angestellten ihre Räumchen haben. Ich muss rüber ins Schlafzimmer und nach Novas gültigen Kreditkarten suchen! Aber Novas Stimme hält sich hartnäckig weiter im ersten Stock, weil es ja noch die Sauna, den Fitnessraum, das Fernsehzimmer, Novas kleine Bibliothek, das Extrabad und, und, und gibt, worüber Ramona Bescheid wissen muss. Schließlich soll sie wie Milva auch die Reinigung der Örtlichkeiten veranlassen, und dazu muss sie sich im Pflegemittelraum auskennen und so weiter und so weiter. Stöhnend sinke ich zurück aufs Parkett. Wer auch immer im Himmel für die Wunder zuständig ist, ich würde jetzt gern Karmapunkte bei ihm einlösen.

Olofsson und Modersson

Olofsson war nicht der Typ, der sich auflehnte. Als Hauptkommissar musste man es nicht krachen lassen, auch wenn der Bevölkerung von den Medien etwas anderes suggeriert wurde. Olofsson war eher der Schmoll-Typ, der darauf wartete, dass die gegnerische Partei sich versöhnlich zeigte, damit er einlenken konnte. Martin Sörensen, Anwalt der Familien Eklund und Pieters, war jedoch kilometerweit von jeglicher Einsicht entfernt. Olofsson verschwendete seine Energie deshalb auf das Dagegenhalten.

»Nein«, meinte er zum gefühlt hundertsten Mal. »Solang nicht geklärt ist, ob es sich um einen Unfall oder Mord handelt, kann die Leiche von Frau Eklund nicht freigegeben werden.«

»Jetzt hören Sie mir mal zu, der Staatsanwalt ist mein Golfpartner.« Sörensen beugte sich drohend über Olofssons Aktenstapel. »Wenn ich ihm sage, dass Sie eine der wohlhabendsten Familien Malmös bei ihrer kathartischen Trauer um ein geliebtes Familienmitglied behindern, dann ...«

»Nur zu.« Olofsson schenkte warmen Pfirsich-Eistee in die Tasse vom Vortag und kleckerte auf die Schreibtischunterlage.

Angewidert verzog Sörensen das Gesicht. »Ihnen ist ja nicht beizukommen in Ihrer Sturheit!«

»Jep. Auch einen Tee?«

»Nein, danke!«

Dramaturgisch betrachtet war jetzt der Moment der auffliegenden Bürotür gekommen. Olofsson konnte sich dahin gehend auf seinen Assistenten verlassen. Manchmal fragte er sich, ob Knut, dessen richtigen Namen er sich nicht merken konnte, überhaupt etwas anderes hätte werden können als Polizist. Er beschattete Verdächtige so unauffällig, dass er Olofsson selbst dann nicht auf den Fotos auffiel, wenn Olofsson ihn persönlich in Aktion fotografiert hatte. — Wie auf Stichwort flog also die Tür auf und Knut stürmte zackig herein.

»Herr Kommissar, Stockholm wartet auf die Daten im Fall Pieters.« Ein ehrlicher Schweißtropfen lief über Knuts Stirn. Kein Wunder, es war ja schon wieder heiß wie in der Hölle.

Olofsson stürzte den Eistee hinunter. »Kann ich mir vorstellen, die hätte ich auch gern.«

Anwalt Sörensen horchte auf. »Wieso Stockholm?«

»Weil Stockholm den Fall übernommen hat«, meinte Olofsson. »Sie müssen sich schon an die Kollegen in der Hauptstadt wenden, wenn Sie die Leiche für Ihren Mandanten freipressen wollen.«

»Ich schiebe Ihre Wortwahl auf die meteorologischen Umstände. Sonst würde mich mein nächster Weg zu Ihrem Vorgesetzten führen, mit dem ich übrigens im Country Club verkehre«, drohte Sörensen. »Die Angelegenheit wird also in Stockholm behandelt?«

Es war zu heiß, um diesem nervösen Frettchen ein triumphierendes Lächeln zu schenken. »Mein Assistent gibt Ihnen die Telefonnummer des zuständigen Departements.« Herrgott noch mal. Wenn Olofsson sich weiterhin so geschraubt ausdrückte, wuchs ihm noch eine Krawatte um den Adamsapfel!

Grußlos rauschte Sörensen an Knut vorbei. Der warf Olofsson einen langen Blick zu, bevor er Sörensen folgte.

Nachdenklich starrte Olofsson das Telefon an, das prompt anfing zu klingeln. Im Display leuchtete eine Stockholmer Vorwahl. Olofsson seufzte, hob ab und schwieg.

»Sind Sie der zuständige Hauptkommissar im Fall Pieters?« Viele, viele Zigaretten hatten die Stimme am anderen Ende zu dem Reibeisen gemacht, das Olofsson nun aus seiner Lethargie zu reißen drohte.

»Ja«, antwortete er matt.

»Dann schicken Sie mir mal ganz schnell den Bericht der KTU rüber.«

Der Tag fing ja schon wieder gut an! Ärger regte sich in Olofsson. »Erstens: Verraten Sie mir Ihren Namen? Zweitens: Warum sollte ich? Drittens: Ich liebe Floskeln und Gepflogenheiten. Wenn Sie auf eine weitere gute Zusammenarbeit bauen?«

»Eine gute Zusammenarbeit muss nicht nett sein, um einen Fall zu lösen.« Knistern, hingebungsvolles Ausatmen. Zigarre? Zigarillo? Zigarette?, dachte Olofsson. »Haben wir denn einen Fall?«

»Soweit ich informiert bin, haben Sie gestern einen Anruf bekommen, dass wir von der Sektion Osteuropa *den Fall* übernehmen. Das sollte Ihre Frage beantworten.«

Olofsson schmunzelte. »Hätte auch ein Scherz gewesen sein können.«

Es folgte eine Pause, in der das Knistern des verglühenden Zigarettenpapiers zu hören war. Dann: »Mein Name ist Modersson.«

»Und Ihr Dienstgrad?«

»Auf jeden Fall höher als Ihrer, lieber Hauptkommissar.«

»Hui«, sagte Olofsson lahm. »Stellen Sie sich einfach vor, dass ich gerade von meinem Stuhl auf die Knie sinke und davon träume, den Boden zu küssen, auf dem Sie wandeln.«

»Nicht gut für die Knie«, schmetterte Modersson ab. »Und wenn Sie so weitermachen, auch nicht gut für Ihre Karriere. Sagen Sie nichts, ich weiß, dass Sie sich kein Bein ausreißen. Aber eine Marke zu haben oder nicht zu haben, ist manchmal entscheidend. Quasi sein oder nicht sein, wie man unseren dänischen Nachbarn in den Mund gelegt hat.«

»Für eine literarische Scharade ist mir meine Zeit zu schade.« Olofsson überlegte, ob er die nächste Packung Eistee aufreißen sollte. Er entschied sich für Kaffee aus seiner Thermoskanne. Der war immer noch besser als die Automatenplörre.

»Gut«, schnappte Modersson, »dann spitzen Sie die Ohren, Kollege in Malmö. Erstens: Noch ein dummer Spruch und Sie stehen auf der Straße. Zweitens: Der Fall Pieters sowie alle damit zusammenhängenden Informationen sind ab sofort topsecret und werden von Ihnen unverzüglich an mich weitergeleitet. Drittens: Sie wissen, wo Murmansk liegt?«

Olofsson schwante etwas. »In diesem Fall nicht weit genug von uns entfernt?«

»Richtig.« Moderssons hörbare Freude wurde von einem Hustenanfall unterbrochen. »Und jetzt sind Sie dran mit Ihrer kurzen und stichhaltigen Zusammenfassung aller Daten, die Sie bisher gesammelt haben.«

Verärgert über den bissigen Unterton zog Olofsson die Pieters-Akte heran und schlug Jorik Eklunds Protokoll auf. »Laut Aussage des Bruders von Uta Pieters hat sie Magnus erst 2009 kennengelernt und 2010 im norwegischen Kirkenes geheiratet.«

»Bingo. Von Kirkenes kann man über die russische Grenze spucken, wenn man begabt ist«, krächzte Modersson. »Eine ideale Gegend für Menschenschmuggler!«

»Vorsicht, Kollege. Vielleicht hat es den beiden dort gefallen, weil es sehr einsam ist.«

»Einsam können Sie auch in Südschweden sein«, erwiderte Modersson gelassen. »Außerdem gibt es hier so was wie Zivilisation. Infrastruktur. Den ganzen Kram mit fließendem Wasser, flächendeckender ärztlicher Versorgung und vierundzwanzigstündigem Zugang zu Essen und Trinken, ohne selbst jagen zu müssen, sollte man nicht unterschätzen.«

Die Art und Weise der Datenabfrage passte Olofsson immer weniger. Aber gegenüber Modersson war Verweigerung die schlechtere Lösung. »Vielleicht haben die beiden tatsächlich die Einsamkeit gesucht. Denn wenn es stimmt, was der Bruder von Uta Pieters sagt, dann wusste niemand, dass sie herkommen wollten. Dazu kommt der dreizehnstündige Flug mit mehrfachem Umsteigen in der Holzklasse. Ungewöhnlich für jemanden, der so wohlhabend ist wie die Pieters, meinen Sie nicht?«

»Sehr ungewöhnlich«, stimmte Modersson zu. »Wo wollten sie denn absteigen?«

»Gar nicht. Jedenfalls nicht in den üblichen Domizilen, die Jorik Eklund mir genannt hat.«

»Hotels? Kein Unterschlüpfen bei der Familie?«, wunderte sich Modersson.

»Es hat wohl seit Jahren Knatsch zwischen Uta Pieters und Nova Eklund gegeben. So was kommt ja öfter vor.«

»Merkwürdig«, meinte Modersson trotzdem. »Warum?«

Olofsson gönnte sich ein Grinsen. »Das dürfen Sie ja jetzt herausfinden, Kollege Modersson. Ich muss mich dann wieder meinen Malmöer Angelegenheiten widmen. Ich wünsche Ihnen noch einen schö…«

»Moment! Hat Eklund gar keine Vermutungen angestellt, was sie hier wollten? Man verlässt doch nicht ohne Not seine spanische Finca und nimmt so eine Odyssee auf sich.«

Zufrieden lehnte Olofsson sich zurück und trank einen großen Schluck Kaffee. Es war gar nicht so einfach, einen Stockholmer Kollegen durch einen Reifen springen zu lassen, aber es war möglich, wie Olofsson gerade bewiesen hatte. »Doch. Hat er. Pieters und Pieters hätten am 23. Juli Hochzeitstag gefeiert. Raten Sie mal, wo.«

»In Kirkenes«, vermutete Modersson.

»Bingo, wenn ich Sie mal zitieren darf. Ab einem gewissen Reichtum entwickelt man wohl solche Schrullen.« Der Kaffee tat Olofssons Magen nicht gut. Leise stieß er auf. »Aber das erklärt noch nicht den Schnitt, der Magnus Pieters fast die Schulter abgetrennt hätte. Oder?«

Modersson stieß ein tonloses Lachen aus. »Da liegen Sie richtig. Aber mehr werden Sie von mir nicht erfahren.«

»Wie bedauerlich«, erwiderte Olofsson trocken.

»Gern geschehen«, gab Modersson zurück. »Ich habe noch eine letzte Frage.«

Olofsson stöhnte. Bestimmt kam jetzt wieder irgendwas Blödes.

»Haben Sie etwas Dringendes auf dem Tisch?« Die Stimme aus Stockholm war so süß wie ein Kätzchen.

Olofsson stöhnte lauter. »Jetzt machen Sie doch nicht so ein Theater. Sie wollen mich von meinen anderen Fällen abziehen, stimmt's?«

»Sie sind ein echter Menschenversteher, Olofsson. Der Personalmangel macht mich wahnsinnig, und ich habe absolut keine Zeit, mein gemütliches Büro zu verlassen, um in der Provinz zu recherchieren.« Das Klacken eines Feuerzeugs unterbrach die salbungsvolle Rede. »Würden Sie das für mich in Malmö übernehmen? Ich muss alles über Uta und Magnus Pieters wissen.« Olofssons Blutdruck stieg. Aber nur ein wenig. »Bleibt mir was anderes übrig?«

»Eigentlich nicht.«

»Dann sparen Sie sich doch die Frage.«

»Ich schließe vorab gern ein symbolisches Gentleman's Agreement«, schnurrte Modersson. »Fein, dass wir uns jetzt einig sind. Auf Wiederhören.«

»Wiederhören.« Olofsson warf den Hörer auf die Telefonstation. Angeekelt musterte er seine verklebte Computertastatur. Er musste unbedingt neue Reinigungstücher kaufen. Dann klickte er das Symbol für den Browser an und gab den Namen »Uta Pieters« in die Suchmaske ein.

Tuva

Es ist nicht mal Mittag und halb Malmö hat sich schon die Füße auf unseren Teppichen abgetreten. Ich hasse Besucher! Warum bleiben die bei dieser Bullenhitze nicht zu Hause?!

Vor einer Stunde habe ich es nicht mehr ausgehalten und bin auf den Flur hinaus. Prompt schlug Big Ben Alarm. Ramona kam olympiaverdächtig aus irgendeiner Ecke des Hauses gesprintet und riss die Tür auf, Nova dackelte ach so gramgebeugt hinterher. Und ich stand wie ein Depp für alle sichtbar auf der Galerie im ersten Stock und wurde prompt zu Herrn Ich-werde-deinen-Namen-sofort-Vergessensson heruntergerufen, um mir die Hand voller Beileid zerquetschen zu lassen. Wie gesagt: Ich hasse Besucher!

Und ich hasse mein Zimmer, das zwar schön kühl, aber heute wie ein Gefängnis ist. Es gibt nicht die kleinste Ausweichmöglichkeit! Jorik findet es unpassend, dass ich im Pool liege, während er im Besucherwohnzimmer mit Beileidswünschen eingespeichelt wird. Wie spießig ist das denn bitte schön? Und wann soll ich eigentlich meinen neuen pastellfarbenen Blue-Ice-Tankini ausprobieren? Wobei ich ihm diese Empfindlichkeit verzeihen kann, denn er hat Uta wirklich gemocht. Jetzt ist sie tot.

Und ich brauche eine von Novas gültigen Kreditkarten.

Big Ben kündigt dröhnend den nächsten Schweißhändigen an. Ich schnappe mir mein Handy und wähle Toms Nummer, es geht nicht anders.

Er ist sofort dran. »Was?«, fragt er schroff.

»Du könntest dich mal wie jeder normale Schwede zu einem ›Hej!‹ durchringen, statt mich gleich anzumaulen«, meckere ich. Ja, ich weiß, das hat Nelli zu mir gesagt! Aber sie kriegt es ja nicht mit.

»Klappe, du störst.« Das ist Tom, wie ihn die Welt liebt, unhöflich, aber umwerfend direkt! Und diese Direktheit stachelt meine Wut an, denn niemand darf mir sagen, dass ich störe!

»Ich will dich schon heute Abend sehen.«

»Vergiss es.«

»Dann vergesse ich auch unser Verschwiegenheitsabkommen.«

»Dann sind es zweihundert Kronen mehr.«

»Du spinnst!«

»Wer hat denn mit dem Mist angefangen?«

Sekundenlanges, aggressives Schweigen. »Also gut«, sage ich so gefährlich wie möglich. »Zweihundert. Und pünktlich um neun am Kallbadhus.«

»Exakt.« Dann ist Tom weg. Einfach so.

Ich zittere vor Anspannung und hätte nicht schlecht Lust, Nelli in dem Glauben zu lassen, dass wir uns erst morgen treffen. Aber ich will nicht riskieren, dass sie etwas ausplaudert. Also schreibe ich ihr eine SMS. Falls ihre Mutter die findet, hat wenigstens auch Nelli Stress.

Und jetzt: die Kreditkarten! Aber unsere Köchin Dorothea ist schneller an der Tür, als ich einen neuen Versuch starten kann, zum Schlafzimmer zu schleichen. Sie verkündet, dass die neue Hausdame eine Pedantin ist und das Mittagessen gleich im Salon serviert wird. Die in Aussicht gestellte Gazpacho versöhnt mich ein wenig, denn die kalte spanische Suppe passt wunderbar zu den hohen Temperaturen. Außerdem ist Dorothea eine wahre Gazpacho-Meisterin. Was täte ich nur ohne sie?

Ramona wird dazu abgestellt, die Kondolenten in das schattige Besucherwohnzimmer zu führen, während Jorik, Nova und ich ungestört unser Mittagessen einnehmen. Ich strafe die herrliche Suppe mit wenig Aufmerksamkeit und löffele sie so schnell wie möglich in mich hinein. Weder Jorik noch Nova stören sich heute daran, was mir sehr entgegenkommt. Denn während meine Eltern hier unten im Salon auf seidenbezogenen Stühlen im Stil von Louis Quatorze sitzen und Ramona mit Big Ben beschäftigt ist, habe ich ein paar Minuten für die Sache mit der Kreditkarte.

Ich haste nach oben und lasse Jorik und Nova mit ihrem Kummer allein. Mir ist nach wie vor nicht klar, ob Nova tatsächlich so sehr unter Utas plötzlichem Tod leidet oder zu einer erstklassigen Schauspielerin mutiert ist. Aber was kümmert's mich. Uta ist tot und fertig!

Noch einmal versichere ich mich, dass Ramonas Stimme aus dem Besucherwohnzimmer kommt. Dann klappere ich zur Tarnung mit meiner Tür und schleiche den Gang zurück zum Elternschlafzimmer. Ich habe hier schon öfter nach Dingen gesucht, die mich nichts angehen. Deshalb gehe ich relativ routiniert ans Werk.

Vorsichtig lehne ich die Schlafzimmertür an, um die Geräusche von unten mitzubekommen. Von meinen Expeditionen ins Elternschlafzimmer kenne ich Novas Nester und ziehe die linke obere Schublade der Schminkkommode auf. In der hinteren Ecke liegen sie, die Kreditkarten, fein säuberlich gestapelt. Ich ziehe die dritte heraus. Und sogar hier steht die PIN auf der Rückseite. Jackpot! Die Karte wandert in meine Hosentasche.

Unten bleibt es ruhig.

Unschlüssig schaue ich mich um. Das Schlafzimmer meiner Eltern ist mit einem Quasi-Verbot belegt. Wenn ich mich hier aufhalte, dann nur im Beisein von Nova oder Jorik, es hat sich einfach so ergeben. Wohl deshalb reizen mich zum Beispiel Novas Liebesromane im Nachtschränkchen. Ich habe sie zufällig an einem langweiligen Nachmittag hier entdeckt und mich gewundert, dass sie sie nicht in ihre Bibliothek stellt. Schämt Nova sich etwa dafür? Meine Güte, jeder liest doch mal einen! Oder zwei. Aber ich kann sie schlecht darauf ansprechen, ohne mich zu verraten.

Ich öffne die Tür des Nachtschränkchens. Da stehen sie noch, fünfzehn fein säuberlich aufgereihte Paperbacks. Langsam ziehe ich ein Buch heraus und schlage es auf. Es ist ganz schön vergilbt und riecht antiquarisch, um nicht zu sagen: muffig. Wehmütig denke ich an den Nachmittag der Entdeckung. Damals war es meine Neugier, die mich hertrieb. Heute ist es das Geld, das ich für meine Freunde brauche.

Etwas fällt auf den Boden. Es ist ein ausgeblichener Umschlag, den ich zum ersten Mal sehe. Ich hebe ihn auf.

DING! DANG! DENG! DONG!

Verdammt noch mal!

Schritte und Stimmen werden laut und kommen auf die Treppe zu. Hastig schließe ich die Tür des Schränkchens. Dann sause ich in mein Zimmer. Erst dort merke ich, dass ich, doof wie immer, den Umschlag und das Buch mitgenommen habe. Kurzerhand stopfe ich beides in meine Schultasche.

Die Zimmertür geht auf. Nova schaut herein. »Alles in Ordnung?«, fragt sie behutsam.

Weil mir nichts anderes einfällt, klappe ich beiläufig meinen Schreibblock mit Ramonas Brief zu und stecke ihn vor Novas Liebesroman in meine Schultasche. »Ja. Ich packe gerade meine Schultasche für morgen.«

»Willst du morgen nicht lieber noch zu Hause bleiben?«

Heftig schüttele ich den Kopf.

Nova starrt mich an. »Sag mir, wenn dich etwas bedrückt, versprichst du mir das?«

Ich nicke. Novas Scheindialoge aus ihrem imaginären Drehbuch kotzen mich an. Ich bin ihre Tochter, ich habe mehr verdient als diese abgedroschenen Phrasen!

Nova lächelt schwach und zieht die Tür von außen zu.

Und vor mir liegen noch zehn endlose Stunden bis zum Treffen am Kallbadhus.

Olofsson

Für Olofssons Geschmack war Sabrina Malström zu blond, zu professionell geschminkt, zu figurbetont angezogen, zu sehr Beauty-Salon-Besitzerin eben. Bei der Begrüßung hatte er sie auf Mitte zwanzig geschätzt, bis sie aus der raffinierten Beleuchtung hinter der Theke hervorkam und ihm die Hand reichte. In der Mitte des Empfangsraums waren die Deckenleuchten wahrscheinlich nur halb so teuer und brachten deshalb auch nur die halbe Leistung. So wurde aus der aufgetakelten Mittzwanzigerin wieder eine Mittvierzigerin mit den ersten, unkaschierbaren Altersspuren.

»Und Sie haben den Laden so von Uta Pieters übernommen?« Olofsson vermied den Blick in den großen Wandspiegel, da er wusste, wie er sommers mit Cargo-Shorts, T-Shirt und Sandalen aussah. Wegen seiner Kleidung wurde er öfter für einen deutschen Touristen gehalten.

»Ja, sie hat mir den Salon im Jahr 2003 komplett verpachtet«, antwortete Sabrina Malström leise. »Es ist wirklich ein Unglück. Was wird denn jetzt aus dem Salon?« Erschrocken hielt sie sich die perfekt manikürte Rechte vor den Mund, ohne die korallenrot geschminkten Lippen zu berühren. »Entschuldigen Sie, das war pietätlos von mir.«

Strass und drei Farben pro Fingernagel, können die echt sein?, überlegte Olofsson. »Herr Eklund, der Bruder von Frau Pieters, wird sicher auf Sie zukommen. Wie lief der Laden denn so?«

Sabrina Malström nahm geziert die Hand herunter und begann, die Tiegel und Tuben auf einem blitzblanken weißen Regal zu sortieren. »Gut, als ich ihn übernommen habe. Uta hatte wie jeder anfangs Schwierigkeiten. Im Gründungsjahr.«

»Wann?«

»Das war 1999. Sie hatte wohl gegen Vorbehalte zu kämpfen, aber das kennt man ja: ›Was sollen wir mit einem weiteren Beauty-Salon in Malmö? Sind unsere Frauen nicht hübsch genug?‹« Sie schüttelte mitleidig den Kopf. »Man kann immer etwas verbessern. Das hat sie auch immer in der Übergangsphase zu mir gesagt. Ich kam damals frisch von der Kosmetikschule und hatte das Geld, aber nicht die Erfahrung, um einen Salon von dieser Größe zu leiten. Uta sorgte sich rührend darum, ihren Kunden das Gefühl zu vermitteln, dass sie bei mir in gute Hände kamen. Und wie Sie sehen, hatte sie damit Erfolg.«

Anscheinend ist das ihr Lieblingsmärchen, dachte Olofsson. »Aha?«

»Uta war auch nach ihrem Umzug nach Formentera noch in der schwedischen Yellow Press zu finden«, fuhr Sabrina Malström fort. Sacht glitten ihre gepflegten Fingerspitzen über glitzernde Döschen mit Nagelschmuck, die auf einem edlen Beistelltischchen aufgetürmt waren. Im Vorbeigehen sortierte sie ein paar Nagellackfläschchen neu, schob einen Stapel flauschiger Handtücher zurecht, drückte eine Schublade zu, die nicht ganz geschlossen worden war.

Olofsson wusste, dass die Show für ihn bestimmt war, um von ihrem Schock über Uta Pieters Tod abzulenken und vielleicht noch etwas anderes zu vertuschen. »Und dann stirbt sie bei einem tragischen Unfall«, meinte er andächtig.

Erstaunt hob Sabrina Malström den Kopf. »Finden Sie das so lächerlich, dass Sie sich darüber lustig machen müssen?«

»Was denken Sie?«

»Ich denke, dass Ihr Ton unangemessen ist. Uta war so eine wunderbare Kosmetikerin. Ach was, sie war die Queen! Ich habe so viel von ihr gelernt.«

»Und Sie sind mit Sicherheit auch recht wohlhabend geworden.« Diesmal verzichtete Olofsson auf die Andacht. »Ist Ihr Kundenstamm immer noch der gleiche wie bei Frau Pieters?«

Zum ersten Mal kippte ihr Dauerlächeln. und Kaum sichtbare Falten wurden auf den Wangen und um die Mundwinkel herum sichtbar. Missbilligend musterte sie den Hauptkommissar. »Ich wüsste nicht, was Sie das angeht.«

»Wahrscheinlich eine ganze Menge, weil es Hinweise gibt, dass es sich bei dem Unfall um Mord handeln könnte.« Olofsson trat einen Schritt zur Seite und genau in den Luftstrom eines verchromten Ventilators. Aaah. Das tat gut.

»Solang Sie keinen Durchsuchungsbefehl haben, muss ich Ihnen gar nichts zeigen«, meinte Sabrina Malström steif. »Und was soll das überhaupt? Sie kommen her, um mich über Uta Pieters zu befragen, und auf einmal bin ich selbst verdächtig?«

Da war er wieder, der Moment, in dem Olofsson sich wünschte, alle Bürger würden ein Vorbereitungstraining für Polizeigespräche absolvieren. Ja, potenziell war jeder verdächtig, aber nicht automatisch schuldig. Wenn jeder einfach nur die Fragen beantwortete, könnte er abends regelmäßig ab sechs in seinem Garten sitzen und den Sonnenuntergang genießen.

Die Frage, ob es denn etwas gab, das die Polizei sich anschauen sollte, verschluckte er lieber.

»Frau Malström, wie bei jedem Bürger gilt auch bei Ihnen natürlich die Unschuldsvermutung. Aber wenn Sie Kunden von Frau Pieters übernommen haben, könnte es doch sein, dass jemand aus dieser Datei auf den passenden Augenblick gewartet hat.« Na? Wurde sie weich und öffnete ihre Datenbank für ihn?

Nein, sie zuckte mit den Schultern, sogar recht trotzig. Brüsk wandte sie sich ab und trat hinter die kleine Theke, an der sie ihre Kunden mit Sekt narkotisierte und das eine oder andere Pflegeprodukt an die Dame brachte. Die Geste war eindeutig. Sie würde Olofsson nichts mehr verraten. Im Gegensatz zu der Bildergalerie, die hinter ihr die Wand bis zur Decke füllte.

Olofsson lächelte milde. »Tja, dann. Wenn das alles ist, was Sie zu Uta Pieters sagen möchten?«

Ein Handy-Klingeln durchschnitt die Stille. Es kam aus einem der hinteren Räume.

»Entschuldigen Sie mich.« Sabrina Malström rauschte davon.

Seelenruhig zog Olofsson sein Handy aus der Tasche seiner Cargo-Shorts und fotografierte die Bilderwand, während Sabrina Malström hinten telefonierte. Er verzichtete darauf, zu lauschen, und widmete sich den gerahmten Gesichtern. Einige kannte er sogar. Wirklich eine illustre Versammlung, dachte er schmunzelnd.

Ein Schwall heiße Luft strömte herein, als sich die Salontür öffnete. Anscheinend kam eine Kundin, die die Mittagspause nutzte. Im gleichen Moment kehrte Sabrina Malström zurück, knipste ihr strahlendes Lächeln an, verabschiedete den Kommissar bedauernd, weil sie jetzt Kundschaft hätte, und schob ihn förmlich hinaus.

*

»Reiche Schweden, die sich hübsche Russinnen kaufen«, knarzte Modersson im Lautsprecher seines Handys.

Olofsson nickte und schlürfte frischen Eistee. »Und reiche Russen, die mit ihren gekauften Usbekinnen und Japanerinnen ihre Geschäfte in unserem schönen Land abwickeln.« Die lauwarme Brise in dieser Ecke des Straßencafés machte die Hitze erträglich.

»Olofsson, höre ich da extreme Tendenzen?«

»Nein. Das ist lediglich eine Feststellung. Schweden ist nämlich wirklich schön.« Er biss in sein Sandwich. »Und die genannten Frauen auch.«

»Und wie finden Sie die russischen Männer?«, stichelte Modersson. »Danke übrigens für die Fotos von der Stargalerie. Sie kommen gerade richtig. Ich habe auch gleich zwei Frauen von dicken Fischen erkannt.«

»Dicke Fische?«

»Ehrenwerte Gesellschaft.« Modersson hustete. »Das verstehen Sie hoffentlich?«

Er musste erst schlucken, bevor er antwortete. »Ja.«

»Und was fällt Ihnen sonst noch auf?«

»Wird das ein Lehrgang in Ostblockrecherchen?«, knurrte Olofsson. »Ich habe gerade Mittagspause.«

»Ein Polizist hat niemals Pause«, zischte Modersson. »Aber Sie haben recht, wir haben keine Zeit für so was. Oben rechts auf Ihrem wunderschönen Handy-Foto hängt Ludmilla Kropidlowa, dritte Angetraute des russischen Öl-Oligarchen Ewgenij Kropidlow. Hauptfirmensitz in Murmansk. Klingelt es jetzt?«

Gelangweiltes Seufzen. »Also gut, weil Sie es sind, Modersson: Russland, Öl, Bohrinseln. Viel Geld, das international er-

41

wirtschaftet wird, vor allem bei Geschäften mit dem Westen. Man braucht einen Dolmetscher, richtig?«

»Richtig«, bestätigte Modersson fröhlich. »Zum Beispiel Magnus Pieters.«

»Ein Norweger, der Ölverhandlungen zwischen Russland und Norwegen dolmetscht. Norwegen hat doch auch Bohrinseln, wozu also der Stress mit den Russen?« Der letzte Bissen war zu groß, um ihn ganz in den Mund zu schieben. Olofsson tat es trotzdem.

»Das weiß der Himmel und wir hoffentlich auch bald. Wenn es überhaupt um Öl geht.« Modersson seufzte. »Ich hasse solche Fälle und habe ehrlich gesagt überhaupt keine Lust, mich wieder mit dem russischen Bären anzulegen. Aber irgendeiner muss es ja machen.«

Olofsson war angestrengt mit dem letzten Bissen beschäftigt und konnte seine Verblüffung über Moderssons letzte Äußerung nicht kundtun.

Das bereits bekannte Feuerzeugklicken erklang. »Am besten behalten wir unsere Arbeitsteilung bei, Olofsson. Sie kümmern sich weiter um Uta Pieters. Und ich nehme Magnus selig unter die Lupe. Einverstanden?«

»Einverstanden«, nuschelte Olofsson. Ihm blieb ja nichts anderes übrig.

Tuva, Tom, Nelli und David

Ich habe heute gelernt, dass ich so sein darf, wie ich will, vorausgesetzt, es herrschen gute Zeiten und der Umsatz von Joriks Firma befindet sich nicht auf Talfahrt. Schön sind die Zeiten seit Montag laut Nova trotz Schwägerinnen-Tod nicht mehr, und anscheinend hat Jorik in den letzten sechs Monaten Verlust eingefahren. Da ich nicht genau weiß, mit welchem Saatgut er eigentlich handelt, kann ich ihm auch keine gut gemeinten Tipps geben, was er ändern soll. Im Kino hätte das funktioniert: Der Papa steht vor der Pleite. Die Teenie-Tochter tänzelt in die Chefetage seines Firmentowers, wirft einen beiläufigen Blick auf die Bilanz und sagt: »Papa, warum schießt du Monsanto nicht in den Wind und investierst in nachhaltiges Saatgut?« Dann vergehen drei Wochen im Zeitraffer und Papilein scheffelt so viel Geld, dass es die ganze verdammte New Yorker Börse aus den Angeln hebt. Es könnte so einfach sein!

Aber Jorik residiert nicht im Tower, sondern in einem stinknormalen Bürogebäude mit angeschlossener Lagerhalle draußen bei Alnarp, also mitten auf den Feldern, die ihm seinen Reichtum bescheren. Und er lässt die Bilanzen auch nicht auf dem Tisch herumliegen. Trotzdem hat Nova sie anscheinend gelesen und ihm deswegen am Nachmittag, als endlich niemand mehr zum Beileidwünschen vorbeischaute, lautstarke Vorwürfe gemacht. Nach wie vor ließ mich Jorik trotz der Hitze nicht in den Pool. Dazu kam die Aufregung, am Abend Tom zu sehen, die mich zu Selbstverschönerungsmaßnahmen trieb. Jetzt sind meine eigentlich dunklen Haare auf der linken Kopfhälfte rosa, rechts hellblau. Tja. Was soll ich sagen? Nova hat sich fürchterlich aufgeregt und mir Hausarrest gegeben. Was die Spannung nur erhöht, denn Tom werde ich auf keinen Fall versetzen!

Dank Joriks freizügiger Einsatzplanung kommen seine Sicherheitskräfte, die seit dem Unfall rund ums Haus platziert wurden, zum Essen in die Küche und meckern nicht nur über die Hitze, sondern auch über den verschobenen Schichtwechsel auf unserem Privatgelände. Erst um acht statt schon um sechs Uhr fährt der firmeneigene Kleinbus mit den Kollegen der Nachtschicht vor. Die knappe Übergabe findet im Keller statt – weit genug weg vom unbeaufsichtigten Firmenbus. Dann geht es kurz nach acht retour in die Stadt. Von den drei Sitzbänken mit insgesamt sieben Plätzen sind nur die ersten beiden besetzt. Da niemand einen Blick in die letzte Reihe wirft, dafür aber die Rucksäcke und Arbeitstaschen, falle ich, eingeklemmt zwischen Fußraum und Sitzbank, auch keinem auf. Und weil der Fahrer sich eine Pizza holen geht, nachdem er alle am Marktplatz rausgelassen hat, kann ich sogar unbemerkt aus dem Minibus entwischen und zum Bankautomaten flitzen, bevor ich das letzte Stück zum Kallbadhus mit dem Linienbus fahre. Für diese Aktion sind meine neuen Haarfarben natürlich nicht gerade ideal. Aber wichtig ist doch das gute Feeling, nicht wahr?

Meine Laune verschlechtert sich prompt, als ich Nelli am Parkplatz vor dem Kallbadhus stehen sehe. Die hatte ich völlig vergessen. Da wir beide keine Lust auf Small Talk haben, latschen wir schweigend und schwitzend zum Treffpunkt. Am Strand gibt es eine ranzige Hütte, an der sich Junkies und Alkis treffen. Passt ja. Wobei ich mich gegen die Bezeichnung »Junkie« wehre. Ich drücke nicht. Ich habe nur zwischendurch ein wenig Spaß.

Tom kann ich schon von Weitem vor dem Haus stehen sehen. Er raucht. Ich könnte ihn zu einer Pas-de-deux-Figur nötigen, damit er mich anfasst, und es damit begründen, dass ich diese Woche wegen unserer »besonderen familiären Situation« nicht zum Training darf. Aber neben Tom steht der unvermeidbare Begleiter David, sein Bruder. Der muss bei solchen Treffen immer dabei sein. Ist wohl so ein Familiending. Außerdem könnte so eine Aktion vor Nelli peinlich werden, weil sie immer im falschen Moment die Klappe aufreißt. Dreizehnjährige, man kennt das ja!

Also begnüge ich mich damit, im Sonnenuntergang auf Tom zuzulaufen und mich an seiner muskulösen Silhouette zu erfreuen, mir seine blonden Haare und die wahnsinnig blauen Augen vorzustellen und davon zu träumen, dass er und ich ...

»Hast du das Geld dabei?«, ruft er.

Ich lande einen emotionalen Bauchklatscher im nassen Sand. Das hat er jetzt nicht wirklich gesagt! Keine Bemerkung über meine neuen Haarfarben, mein umwerfendes Outfit aus mauvefarbenem Wave-Minirock, Starlight-T-Shirt in Chamois und naturlederfarbenen Run-Away-Sandalen?! Drei Schritte später habe ich mich wieder im Griff.

»Hast du die Pillen?«, frage ich mit neckischem Unterton. Glaube ich jedenfalls. Irgendwas muss da heute noch gehen! Er zieht ein neutrales Pillendöschen aus seiner Umhängetasche. Ich blöde Kuh hatte mir vorgestellt, dass ich mich an ihn dränge und ihn auffordere, das Geld aus meinem BH aus der Lillehus-Beneath-Linie zu ziehen. Bevor ich einen leidenschaftlichen Kuss auf seine vollen Lippen drücke. — Ernüchtert greife ich in den Ausschnitt meines halbtransparenten T-Shirts und halte die Scheine hoch. Meine heimliche Hoffnung, dass er das Döschen mit seinen warmen Fingern ins BH-Körbchen steckt, erfüllt sich natürlich auch nicht. Schweigend und routiniert vollziehen wir den Geld-Pillen-Austausch.

David schaut weg. Nelli grinst dämlich.

»Was willst du eigentlich hier?«, fragt Tom sie barsch. Das macht die Enttäuschung von gerade fast wieder wett.

»Dabei sein ist alles«, gibt Nelli schnippisch zurück. Sie nimmt ihren Rucksack herunter und holt zwei Bierdosen heraus. Eine kriegt Tom, die andere behält sie. Simultan knacken sie sie auf und stoßen an.

»Skål!«

»Skål.« Nelli trinkt. Tom mustert sie. Ich beobachte Tom. David stiert in den Sonnenuntergang, setzt sich in Bewegung und geht den Strand hinunter.

»Hol ihn zurück«, sagt Tom. Und als sich niemand rührt: »Tuva!«

»Wieso ich?«, frage ich beleidigt.

»Hab hier zu tun«, meint er und misst die kräftige Nelli mit einem Blick, der mein Herz zu brechen droht. »Mach schon.«

45

Du Mistkerl. Und wegen dir habe ich mich mit meinem kürzesten Rock aus dem Haus gewagt?

Mein zentrales Nervensystem überlässt der Großhirnrinde die Kontrolle. Ich drehe mich um, statt Tom anzubrüllen und in die tiefste Hölle zu wünschen, und laufe David nach.

Na ja, der Sonnenuntergang ist schon nicht schlecht heute, aber es macht einen gewaltigen Unterschied, mit wem man ihn genießt. David ist nicht nur geistig hinterher, sondern auch körperlich höchstens Durchschnitt. Seine Augen und seine Haare sind langweilig braun. Er trägt karierte Hemden und ausgelatschte Sandalen und eine Nerdbrille. Mit ihm kann niemand so recht was anfangen. Aber wer Tom will, muss auch David akzeptieren. Leider.

»David«, rufe ich und lasse das Döschen in meine Birkin-Tasche fallen. Die Probetablette werde ich später einwerfen. »Warte mal.«

David marschiert stur weiter. Ich lege einen kurzen Spurt ein, was auf dem nassen Sand keinen Spaß macht.

»Tom sagt, du sollst zurückkommen«, keuche ich.

»Mir egal.« Davids Stimme passt nicht zum Rest. Sie macht klar, dass eigentlich David der Ältere von den beiden und schon achtzehn ist. Und seine Stimme ist echt der Hammer. Wie kann jemand mit so einem verkorksten Gehirn so heftig männlich klingen? Aber zum Wundern bleibt mir keine Zeit, Tom wartet.

»Jetzt bleib doch mal stehen, David«, versuche ich es etwas freundlicher.

Und er tut es tatsächlich, er stoppt und dreht sich um. Seine Augen hinter der Nerdbrille starren mich an. »Du hast die Haare anders. Sieht scheiße aus.« Er läuft weiter.

»He!« Ich reiße ihn an der Schulter zurück, er fährt herum und zischt: »Fass mich nicht an!« Anscheinend ist er stinksauer.

Ich wäge einen Streit mit David gegen den Verlust von Toms Freundschaft ab und frage dann so ruhig wie möglich: »Was ist denn los?«

Ich hoffe auf eine Kinderantwort wie Pipi, Spielzeug kaputt, alle doof, damit wir so schnell wie möglich zu Tom zurückkönnen. Bevor Nelli doch noch bei ihm landen kann.

»Das da.« Mit dem Kopf deutet David auf Nelli und Tom. Ich drehe mich um. Die beiden sitzen inzwischen viel zu nah beieinander vor der ranzigen Hütte. Prima!

»Ja«, sage ich erstickt, »das ist totaler Mist.«

»Sie saufen«, stellt David überflüssigerweise fest. »Tom hat das Zweitauto von unserem Vater geklaut.«

Seine Worte versetzen mir einen Stromstoß. »Was?!«

»Papa wird bestimmt böse sein.«

Oh Gott! Auto, Tabletten und Bier. Mein Hausarrest. Die Umstände unserer Treffen sind immer etwas zwielichtig, aber diese Kombination hatten wir noch nicht. Wenn wir jetzt auffliegen! Mir wird schwindelig vor Angst.

»Aber wieso klaut Tom denn eurem Vater das Auto?« Erste Spuren von Verzweiflung machen sich bemerkbar.

David beobachtet mich. Die tief stehende Sonne überblendet ihn, bis ich nur noch seine Umrisse und sein Lächeln sehe. Er zuckt mit den Schultern. Grinst. »Wir haben den Bus verpasst.«

Ich will schreien, dass das ja wohl eine total beknackte Situation ist, in die er und Tom uns vielleicht gebracht haben, dass er sich nicht an meiner Angst aufgeilen und endlich mitkommen soll, damit wir noch retten, was zu retten ist. Aber ich verschlucke mich erstaunt und muss husten. Unter meinen Füßen gerät der Sand nicht nur sprichwörtlich in Bewegung, ich taumele. Jetzt wäre der perfekte Moment für einen starken Arm, der mich vor dem Sturz bewahrt!

Rücklings lande ich im nassen Sand. Und ich habe doch nur einen String-Tanga an!

David sieht mir seelenruhig zu, holt eine Tabaktüte heraus und fängt an, sich eine Zigarette zu drehen.

»Hilf mir doch mal!«

»Nö.« Er macht auf dem Absatz kehrt und läuft zur Hütte zurück. »Wir müssen vor Mama und Papa zu Hause sein«, ruft er über die Schulter.

Idiot, das hätte ich ihm auch sagen können! Mühsam rappele ich mich auf und folge ihm. Mama und Papa. Jeder normale Mensch nennt seine Eltern beim Vornamen! »He!«

David reagiert natürlich nicht.

»He!« Meine Verzweiflung wächst, auch weil ich beim Näherkommen sehe, dass Tom und Nelli gerade Brüderschaft trinken. Mit Bier. An unserem Strand. Verfluchte Scheiße! »David! Du verarscht mich doch, oder? Ihr seid mit dem Bus gekommen!« Wer schon mal Sand im String hatte, weiß, dass es ein Ding der Unmöglichkeit ist, beim Laufen keinen Tanz aufzuführen.

»Nein«, ruft David fröhlich. »Das war der coolste Bruch der letzten drei Wochen!«

»Schei...«

»Jetzt halt doch mal die Klappe!«, brüllt Nelli mich an. »Wir sind zum Feiern hier und nicht, um uns von dir moralische Vorhaltungen machen zu lassen.«

»Du weißt ja auch nicht, was hier los ist. Wenn das auffliegt, können wir uns auf was gefasst machen!«, schreie ich zurück.

»Und du auch!«

Möwen kommentieren kreischend die Szene.

Tom schaut mich an. David schaut mich an und widmet sich wieder seiner kegelförmigen Zigarette. Nelli seufzt nur und zieht die nächste Dose aus ihrer Umhängetasche.

Am liebsten würde ich ihr meinen ganzen Frust ins Gesicht schreien, dass ich wegen ihr nicht an Tom herankomme, für den ich mir heute die Beine gewaxt und die Haare gefärbt und stundenlang vor dem Schrank gestanden habe! Aber ich traue mich nicht. Weil ich mir den Moment, in dem ich ihm meine Liebe gestehe, ein wenig anders vorgestellt habe. Ohne Bier. Ohne David, der zufrieden seinen Joint hochhält. Und vor allem ohne die versoffene Nelli!

Also schmolle ich stumm.

Derweil leeren Nelli und Tom zusammen drei weitere Dosen. Nelli kippt insgesamt drei und spricht immer noch verständlich. Tom hat nach seiner zweiten Dose schon Schwierigkeiten, gerade zu sitzen.

David zündet seinen Joint an, zieht mehrfach und hält ihn mir hin. Kommentarlos.

»Was soll ich damit?«

»Wenn du das auch nicht weißt.« Nelli lacht dreckig.

Na klar weiß ich das. Meinen ersten Zug inhaliere ich so tief, dass ich ganz genau fühlen kann, wie mein künftiger Lungenkrebs seine neue Bleibe inspiziert. Beim zweiten Zug vergesse ich auszuatmen und kriege einen Hustenanfall.

Ein wenig enttäuscht sieht David schon aus, als er mir den Joint abnimmt. Jetzt bin ich auch noch bei ihm unten durch. Ich huste und huste, dass meine Ohren anfangen zu glühen.

Bevor es noch peinlicher für mich wird, hebt Tom seine Bierdose, schreit: »Besoffen!«, und kippt zur Seite. Das ist das Stichwort für David. Er drückt den Joint aus, schnappt sich seinen Bruder und trägt ihn halb zum Parkplatz.

»Wir hätten euch ja nach Hause gebracht, aber nehmt besser den Bus.« David zieht Tom den Autoschlüssel aus der Tasche, sperrt die hintere Tür auf und legt seinen Bruder auf die Rückbank.

»Und ihr?«, frage ich mit Blick auf das Auto.

Nelli scheint das alles nicht zu kümmern. Ihr geht's richtig gut.

Doch David deutet nur stumm auf den heranfahrenden Bus. Da der nächste erst in einer Stunde kommt, renne ich los und werfe mich hinein, bevor die Türen wieder zuknallen, gefolgt von Nelli. Durch das Rückfenster können wir beobachten, wie David Tom vollständig auf die Rückbank zieht und die hintere Tür behutsam schließt.

Dann biegt der Bus ab. Die beiden verschwinden aus unserem Blickfeld.

Mir fällt auf, dass ich vor lauter Stress vergessen habe, wenigstens eine der Tabletten zu probieren. Alles wegen Tom und Nelli. Aber das werde ich den beiden zurückzahlen!

Donnerstag

David

Fast zeitgleich trafen sie kurz nach Mitternacht zu Hause ein: Elsa und Lasse im Carport, David und Tom im Gebüsch, das die Grenze zum Nachbargrundstück bildete. David hatte seinen Bruder gerade noch rechtzeitig in die Hocke gezwungen.

»Scheiße«, murmelte Tom und kippte nach hinten.

Zum Glück hörte Elsa den Aufprall nicht, weil sie gerade die Fahrertür zuschlug. »Alles dunkel«, meinte sie nach einem kritischen Blick aufs Haus.

»Die Jungs werden schon schlafen.« Lasse machte sich am Kofferraum zu schaffen.

David schwitzte. Die Aufregung schien Tom für ein paar Augenblicke wieder nüchtern zu machen. Er hob den Kopf. »Wasiseintl...«

Wortlos drückte David ihn wieder nach unten und hielt ihm den Mund zu. Warnend legte er den Finger auf die Lippen. Zum Glück kam die Botschaft in Toms vernebeltem Gehirn an.

Elsa lachte leise. »Es ist Mittsommer. War es in dem Alter bei euch nicht auch so, dass ihr erst ins Bett gekrochen seid, wenn die Sonne untergegangen war?«

Durch eine Lücke in der Hecke sah David seinen Vater schmunzeln.

»Nein. Du hast recht. Es waren herrliche Sommer.« Er hievte eine prall gefüllte Aktentasche aus dem Kofferraum und trug sie zum Haus. Den Klamotten nach war er mit Elsa in der Oper gewesen. Aber die Aktentasche deutete eher auf eins der Geschäfte hin, die Lasse aus Sicherheitsgründen weit weg von zu Hause abwickelte.

David bedeutete Tom, sich nicht vom Fleck zu rühren, und schlich geduckt zur Rückseite des Hauses. Dank der großzügigen Terrassentüren hatte er einen erstklassigen Blick ins Wohnzimmer, genauer gesagt auf das zur Seite geklappte Porträt des Großvaters. Lasse nahm ein Geldbündel nach dem anderen aus der Aktentasche und verstaute es im Tresor. David wunderte sich darüber, wie kalt ihn das ließ. Die Erfahrung hatte ihn gelehrt, dass viel Geld im Tresor einschneidende Veränderungen bedeutete. Aber er kannte seine Eltern und verließ sich darauf, dass sie die Situation im Griff hatten.

Unbemerkt kehrte er zu Tom zurück, dessen erstes zartes Schnarchen die Mittsommernacht störte, zog ihn umständlich in die Senkrechte und schleppte ihn zum Kellerzugang auf der gegenüberliegenden Längsseite, wo niemand von außen eine Tür vermutete. Es gab immer einen Weg ins Haus, und David kannte sie alle.

Olofsson

»Mein lieber Sörensen, ich bin nicht mehr für den Fall Pieters zuständig. Und ich werde den Teufel tun und für Sie in Stockholm Männchen machen, nur weil Sie keine Lust haben, sich durchzufragen«, brummte Olofsson müde ins Telefon.

»Es ist mir egal, wozu Sie Lust haben und wozu nicht«, knurrte der Anwalt.

Vielleicht knurrt auch sein Magen, überlegte Olofsson, denn wer um sieben Uhr schon arbeitete, hatte mit Sicherheit keine Zeit fürs Frühstück. Jedenfalls war es bei Olofsson so. »Gut, dann hätten wir das ja geklärt. Übrigens: Haben Sie irgendwelche Informationen für mich, die bei der Aufklärung des Falls helfen könnten?«

»Sie wissen, dass ich keine Aussagen über die Geschäfte meiner Mandanten treffen werde.«

»Sie wissen, dass ich Sie bei Zurückhaltung relevanter Informationen ...«

»Jajaja«, unterbrach Sörensen ihn. »Es gibt aber nichts. Und von meinem Mandanten Herrn Eklund werden Sie auch nichts erfahren. Ich habe ihm geraten, zu schweigen.«

Olofsson grunzte verärgert. »Und wie sieht es mit den Anliegen der Pieters' aus? Die haben Sie auch vertreten, wenn ich richtig informiert bin.«

»Die Geschäfte des verstorbenen Ehepaars Pieters habe ich an eine spanische Sozietät vor Ort delegiert.« Allmählich wurde Sörensen hochnäsig.

»Dann verraten Sie mir doch sicher die Adresse der betreffenden Sozietät.« Oder ich lasse Sie abholen, weil Sie die Ermittlungen in einem Mordfall behindern. Spielchen, Spielchen und nochmals Spielchen, dachte Olofsson und ignorierte den säuerlichen Unterton des Rechtsverdrehers, als dieser ihm die Adresse diktierte. »Formentera. Da wäre ich jetzt auch gern.«

»Nur zu, fliegen Sie hin, ich halte Sie nicht zurück«, meinte Sörensen schnippisch. »Dann habe ich wenigstens meine Ruhe.«

»Und wer sagt Ihnen dann, wer für die Freigabe der Leiche zuständig ist?« Manchmal konnte sich selbst Olofsson ein Grinsen nicht verkneifen.

»Wir sprechen uns noch!« Klack! Sörensen hatte die Verbindung unterbrochen.

Erschöpft legte Olofsson auf. Er musste nachdenken, und das ging am besten in der Zeit vor acht Uhr morgens, wenn die Schurken der Welt noch beim Morgenkaffee saßen. Auf dem Bildschirm flimmerte die E-Mail an Modersson mit den Daten, die er am vergangenen Nachmittag über Uta Pieters' Aufstieg im Beauty-Business zusammengetragen hatte: Nach einem Jahr hatte sie in Malmö einen zweiten Laden eröffnet und danach insgesamt noch vier weitere in Lund und Ystad. Mit dem genialen Konzept, ihre Beauty-Seminare vor allem in Südeuropa anzubieten, war sie erst wohlhabend und schließlich reich geworden und nach der Hochzeit mit Magnus Pieters 2010 nach Formentera übergesiedelt.

Die fünf Läden in Schweden hatte sie ab 2003 verpachtet oder verkauft. Trotzdem war sie nach wie vor für Großereignisse wie die Frühjahrs-Show der größten Malmöer Modehäuser gebucht worden, die im besten Hotel der Stadt stattfand. Im Hotel Grand Malmö Garden hatte er nach einem kurzen Gespräch mit dem Geschäftsführer die Adressen der beteiligten Modelabels bekommen und deren Kreativwerkstätten wie immer in Cargo-Shorts und T-Shirt beehrt. Manchmal half es, ein wenig einfältig zu wirken, um die Leute zum Reden zu bringen. Und die Designerin Lillemor Langhus hatte nach einem nachdenklichen Blick auf seine Tusk-Sandalen fast nicht mehr mit dem Reden aufhören können. Sie wollte ganz offensichtlich verhindern, dass er noch mal zurückkam, also sagte sie ihm lieber gleich alles. Dank ihrer Kontakte zu Uta Pieters hatte sie die Ukrainer Ewgenij Kropidlow und Yuri Iwanow kennengelernt, die ihre Modekollektion erst in die Provinz und dann nach Kiew gebracht hatten. So wollte sie es bis nach Moskau schaffen. Wieso Uta Pieters überhaupt Kontakte in die Ukraine pflegte, interessierte die Designerin nicht.

Olofsson runzelte nachdenklich die Stirn. Welchen Preis Lillemor Langhus wohl bereit war, für Ruhm und Reichtum zu zahlen? Oder sah er schon wieder Gespenster, weil er doch ein verkappter Xenophobiker war?

Sein Telefon klingelte. Widerwillig nahm er den Hörer ab.

»Ludmilla Kropidlowas sicheres Händchen hat dafür gesorgt, dass Lillemor Langhus nie wieder Angst um ihr Auskommen im Alter haben muss«, schnarrte Modersson heiser wie immer. »Odessa, Donezk, Dnjepropetrowsk, Charkow, Kiew. So verlief die Karriere der Langhus. Na, was sagen Sie?«

»Erst mal guten Morgen«, meinte Olofsson verstimmt. »Und den Rest kann ich nicht beurteilen. Ist es nicht üblich, dass man unter Geschäftspartnern Kontakte austauscht?«

»Nicht in diesem Fall«, meinte Modersson ernst. »Und das können Sie diesem Anwalt Sörensen beim nächsten Anruf auch sagen: Wer wie Uta Pieters mit diesen speziellen Herren aus der Ukraine Geschäfte macht, ist grundsätzlich verdächtig. Da gibt's schon deshalb vorerst keine Bestattung, weil ich das sage. Punkt!«

»Hat der Armleuch... Ich meine, hat der Anwalt der Eklunds Sie schon kontaktiert?«

»Sprechen Sie es ruhig aus. Sörensen *ist* ein Armleuchter mit einer noch ahnungsloseren Vertretung im spanischen Raum. Er hat keine Vorstellung davon, mit wem die Pieters verhandelt haben. Hinter deren Tod steckt die Russenmafia!«

»Nur wegen ihrer Firmensitze in der Ukraine lässt sich noch lange kein Verdacht gegen Kropidlow und Iwanow begründen«, wandte Olofsson vorsichtig ein.

»Ölhandel ist immer verdächtig. Merken Sie sich das.«

»Ich arbeite nicht erst seit gestern bei der Polizei.«

»Dann wissen Sie ja auch, wohin die Reise bei der Kombination Osteuropa – Kleidung – Models – Öl geht?« Das Klicken verriet, dass Modersson schon am frühen Morgen Stimmpflege mit Nikotin betrieb.

»Nein«, musste Olofsson zugeben. »Aber wenn ich raten müsste, würde ich auf Drogen tippen.«

»Auch.«

Ein paar stille Sekunden verstrichen. Olofsson wurde ungeduldig. »Und weiter?«

»Je weniger Sie wissen, desto besser für Sie«, brummte Modersson kryptisch. »Und jetzt husch, husch zurück zu Ihren Aktenbergen. Ich melde mich bei Ihnen, falls ich wieder was brauche.« Klack. Aufgelegt.

»Klickediklack«, sagte Olofsson genervt. »Ich bin doch kein Laufbursche!«

Tuva

»Nein, nein und nochmals nein!«

Ich habe Nova noch nie mit dem Fuß aufstampfen sehen, schon gar nicht im Esszimmer. Aber heute geht sie endlich mal aus sich heraus. Und warum? Weil ich meiner Pflicht als Schülerin nachkommen will, denn sonst werde ich verrückt!

Dass ich mir mit den Fingern durch die bunten Haare fahre, ist reine Verlegenheitsfellpflege. Das machen Primaten auch, wenn sie sich dem Alphatier ganz harmlos präsentieren wollen. Hoffentlich weiß Nova das.

»Warum denn?«, frage ich verunsichert.

»Weil dein Platz zu Hause ist, bis wir Uta und Magnus beerdigt haben«, sagt Nova mit dicken Tränen in der Stimme. »So will es die Familientradition. Die Familie bleibt bis zur vollendeten Bedeckung der Särge mit Erdreich zusammen, um dem Tod die Stirn zu bieten!«

Ich will gar nicht wissen, aus welchem Schundroman sie das wieder hat. »Jorik ist doch auch in die Firma gefahren.«

»Er kommt vor dem Mittagessen zurück«, schnappt Nova. »Und du gehst jetzt auf dein Zimmer, Fräulein. Subito!«

Da ist sie wieder, die Anspielung auf ihre zahlreichen Auslandsreisen, diesmal nach Italien. Und ihre vergeblich an mich verschwendete Autorität. Das nächste »Nein!« liegt mir schon auf der Zunge. Aber wer weiß, was Nova noch alles macht, wo sie der Unfall dermaßen aus der Bahn gekickt zu haben scheint. Immerhin gibt es ja noch Plan B!

Ich warte, bis Nova irgendwo im hinteren Teil des Hauses verschwunden ist. Sicher muss sie Ramona noch eine ganze Menge Sachen zeigen, auch wenn nicht mal ein Bruchteil der Aufgaben anfallen wird, bis Milva gut gelaunt und erholt wieder auf der Matte steht. Das kann mir gar nicht rechter sein, denn Ramona hat so was wie eine einschläfernde Wirkung auf Nova. Sie wird ganz ruhig in ihrer Gegenwart.

Nach dem letzten Türklappen werfe ich einen bedauernden Blick auf mein liebevoll zurechtgeschnibbeltes Frühstücksmüsli, packe meine Schultasche und mache, dass ich wegkomme. Ich schlüpfe aus dem Seitenausgang zum Park, renne im Schatten der uralten Bäume zur nächsten Querstraße und von dort weiter zur Bushaltestelle. Normalerweise bringt Jorik mich zur Schule. Er findet es trotz seines dicken Geldpolsters wichtig, dass er das persönlich macht und nicht irgendein Chauffeur. Ehrlich gesagt habe ich nicht nur deshalb oft das Gefühl, dass er derjenige ist, der bei uns für Normalität sorgt.

Den Bus erwische ich knapp und kann sogar das Ticket zahlen, weil ich an mein Portemonnaie gedacht habe. Es bleiben noch zwanzig Minuten bis zum Unterrichtsbeginn, aber das reicht. Ich mache es mir auf der letzten Bank gemütlich und versuche, die Beunruhigung über Novas Ausbruch zu verdrängen. Ich prüfe den Sitz meiner neuen Frisur in der Spiegel-App meines Handys und denke an Tom. Nur an ihn, denn der Abend war ja dank Nelli und David nicht so der Brüller. Am liebsten hätte ich die Pillen eingeworfen und Tom geküsst, damit ich vergesse. Alles. Vor allem mich selbst.

Ganz schön krank.

Ich öffne meine Schultasche und fühle vorsichtig nach dem Pillendöschen. Das ist der eigentliche Grund für mich, heute in die Schule zu gehen. Wenn ich zu Hause eine Pille einwerfe, kann ich auch gleich aus dem Fenster springen. Denn wenn Nova mich so erwischt, weil sie mal wieder ohne anzuklopfen reinschneit, kriegt nicht nur sie die Krise. In der Schule dagegen kann ich zur Schulschwester gehen. Sie zweifelt nie daran, wenn man sagt, dass einem schlecht ist, und lässt einen in Ruhe auf der Liege chillen. Nach einer Schulstunde ist das schönste Glücksgefühl meist vorbei, ich kann zurück in den Unterricht und niemand merkt etwas.

In den ersten beiden Stunden habe ich Sport. Heute soll es Noten für den Langstreckenlauf geben. Ein Kilometer ist Pflicht, fünf sind das Maximum. In Sport könnte ich mal wieder eine gute Note gebrauchen. Wenn ich davor eine Pille einwerfe, kann ich stundenlang rennen und meinen Überhang an Fehlstunden vielleicht ausgleichen. Der Gedanke macht mich so zufrieden, dass ich die Einzige bin, die lächelnd die Umkleidekabinen auf dem Sportplatz betritt. Alle anderen stöhnen und schwitzen jetzt schon, weil die Nacht heiß und wie immer zu kurz war. Die meisten sehen aus wie nach einem durchgetanzten Wochenende in der Disco. Ich erwäge, auf die Pille zu verzichten, weil ich mich jetzt schon super fühle, und verwerfe den Gedanken wieder. Wie blöd wäre ich denn, wenn ich das nicht ausnutze!

Beim Umziehen lege ich meine Klamotten extra sorgfältig zusammen. Es dauert ganz schön lang, bis ich endlich allein in der Kabine bin. Dann zaubere ich erst eine und dann noch eine Pille in meinen Mund. Damit will ich die Zeit verkürzen, die es erfahrungsgemäß dauert, bis die Wirkung einsetzt. Rasch lasse ich das Döschen wieder in meiner Schultasche verschwinden. Jedoch nicht schnell genug für Nelli, die plötzlich in der Tür steht.

»Was hast du da?«

»Geht dich nix an. Was machst *du* überhaupt hier?«

»Wir machen heute mit euch Leichtathletiknoten.« Nelli grinst böse. »Frau Holmqvist meint, wir sollen euch lahmen Gänsen aus der Neunten Feuer unterm Hintern machen.«

Spöttisch mustere ich ihren strammen Bauch. »Also musst du heute auf der Bank sitzen, so langsam, wie du bist?«

Nelli löst sich vom Türrahmen, kommt herein und schließt die Tür. »War nett gestern mit Tom. Ich will ihn morgen wiedersehen. Mach für mich ein Date aus!«

Ich bin im ersten Moment sprachlos. »Wie käme ich dazu?«, frage ich dann wütend.

»Tribut an mich, damit ich den Mund halte«, pariert Nelli gelassen.

»Denk dran, dass deine Leber als Gegenbeweis herangezogen werden kann«, zische ich. »Du kannst mir gar nix!«

»Ich behaupte einfach, du hättest mich angefixt«, haut sie raus.

»Wie denn, ich fixe doch gar nicht!« In meinen Ohren vernehme ich ein erstes leises Rauschen. Mein Blutdruck steigt zu schnell. Kein gutes Zeichen!

Doch Nelli zuckt nur mit den Schultern. »Dann war es eben Tom. Er kann sowieso nicht richtig küssen.«

Mir bleibt die Luft weg. Im nächsten Moment klatscht meine Hand voll in Nellis Gesicht. Sie taumelt zurück, dann geht ein wahres Trommelfeuer auf mich nieder. Sie hämmert mit ihren Fäusten auf mich ein, dass ich fürchte, meine Schlüsselbeine brechen gleich. Ich schaffe es, sie wegzustoßen. Sie knallt mit dem Kopf gegen einen Jackenhaken an der Wand, geht zu Boden, bleibt auf dem Bauch liegen.

Heftig atmend torkele ich zurück.

Etwas Dunkles tropft aus Nellis Haaren auf den Boden. Sie rührt sich nicht.

Durch meine Ohren jagt ein Kreischen. Die Angst treibt meinen Blutdruck noch schneller in die Höhe, Schmerzen wie heiße Nadeln schießen durch meinen Kopf. Mein Brustkorb scheint auf einmal zu klein für so was Simples wie Atmen.

»Nelli?« Die Luft wird mir knapp. »Nelli!«

Ich falle auf die Knie und krieche zu der kleinen, dicken Nelli. Da sie auf dem Bauch liegt, kann ich ihr Gesicht nicht sehen, aber das brauche ich auch nicht, denn plötzlich habe ich die schreckliche Gewissheit: Nelli ist tot.

Zitternd sinke ich neben ihr nieder, berühre den dunklen Fleck an ihrem Kopf, ziehe die Hand zurück. Mein Finger ist sauber.

Scheiße. Die Pillen wirken schon!

»Steh auf«, sage ich zu ihr. Ich erkenne meine eigene Stimme nicht mehr.

Plötzlich hebt sie den Kopf und grinst. »Bist erschrocken, was?« Ihr Atem riecht immer noch nach Alkohol. Angewidert ziehe ich mich zurück. Unter mir wird der Boden weich wie Moos. Ich muss aufpassen, wie ich meine Füße setze.

»Du stinkst nach Bier«, sage ich.

»Du hast Pupillen wie Saugnäpfe«, erwidert sie gelassen.

Der Schlag gegen meinen Kopf ist nur mental. Für ein paar Sekunden kann ich trotz der Pillen wieder klar denken. »Du bist so krank. Mensch, versau dir doch nicht dein Leben. Hör mit der scheiß Sauferei auf!«

»Und du?« Schwerfällig erhebt sich Nelli und tastet nach ihrem Kopf. Sie scheint nicht den kleinsten Kratzer zu haben. »Hör mit den scheiß Drogen auf. Du bist doch keinen Deut besser.«

Als ich endlich stehe, muss ich mich an der Wand abstützen. Und spüre Sorge um Nelli. »Ich meine es ernst. Lass die Finger von dem Zeug und von Tom. Er ist ein Dealer, hast du das noch nicht kapiert?«

Nelli schluckt. »Das hast du doch auch nicht. Schau nur, was er aus dir gemacht hat.« Sie deutet vage auf mich.

In diesem Augenblick ist uns beiden nicht klar, ob wir Rivalinnen oder Schwestern sind. Die eine bereits etwas aufgedunsen vom Alk, die andere auf dem besten Weg, geistig und körperlich ein untergewichtiges Wrack zu werden. Wir sind alle beide abhängig.

»Ach, lass mich doch in Ruhe«, zische ich und stampfe hinaus. Die Wirkung der Pillen wird stärker. Das anfängliche flaue Gefühl verpufft, als ich auf dem sonnenüberfluteten Sportplatz eintreffe.

Wow. Das ist gutes Zeug. Danke, Tom.

Zuhören wird überbewertet, ich trete an das nächste lebende Wesen heran, das dort steht, und fange an zu schnattern. Ich rede und rede lauter dummes Zeug, aber das andere Wesen kichert mit mir um die Wette. Die Lehrerin schaut schon streng, sagt aber nichts.

Wir fangen an, uns zu schubsen. Hm, so wie sich die Haut anfühlt, könnte das Lara sein. Sie nimmt Anlauf und rennt volle Kanne in mich hinein. Ich überschlage mich und bleibe lachend liegen. Die anderen schauen mich an, als hätte ich sie nicht mehr alle. Habe ich auch nicht. Das sind die Pillen!

Dann fällt das Wort »Langstrecke«. Ich springe auf wie ein Knallfrosch, sause zur Startlinie und kann es kaum erwarten, dass die Lehrerin in die Trillerpfeife bläst. Ich renne noch vor den anderen los und bin frei! Die Welt pulsiert auf meinem Atem. Ich löse mich von ihr, fliege weit, weit hinauf und komme ganz sachte wieder unten an, alles in Zeitlupe. Der Boden ist so weich, dass ich nach und nach darin versinke wie in einem flauschigen Kuschelkissen, die Sprünge tragen mich nicht mehr ganz so hoch, doch plötzlich ist es ganz in Ordnung, dass ich zur Erde zurückfalle. Beim nächsten Sprung greife ich nach der Sonne, ich will sie berühren, denn unter mir ist es auf einmal so dunkel, ich sinke bis zu den Knöcheln ein, dann bis zu den Knien, schließlich saugt sich die Erde an mir fest. Ich bleibe kleben.

Mit letzter Kraft erwische ich die Sonne und muss sie gleich wieder von mir schleudern, um nicht zu verbrennen. Mit ihr fliege ich eine letzte Parabel, der Tartanbelag öffnet seine Poren, ich werde vom Luftstrom angesaugt und verschwinde darin. Um mich herum ist alles rot. Nur ganz oben gleißt die Sonne weiter. Zornig. Sie wird mich verbrennen.

Das Kreischen in meinen Ohren findet einen Weg zu meinem Mund, ich schreie und schlage um mich, ich will nicht sterben! Dann wird es dunkel.

David

Ein dicker Kopf war nie gut. Vor allem, wenn man keinen Tropfen Alkohol getrunken hatte und am späten Vormittag trotzdem mit einer Mördermigräne aufwachte. David saß blass und mit brummendem Schädel am Frühstückstisch, während Tom nicht mal mehr nach Bier roch. Wie machte er das? War er resistent gegen alle schädlichen Substanzen?

»Schatz, du siehst nicht gut aus.« Besorgt strich Elsa David über die Stirn. »Willst du heute zu Hause bleiben?«

Langsam nickte er, um seinen Kopf nicht stärker als nötig zu erschüttern.

»Du gehst in die Schule«, meinte Lasse zu Tom. »Damit wir uns richtig verstehen, Meister.«

Tom zog ein Gesicht. Aber da ihm offensichtlich nichts fehlte, blieb ihm nichts anderes übrig, als seine Tasche zu packen und zum Bus zu schlurfen.

Gern hätte David sich im Wohnzimmer auf die Couch gelegt und den Fernseher eingeschaltet, aber Elsa bestand darauf, dass er sich in seinem Zimmer ausruhte. Immerhin hatte sie in der Werkstatt für ihn angerufen, in der er eine Teilausbildung zum Schreiner machte. Sein Ausbildungskumpel Kev würde morgen sicher wieder blöd glotzen, bis David ihm sagte, warum er nicht gekommen war. Nun ja. Es gab Schlimmeres.

Oben in seinem Zimmer wurde ihm schnell langweilig. Selbst die Spielshows im Satellitenfernsehen waren schon mal interessanter gewesen. Früher hatte man sich ja noch anstrengen müssen, um Fragen richtig zu beantworten, aber heutzutage ... Genervt schaltete er den Fernseher aus, als der Gewinner einer Spielrunde mit flatternden Kronenscheinen übergossen wurde. Die Scheine! Es schadete sicher nicht, einen Blick in den Tresor zu werfen. Er schaltete den Fernseher wieder ein und stieg aus dem Bett. Das gab ihm die nötige akustische Deckung.

Vorsichtig öffnete David die Tür einen Spalt und lauschte in den Flur. Im Bad neben dem Elternschlafzimmer wurde die Dusche aufgedreht, denn genau jetzt war Elsas Duschzeit. Zufrieden nickte David. Und Lasse?

Langsam trat David auf den Flur. Die Stimme seines Vaters erklang irgendwo unter ihm im Erdgeschoss. Was er sagte, war nicht zu verstehen, aber er sprach schnell und erregt.

Ungewöhnlich, dachte David.

Barfuß schlich er die Treppe hinunter, sich immer an Lasses Stimme orientierend, die, wie David schließlich enttäuscht feststellte, aus dem Wohnzimmer kam, in dem sich auch der Tresor befand. Ungesehen kam er in die Küche, positionierte sich neben der Durchreiche zum Wohnzimmer und hielt den Atem an.

»Glaub mir, die biegen das hin. Und du sagst, du weißt von nichts. – Ja. Bis bald.«

Wer biegt was wieder hin?

Plötzlich stand Lasse in der Küche. David hatte nicht aufgepasst und fuhr zusammen.

Einen Moment musterten sie sich nachdenklich.

»Mein Junge«, sagte Lasse schließlich warm, wie es ein Vater sagt, der seinen Sohn liebt, egal, was er verbrochen hat. »Wie geht's dir?«

»Geht«, meinte David verlegen. »Hast du telefoniert?«

Lasse nickte bedächtig.

»Mit Ewgenij?«

Wieder der Augenblick, in dem alles auseinanderzufallen drohte. »Nein. Mit einem Geschäftspartner.«

Stimmt, dachte David. Sonst hätte Lasse ja Russisch gesprochen. »Kenne ich ihn?« David konnte sich nicht bremsen. Er musste einfach fragen.

Geheimnisvolles Schulterzucken. »Was hältst du von Walnusseis?«

»Viel«, sagte David, um dem einsetzenden Gedankenwirbel etwas entgegenzustellen. Bei dem Namen Ewgenij hatte Lasse kaum merklich gezuckt. Denn Ewgenij war kein normaler Gesprächspartner, sondern einer, den man mit einem besonderen Handy anrief, in das vorher eine Prepaid-Karte eingelegt werden musste.

Und die spült man hinterher im Klo runter wie im Krimi, bremste David den Sturm in seinem Kopf. Das konnte nur bedeuten, dass Lasse und Elsa ...

Lasse reichte ihm eine Schüssel, randvoll mit Walnusseis. »Meinst du, die Sonne tut deinem Kopf gut?«

Er sorgt sich um mich, dachte David verwirrt und nickte.

»Komm. Setzen wir uns auf die Terrasse.« Die Hand seines Vaters auf der Schulter war heiß und zittrig. Aber David konnte ihm die nasse Hand und die Aufregung wegen der ausgelassenen Antwort verzeihen. Nicht wegen des Walnusseises, nein. Lasse war sein Vater. Und dem eigenen Vater konnte David alles verzeihen.

Tuva

Und jetzt das volle Nachmittagsprogramm: Herzlich willkommen im Krankenhaus! Kochsalztropf, Herz-Lungen-Monitor und eine Krankenschwester mit großer Nase, die mich durch eine Panzerglasscheibe beobachtet. Immerhin hat man mir keine Beatmungsschläuche in den Hals geschoben. Ganz so hinüber bin ich dann wohl doch noch nicht.

Wie es aussieht, habe ich mich mit der Kombination aus Sport und Pillen selbst ausgeknockt. Nicht komplett, weil ich noch Stimmen und Licht wahrgenommen habe, als ich auf dem heißen Tartanbelag fröhlich vor mich hinbriet, aber es war trotzdem ein klassisches Eigentor. Momentan geht es mir nämlich bis auf den Rest des Hochgefühls gar nicht gut. Mir ist kotzübel und schwindelig. Die Bettwäsche stinkt und kratzt, ich werde wahnsinnig! Meine Klamotten wurden hoffentlich ordentlich in den winzigen Kleiderschrank gelegt, der für mich total inakzeptabel ist, genau wie das Krankenhaushemd, in das man mich gesteckt hat. Und ich habe Durst wie Hölle. Kurz: Ich habe es gleich bei meinem ersten Ausflug in die Welt der Amphetamine übertrieben. Irgendwie beunruhigend.

Die Nasenschwester steht plötzlich an meinem Bett und fragt nach meinem Namen.

»Bist du blöd? Steht doch in den Akten.« Ich will mir die Decke über den Kopf ziehen. Geht nicht. Meine Arme sind gelähmt. Verdammte Scheiße.

In diesem Moment wird der Herz-Lungen-Beat schneller und vor allem lauter. Und mir schießt der Schweiß bis in die Augen, kein Witz! Mein Nacken ist steif wie ein Brett. Irgendwie hebe ich den Kopf und kann meine Füße unter der Decke zittern sehen. In welcher Horrorshow bin ich bitte schön gelandet?!

Die nächste Gestalt kommt herein und stellt sich als Dr. Hoglund vor. Vorsichtshalber will ich sie mal anlächeln, wer weiß, was die Höllenhunde sonst mit mir anstellen, aber es geht nicht. Außerdem tun meine Zähne plötzlich weh.

Ich kippe in Unschärfe ...

... und wache wieder auf. Das Licht am Fenster. Es ist gewandert. Geht's mir etwa besser?

Die Ärztin steht schon wieder oder immer noch an meinem Bett. Sie lächelt nicht, ich starte auch keinen zweiten Höflichkeitsversuch. Sie ist dran, verdammt noch mal.

»Schön, dass du wach bist«, sagt sie. »Kannst du mir deinen Namen nennen?«

»Kann in diesem verdammten Krankenhaus keiner Akten lesen?«, nuschele ich. »Warum fragen Sie ständig?«

Sie mustert mich interessiert. »Das gehört zu unseren Diagnosetests.«

Diagnose. Test. »Aha? Muss man einen Intelligenztest bestehen, bevor man sich im Krankenhaus behandeln lassen darf?«

»Weißt du, was? Du verrätst mir deinen Namen und dein Alter und ich sage dir, warum du hier bist. Deal?« Dr. Hoglund streckt mir die Hand hin.

Zynischer geht es nicht. Ich muss die Worte ausspeien, sonst verbrennen sie auf meiner Zunge: »Ich bin fixiert wie so ein Drogenjunkie!«

Dr. Hoglund reagiert nicht.

»Also gut, ich heiße Tuva Eklund, ich bin fünfzehn und bin wahrscheinlich hier, weil ich mir 'ne zerebrale Auszeit genommen habe. Richtig?«

Dr. Hoglund zieht die Hand zurück. Nickt. »Du bist im Sportunterricht umgekippt. Routinemäßig haben wir ein Drogen-Screening bei dir gemacht. Dein Urin war THC-positiv.«

»Nein!«

»Doch. Du hast Marihuana konsumiert. Wahrscheinlich geraucht.«

Stille. Ich warte. Da muss noch was kommen. Ich habe doch Speed eingeworfen! Haben die im Labor die Pissbecher vertauscht oder was? Eine Nachfrage wäre jedoch kontraproduktiv.

Die Schwester mit der großen Nase räumt im Hintergrund herum. »Ich hab Durst«, sage ich. »Kriegt man hier wenigstens Wasser?«

Schweigend kommt die Nasenschwester mit einem lustigen Trinkbecher zu mir.

»Was ist das? Eine Nuckelflasche?«

Sie setzt die Flasche an meine Lippen. Ich schiele in ihre Nasenlöcher. Die Erinnerung wird mich noch jahrelang in meinen Albträumen verfolgen!

»Wir haben außerdem Pillen in deiner Tasche gefunden.«

Ich sauge Wasser aus dem Nuckelding des Bechers. Der Unterton der Ärztin gefällt mir nicht.

Sie starrt mich an. »Tuva, was waren das für Pillen? Du hattest einen Krampfanfall. Deine Atemmuskulatur war kurz gelähmt. Du hättest ersticken können.«

Redet man so mit jemandem, der dem Tod gerade so von der Schippe gesprungen ist? Ich kriege Angst. Ein bisschen mehr Feingefühl ist doch nicht zu viel verlangt! Wütend spucke ich der Nasenschwester das Wasser ins Gesicht. Im letzten Moment weicht sie aus. Das Wasser platscht aufs Bett.

Mist.

»Was bedeutet schon Glück?«, zische ich. »Ach, nein, halt, sagen Sie es nicht. Damit ich eine Antwort wert bin, muss ich ein intellektuelles Kunststückchen vollbringen, um zu beweisen, dass ich noch richtig ticke, oder? Ich bin ja ein Junkie!«

Dr. Hoglund seufzt. »Deine Eltern werden in ein paar Minuten hier sein. Wie willst du ihnen das hier erklären?«

Innerlich brodele ich wie ein Vulkan, ich kann die Hitze der heraufschießenden Lava schon spüren, da verliere ich plötzlich den Boden unter den Füßen. Ich falle. Nicht in den Vulkan, in dem ich verglüht und aus dem Schneider gewesen wäre, sondern zurück ins Eismeer der Angst.

»W-w-was? Meine Eltern?« Mein Bett beginnt sich zu drehen. »Die haben doch damit nichts zu tun.«

»Ich kann vorher mit ihnen sprechen, wenn du willst.« Dr. Hoglunds Stimme *ist* das Eismeer.

»Was werden Sie ihnen sagen?«

»Dass du deinen Blut- und Organwerten nach so schnell wie möglich einen Entzug und danach eine Verhaltenstherapie in einer Einrichtung für Substanzabhängige machen solltest.«

Ich kann mich nicht dagegen wehren, dass ich die Backenzähne fest aufeinander presse, um nicht zu schreien. Der Schmerz strahlt bis in den Nacken aus. Hilflos zerre ich an den Lederstreifen. Sie schneiden in meine Handgelenke. Meine Hände ballen sich zu Fäusten, aber ich kann ja nicht mal versuchen, auf die Ärztin einzuschlagen. Und ich schwitze wie ein Schwein. Jetzt weiß ich auch, was hier so stinkt.

*

Als Nova und Jorik wieder weg sind, haben sie mich aus der Welt, in der ich bisher mit ihnen gelebt habe, ausgeschlossen. Es wird eine ganze Weile dauern, bis sie mich wieder hineinlassen. Außer meinen Eltern darf mich niemand besuchen, damit mich nicht jemand »zufällig« mit Stoff versorgt. Bis dieser »Jemand« bekannt ist, darf ich nicht mal mit meinen Freunden telefonieren oder im Internet surfen. Wegen der »Beschaffungskriminalität«. Ich bin also so gut wie tot! Mein Leben wird erst nach der Entgiftung in einer Spezialklinik weitergehen, wenn ich clean bin. Mein Gott, nur wegen ein paar Drogen?!

Draußen nähert sich die Sonne langsam dem Horizont.

Noch schlimmer ist der Vertrauensverlust. Nova und Jorik hegten schon länger den Verdacht, dass ich etwas einwerfe. Die ungültigen Kreditkarten waren der Köder. Und während ich Depp darauf hereingefallen bin, haben die beiden seelenru-

hig darauf gewartet, dass ich eine gültige Kreditkarte aus Novas Kommode klaue und mich verrate. Dafür hasse ich sie! Immer wieder spult mein überfordertes Gehirn unseren Dialog ab, der mir den Rest gegeben hat:
Nova: Ich habe etwas geahnt.
Ich: Was?!
Jorik: Bitte, Tuva, sei nicht ganz so aggressiv.
Ich: Was hast du geahnt?!
Nova: Als meine Rubinbrosche plötzlich weg war.
Ich: Du glaubst, ich hätte sie zu Geld gemacht?
Betretenes Schweigen.
Ich: Ihr spinnt doch!
Obwohl ich der Regisseur dieser Erinnerung bin, kann ich das Drehbuch nicht verändern, weil die Figuren sich an die Wirklichkeit klammern. Das ist so frustrierend! Mehr als das. Wenn ich könnte, würde ich die Szene umschreiben und alle anderen davor auch, weil es einfach nicht fair ist, dass sie mich ausgerechnet jetzt ausschließen! Ich wollte doch nur Spaß mit Tom. Ich wollte unabhängig sein. Ich wollte endlich leben! Ist das so schwer zu verstehen?

Weil ich nicht aufhören konnte zu weinen, wurde mir nach dem Besuch ein Beruhigungsmittel gegeben. Es soll mich gefühllos machen, aber ich bin trotzdem unendlich traurig. Ja, ich weiß, ich habe hoch gepokert, aber diese Strafe ist trotzdem zu hart.

Entgiftung. Entzug. Therapie. Psychiatrie. Bin ich denn wirklich ein gottverdammter Junkie?!

Nachdem ich mit Begleitung auf dem Klo war – allein darf ich nicht, weil ich mir dort etwas antun könnte! – und mich auch sonst ruhig verhalten habe, werde ich nicht mehr am Bett festgeschnallt. Ich darf mich im Zimmer bewegen, soll aber hauptsächlich im Bett bleiben, sagt man mir. Ob ich etwas lesen möchte? Mich interessiert eigentlich nur mein Handy. Und das ist in meinem Rucksack.

Die Nasenschwester sieht mich mit einem speziellen Blick an, der wohl für Leute wie mich reserviert ist, als ich sie frage, wo mein Schulrucksack ist. Da Nova und Jorik ihn nicht mitgenommen haben, muss er noch irgendwo hier sein. Nach einigem Hin und Her mit der Ärztin sperrt die Nasenschwester den Kleiderschrank des Krankenzimmers auf und da liegt er unter meinen durchgeschwitzten Sommerklamotten.

»Haben Sie den gefilzt?«, frage ich in einem Anflug von Galgenhumor.

Nase nickt wortlos und völlig ernst und geht. An der Tür dreht sie sich noch mal um: »Wir machen das bei allen Patienten mit deinen Symptomen. Aus Sicherheitsgründen. Damit du dir nichts antust.« Nase lächelt unverbindlich und verschwindet endgültig.

Bumm.

Fieberhaft reiße ich den Rucksack auf, leere den Inhalt aufs Bett, schüttele ihn, durchwühle alles, aber mein Handy finde ich nicht. Es ist weg! Und mein Portemonnaie auch. Ich bin völlig von der Welt abgeschnitten.

Erschöpft sinke ich auf mein Bett und schlafe sofort ein.

Nova

Ihre Hand griff nach der Goldrandtasse und führte sie an die blassroten Lippen. Nova trank, ohne den Tee zu schmecken. Es hätte auch heißes Öl oder kaltes Wasser sein können. Leise klirrte die Tasse beim Zurückstellen auf die filigrane Untertasse. Das Pling, das ihr sonst so viel Freude bereitete, war uninteressant geworden. Was hatten sie bei Tuvas Erziehung falsch gemacht?

»Frau Eklund, das hier wurde gerade abgegeben.«

Ramonas ständige Präsenz störte. Trotzdem nahm Nova den Brief mit einem stummen Lächeln entgegen, fitzelte den Umschlag mit den Nägeln auf und überflog die unendlich empathischen Worte des Kondolenten. Warum trauerten alle um die Toten, wenn die Lebenden die Unterstützung viel nötiger hatten?

Stumm reichte Nova Ramona den Brief zurück. Gott sei Dank verschwand sie, ohne noch eine ihrer überflüssigen Fragen zu stellen.

Jorik kam herein, das Handy am Ohr, im Gesicht eine Farbe, die Nova beunruhigte: hochrot mit helleren Flecken übersät. Stand er etwa auch kurz vor dem Kollaps?

»Wieso Göteborg?«, fragte er fassungslos.

Nova schloss die Augen. Als sie sie wieder öffnete, war er verschwunden.

Göteborg. Utas Tod hatte die Geister der Vergangenheit geweckt.

Freitag

Tuva

Gerade ist die Jalousie am Überwachungsfenster von außen wieder geschlossen worden. Das Zimmer ist in das trügerische Halbdunkel der morgendlichen Mittsommersonne zurückgesunken, die gerade aufgegangen ist.

Ich halt's hier nicht mehr aus.

Das Beruhigungsmittel hat endgültig gegen die Restwirkung der Amphetamine versagt. Ich liege seit gefühlt tausend Stunden wach in meinem Einzelzimmer, das ich nicht verlassen darf.

Ich bin so verzweifelt, dass ich mir meinen Schulrucksack ins Bett hole. Weil mir mein Handy fehlt, werde ich ganz altmodisch ein paar Briefe schreiben und sie hinausschmuggeln lassen. Vielleicht kommt ja jemand, um mich zu retten. Zum Glück hat Nova zwei dünne Schlafanzüge von Nighty da gelassen, den hellblauen durfte ich sogar anziehen. Aber wohlfühlen kann man das trotzdem nicht nennen.

Ich ziehe meinen Schreibblock aus dem Rucksack und schlage ihn auf. Ramonas Brief rutscht auf meinen Schoß. Er ist nicht frankiert. Komisch. Stirnrunzelnd reiße ich ihn auf und versuche, die seltsam geschwungene Handschrift zu lesen, die das Blatt bedeckt. Aber erstens wirkt das Schriftbild fremd, und zweitens ist das nicht Schwedisch, sondern ... Keine Ahnung, was das für eine Sprache sein soll. Vielleicht leide ich auch unter verspäteten Wahnvorstellungen. Ich lege das Schreiben zur Seite, damit ich es mir später noch einmal anschauen kann.

Und dann entdecke ich Novas Liebesroman. Den hatte ich total vergessen! Mit spitzen Fingern angele ich das Paperback heraus. Die Stelle, an der der Umschlag aus Novas Nachtkästchen steckt, öffnet sich von selbst. Kurz hadere ich mit mir, ob der Umschlag oder die Schnulze interessanter ist. Doch der Held auf dem Cover sieht aus wie Tom. Und das ertrage ich jetzt nicht. Aber wird meine Laune besser, wenn ich in Novas Unterlagen stöbere und davon ein schlechtes Gewissen kriege?

»Nein«, sage ich zu mir selbst, um das Gepiepse des Herz-Lungen-Monitors zu übertönen. Also egal, was ich mache, es wird mich länger beschäftigen. Das Paperback fliegt zurück in den Rucksack. Aus dem Umschlag ziehe ich einen Packen Papier, bedruckt mit Tabellen. Und Koordinatensystemen mit Kurven. Dabei ist Nova doch gar nicht der Tabellen-Typ. Was zum Teufel soll das sein, Aktienkurse? Diätdiagramme? Ich muss die Augen zusammenkneifen, denn wegen des Beruhigungsmittels verschwimmt alles. Es dauert einen Moment, bis ich die ersten beiden Zeilen lesen kann:

Gynäkologische Klinik Södertälje – Anamnesebogen
Nova Eklund

Die Röte schießt mir ins Gesicht. Ich halte Novas Krankenakte in den Händen, passenderweise den gynäkologischen Teil. Oh. Mein Gott. Möchte man das als Tochter wirklich? Nein! Wenn ich mich jemals dazu überwinde, mit Nova über diese Akte zu reden, werde ich ihr sagen, dass sie sie woanders hätte verstecken sollen. Der Herz-Lungen-Monitor reagiert prompt auf meine Beklemmung, augenblicklich wird das Gepiepse schneller. Mist! Ich stopfe den Umschlag unter mein Kissen und krieche unter die Decke.

Keine Sekunde später geht die Tür zu meinem Zimmer auf und die Nachtschwester rauscht herein. Natürlich sieht sie sofort, dass ich wach bin, aber wenigstens schaltet sie das Licht nicht ein. Kritisch studiert sie die Werte auf dem kleinen Bildschirm über meinem Bett und wirft mir einen langen Blick zu.

»Alles in Ordnung?«

»Ja. Ich kann nur nicht mehr schlafen.«

»Musst du auf die Toilette?«

Leider muss ich tatsächlich, und ich muss auch zulassen, dass mir die Schwester ins Bad folgt und mich dabei anstarrt, wie ich verkrampft auf der Schüssel sitze. Ich stinke übrigens immer noch. Muss an den Pillen liegen.

»Kann ich duschen?«

»Erst, wenn die Frühschicht da ist. Wir haben momentan nicht genug Personal.«

»Aber ich will doch nur duschen! Oder muss da etwa auch jemand dabei sein?«

Die Nachtschwester seufzt nur, bringt mich wieder ins Bett und lässt mich dann allein. Das ist alles so verdammt entwürdigend, selbst in einem Erste-Klasse-Krankenzimmer.

Es vergeht sicher eine halbe Stunde, bevor ich mich traue, den Umschlag unter meinem Kissen hervorzuholen. Ich muss mich ablenken, wenn ich hier nicht durchdrehen will! Und ja, ich gebe zu, ich bin neugierig, warum Nova die Unterlagen im

Schlafzimmer aufbewahrt und nicht bei den anderen Dokumenten in ihrem privaten Büro. Vorsichtig setze ich mich auf und halte den ersten Bogen so nah an den Herz-Lungen-Monitor, dass ich die Leselampe über dem Bett nicht einzuschalten brauche. Ich muss mich durch eine Menge medizinisches Kauderwelsch arbeiten. Aus dem Blatt mit der Überschrift »Rekonvaleszenzbericht« schließe ich, dass Nova die Maßnahme, die im Jahr 1999 durchgeführt wurde, anscheinend gut überstanden hat. Aber was genau wurde gemacht? Und ist das nach sechzehn Jahren überhaupt noch wichtig? Kraftlos lasse ich die Unterlagen in meinen Schulrucksack fallen, der vom Bett gerutscht ist. Nova ist ein Mensch, der so krank geworden ist, dass sie sich operieren lassen musste. Und ich habe nun zum ersten Mal davon erfahren. Warum hat sie mir das nie gesagt? Wollte sie mich schützen und wenn ja, wovor?

Und wird sie überhaupt noch mit mir über solche kritischen Dinge sprechen, wo ich doch gerade alles kaputt gemacht habe, was Nova und Jorik für mich getan haben?

Ich schließe die Augen. In meinem Kopf fliegen neben den Ereignissen der letzten vierundzwanzig Stunden die medizinischen Begriffe durcheinander, die ich so gern verstehen würde und die ich in diesem Gefängnis nicht mal googeln kann.

Wenn ich doch nur mein Handy hätte!

David

Die letzte Nacht war der blanke Horror gewesen. Schlaflosigkeit war nicht Davids Problem, er hatte sich an den Schlaf mit Pausen gewöhnt. Aber das nächtliche Fernsehprogramm hatte sich als unerträglich erwiesen.

»Mama, ich gehe nicht zur Arbeit.« Verstrubbelte Haare, barfuß, die Unterlippe trotzig vorgeschoben, stand er mitten in der Küche. Die Verwandlung vom erwachsenen jungen Mann zum zehnjährigen Flegel beherrschte er aus dem Effeff.

Besorgt legte Elsa ihm die Hand auf die Stirn. Sie musste sich strecken, um hinauflangen zu können. »Du hast aber kein Fieber, Schatz.«

»Hab nicht geschlafen«, brummte David störrisch. »War zu heiß.« Einfach mal das Satzsubjekt weglassen, dachte er, und schon wird man für dumm gehalten.

Elsa seufzte. »Na gut. Willst du frühstücken?«

Impulsiv schüttelte David den Kopf, obwohl er nichts gegen ein Marmeladenbrot und ein großes Glas Milch einzuwenden gehabt hätte. Aber das hätte nicht zu seiner Rolle gepasst.

»Wenigstens einen Kakao?«, fragte Elsa vorsichtig.

David spitzte die Lippen. Wenn sie ihn schon so fragte! »Hm«, brummte er und mimte den Unzufriedenen. »Muss ich?«

Elsa nickte. »Ich bringe ihn dir auch ans Bett.«

David zeigte sich nachgiebig und latschte zurück in sein Zimmer im ersten Stock. Manchmal fragte er sich, ob seine Mutter wirklich nicht merkte, dass er sie an der Nase herumführte. Oder machte sie mit, weil sie dieses kleine Spiel mochte? Letztlich war es ihm dann doch egal, er wollte nur schlafen, wühlte sich zurück in sein Bett und döste weg.

Als er die Augen wieder aufschlug, hatte die Sonne sein Zimmer bereits so aufgeheizt, dass es nichts mehr nützte, zu lüften. Stöhnend richtete er sich auf und ließ die Jalousie herunter. Auf seinem Schreibtisch stand eine Tasse. Er griff hinüber und probierte.

Brrr. Der Kakao war warm geworden.

Laut der Uhr war es kurz nach elf. Tom würde um eins aus der Schule kommen. Er hatte versprochen, mit ihm ins Schwimmbad zu fahren. Deshalb musste David angezogen sein und seine Sachen gepackt haben. Wie immer trödelte David dabei herum, weil es auf dem Weg zwischen Schrank und Sporttasche genug gab, das spannender war. Zum Beispiel die Poster und Zeitschriften, die Tom ihm gegeben hatte, um wenigstens ein paar Stunden Ruhe vor seinem zurückgebliebenen Bruder zu haben. Nachdenklich nickte er und drehte ein Formel-1-Poster um, um die Rückseite zu betrachten. Jeder brauchte schließlich mal eine Pause vom Alltag.

David hob den Kopf und lauschte. Lasses Stimme drang durch die Hitze in sein Zimmer. Was er sagte, konnte David nicht verstehen, aber es klang heftig, fast aggressiv. Vorsichtig faltete David das Poster zusammen und legte es auf den Tisch, dann schlich er zur Zimmertür und öffnete sie einen Spalt. Hatte er das nicht schon gestern getan? War er am Ende in einer Zeitschleife gefangen wie dieser eine Junge, dessen Namen er –

»Ich halte das mit dem Strandhaus einfach für keine gute Idee«, sagte Elsa aufgebracht. »Die drei Stunden, die wir mit dem Auto bis dorthin brauchen, sind kein Argument, um –«

»Verschon mich endlich mit deiner Schwarzmalerei«, fuhr Lasse sie an.

David zuckte zurück. Oh-oh. Die Eltern stritten. Das war gar nicht gut!

»Wir müssen handeln. Bitte denk über Göteborg nach«, flehte Elsa. »Je eher wir den Deal akzeptieren, desto besser für uns und umso schneller ...« Ihre Stimme wurde leiser. Anscheinend war sie mit Lasse in einen der hinteren Räume gegangen.

Das Strandhaus. Göteborg. Geld. Der Deal.

Vorsichtig schloss David die Zimmertür. Das war der Nachteil, wenn man Gespräche belauschte, die nicht für einen bestimmt waren. So hatte David schon vor Jahren von dem Strandhaus in Göteborg erfahren, in das man hineinging, aber nicht unbedingt wieder herauskam, wie Lasse mehrfach hinter verschlossenen Türen erzählt hatte. Und trotzdem war Lasse immer wieder für ein paar Tage nach Göteborg gefahren. Einmal war er sogar über einen Monat in diesem schrecklichen Strandhaus geblieben. Elsa hatte ziemlich viel geweint. Göteborg war absolut negativ.

Vor dem Haus röhrte ein Motor auf und verstummte wieder. Vorsichtig bog David die Lamellen der Jalousie auseinander und spitzte nach unten.

Auf der anderen Straßenseite hatte ein Transporter geparkt, den David hier noch nie gesehen hatte. Ohne ihn aus den Augen zu lassen, tastete David nach seinem Fernglas. Ein Mann mit schwarzen Haaren, buschigen Augenbrauen und dunklerer Haut als der Durchschnittsschwede saß am Steuer. Er starrte zum Haus der Bergmans herüber. David fühlte förmlich, wie ihm das Blut aus dem Kopf wich. War das der Assistent, der am Sonntag vorbeikommen sollte? Warum war er schon da?!

Mit steifen Fingern zog David sein Handy aus der Arbeitstasche und wählte die Nummer seines Bruders. »Du musst kommen. Alles ist blöd«, sprach er abgehackt auf die Mailbox.

Tuva

Die Psychologin, die gerade bei mir gewesen ist, war eigentlich ganz freundlich. Nur blöd, dass sie die Unterlagen für die Suchtklinik bei Växjö dabei hatte. Die liegen jetzt auf dem Nachtschränkchen und warten darauf, von mir gelesen zu werden. Und unterschreiben soll ich, dass ich mit der Einweisung und dem Therapievertrag einverstanden bin. Bin ich aber nicht. Ich bin nicht verrückt. Und süchtig bin ich auch nicht! Ich konnte ihr auch nicht klarmachen, dass Nova und Jorik einen an der Klatsche haben, nicht ich. Wenn einer Hilfe braucht, dann die beiden. Der ganze Reichtum muss einen ja verrückt machen, oder? Nova hatte ja sogar diese Operation. Wenn das kein Beweis dafür ist, dass eher Nova nach Växjö gehört.

Ich bin hellwach, aber nicht fit, als ob jemand Zement in meine Gelenke gegossen hätte. Trotzdem habe ich den Trainingsanzug angezogen, den Nova mir gestern mitgebracht hat, und sitze auf dem Bett. Schließlich bin ich nicht krank, nur ein wenig schlapp.

Ich hätte die Psychologin fragen können, was das Wort in Novas Unterlagen bedeutet. Aber dann hätte sie Nova gefragt, woher ich davon weiß, und die ganze Sache wäre herausgekommen. Darauf kann ich jetzt wirklich verzichten. Ich frage mich sowieso, was der ganze Zirkus soll. Ich bin gestern umgekippt, na und?

Es klopft an der Tür. Aber niemand kommt herein. Das ist ungewöhnlich für die Krankenschwestern, die auch ohne »Herein« eindringen. Warum klopfen sie dann überhaupt?

»Ja?«, rufe ich.

Langsam öffnet sich die Tür. Nova steht da, als wäre ich eine alte Tante, die man mit Samthandschuhen anfassen muss, weil sie sonst zerbricht. Sie trippelt an mein Bett und nimmt mich in die Arme. Und plötzlich weiß ich, was ich vermisst habe: sie.

Ich breche in Tränen aus. Hemmungslos heule ich ihr teures Rohseidentop voll. Sie scheint es nicht mal zu merken und streicht mir immer wieder über den Kopf. Und sie schwitzt leicht, aber ihr Geruch kann heute gar nicht intensiv genug sein.

»Ich habe gleich ein Gespräch mit Dr. Hoglund«, flüstert sie in meine Haare. Wir wissen beide, was das bedeutet.

Ich hebe den Kopf und frage, obwohl ich die Antwort kenne: »Was wirst du ihr sagen?«

Novas dunkelblaue Augen werden fast schwarz vor Kummer, als sie meinen Blick erwidert. »Dass wir dich nach Växjö bringen.«

Damit ist es besiegelt. Sie schieben mich ab. Was soll dann das ganze Theater hier?! Ich winde mich aus ihrer Umarmung. »Kaum treten Schwierigkeiten auf, könnt ihr mich gar nicht schnell genug loswerden, was?«

Ihre Augen werden noch dunkler. »Das stimmt doch gar nicht.«

»Nein? Und warum holt ihr mich dann nicht nach Hause?«

»Weil wir dir zu Hause nicht helfen können.«
»Sagt wer?«
»Tuva, du brauchst Hilfe.«
»Ich bin kein Junkie und ich bin auch kein Psycho!«, brülle ich sie an.

Nova scheint einzufrieren. Ich weiß nicht, ob sie überhaupt atmet. »In Växjö wird dir auf jeden Fall geholfen.«
»Ich gehe nicht nach Växjö.«
»Es ist doch nur für kurze –«
»Nein, ist es nicht!« Ich springe vom Bett. Mir wird schwindelig, ich muss mich festhalten. »Ihr wollt mich wegsperren, weil ich nicht so bin, wie ihr es wollt, so ist es doch, oder?! Ich bin nicht so pflegeleicht wie, wie, wie Rita aus der Ballettschule oder Anastasia oder!«
»Du kannst sein, wer du willst und wie du willst, aber dazu musst du gesund sein!« Novas Stimme lässt die Fensterscheibe klirren.

Erschöpft sinke ich zurück auf mein Bett und bleibe liegen.

Nova starrt mich an.

Ich halte es nicht mehr aus. Drehe den Kopf weg. Schließe die Augen.

Kurz darauf höre ich die Zimmertür klappen. Nova ist gegangen. Sie hat ihren Duft mitgenommen.

Das war doch jetzt auch nicht richtig, oder? Dass wir uns so anbrüllen. Wir mögen uns doch! Warum habe ich überhaupt mit dem Geschrei angefangen? Sie hat doch recht, ich brauche Hilfe!

Vor Aufregung habe ich mein T-Shirt durchgeschwitzt. Mir wird von meinem eigenen Schweißgeruch schlecht. Ich stinke immer noch, aber nicht nach Krankenhaus, sondern süßlich. Streng. Wie jemand, der Amphetamine einwirft. Tom riecht manchmal so. Ich jetzt auch. Bin ich etwa doch ein Junkie?

Meine Augen klappen auf. Ich habe doch nicht gewollt, dass es so endet. Ich will doch leben! Wenn ich könnte, würde ich Nova hinterherrennen und sie beknien, mich bitte, bitte, bitte nicht zu den Verrückten abzuschieben. Aber selbst dazu fühle ich mich zu schwach.

Plötzlich blendet mich etwas.

Das Licht vom Gang bricht sich in den Schweißtropfen, die sich von meinen Wimpern lösen. Ein weiterer, süßlicher Geruch springt mich an wie eine Tarantel. Und sie trägt einen Namen, den ich nicht mal dann ertragen würde, wenn ich ihn auskotzen könnte.

Die Tür schlägt zu. »Hi.« Verlegen sieht Nelli sich im Zimmer um. »Echt gemütlich hier.«

Ich schieße hoch. »Was machst du hier?«

Nelli zuckt mit den Schultern. »Schwänzen. Es ist viel zu heiß, um in der Schule abzuhängen.«

»Verpiss dich.« Ich denke, das war deutlich genug.

Nelli bleibt stehen. »Ungern. Ich will dir einen Deal vorschlagen.«

Deal. Drogen. Hat sie jetzt etwa auch mit dem Teufelszeug angefangen?

»Ich schreie, wenn du nicht augenblicklich ...«

»Ich hab dein Handy.«

Vor Schreck beiße ich mir auf die Zungenspitze. »Du blöde Kröte, rück's raus, sonst schreie ich wirklich!« Der eisenhaltige Geschmack im Mund verbessert meine Stimmung nicht.

»Keine Panik. Du kriegst es ja.« Sie verlagert das Gewicht so vorsichtig auf die andere Seite, als würde sie sonst umkippen. Hat sie etwa schon was intus? Ich überlege, sie anzuspringen und so lange auf sie einzuschlagen, bis sie es rausrückt. Aber damit handele ich mir erst recht eine Freifahrt nach Växjö ein.

»Wo hast du es überhaupt her?« Vor Wut kriege ich kaum die Kiefer auseinander.

79

»Hab's aus der Mädchenumkleide mitgehen lassen.« Sie lächelt unsicher. »Aber das Ding nützt mir nix. Ist besser gesichert als die Goldvorräte in Fort Knox.«

Ich wusste doch, dass es einen Sinn hat, fünfzehn verschiedene PINs zu verwenden! Und dass Nelli es mir nach dem Zwischenfall auf dem Sportplatz klaut, hätte ich mir eigentlich denken können.

Ich strecke die Hand aus. »Her damit.«

Ohne mich aus den Augen zu lassen, greift sie langsam in ihre Umhängetasche. Zieht mein Handy halb heraus. »Vorher noch ein paar Worte zu unserem Deal.«

»Wir haben keinen Deal.«

Dieses Gör regt mich echt auf! »Okay, ich hab's kapiert, was soll ich tun?«

»Kein Wort zu niemandem über die Sache am Kallbadhus.« Den Satz hat sie mit Sicherheit stundenlang vor dem Spiegel geübt!

»Hattest wohl Stress mit deiner Mutter?« Das Grinsen zerrt meine Gesichtsmuskeln in die Breite. Es tut weh. Hoffentlich kann ich damit beizeiten wieder aufhören.

Ihre vage Handbewegung nehme ich als Bestätigung. »Hör zu. Du kriegst dein Handy und wir sind quitt. Ich geb dir auch ein Ladekabel dazu. Deal?«

Das Wort habe ich in der letzten Zeit fast zu oft gehört, aber bei einer Karriere, wie ich sie anscheinend anstrebe, gehört es wohl dazu. »Deal. Und jetzt her damit.« Ich reiße es ihr förmlich aus der Hand.

»Hab's für dich geladen«, murmelt Nelli. »Sollte mindestens die nächsten vierundzwanzig Stunden Saft haben.«

Der Zeitpunkt für die Aufgabe alter Feindschaften scheint gekommen, aber ich habe keine Zeit für solchen Pipikram. Rasch entwinde ich ihr das Ladekabel.

»Prima. Sonst noch was?« Demonstrativ wende ich mich ab.

Nelli zögert. »Das hier.« Mein Portemonnaie landet auf dem Bett. »Ich dachte, du hättest vielleicht ein Foto von Tom drin.« Mir klappt die Kinnlade herunter. Diese Kröte ist echt das Letzte! Rasch lasse ich es in meinen Schulrucksack fallen. »Sonst noch was?«

»Nein«, sagt sie gedehnt. »Und kein Wort, ja? Zu niemandem.«

»Ja. Und jetzt raus hier.« Ich schaue sie nicht an, weil ich mir denken kann, wie ihr die Gesichtsfassade bröckelt, warte das Türklappen ab und fange wieder an zu heulen, diesmal vor Erleichterung. Mein Handy! Die Zivilisation hat mich wieder. Fast könnte ich Nelli jetzt doch dafür küssen, dass sie es mir gebracht hat! Wo soll ich es aufbewahren, damit man es mir nicht abnimmt?

Ich beschließe, dass es am sichersten ist, es ständig am Körper zu tragen. Soweit ich weiß, stehen heute keine Untersuchungen an. Außerdem muss ich verhindern, dass sie mich durch die Panzerglasscheibe dabei beobachten, wie ich es verwende. Aber wie?

Im Zimmer ist die Temperatur dank der Klimaanlage angenehm, so dass ich auch zugedeckt im Bett liegen könnte. Also räume ich mein Schulzeug wieder in meinen Rucksack, werfe ihn in den Schrank und verkrieche mich im Bett. Hier interessiert es sowieso niemanden, was ich mache, solang ich mir die Kabel des Herz-Lungen-Monitors nicht abreiße. Falls mich jemand fragt, warum ich mich unter der Bettdecke verstecke, werde ich sagen, dass ich mich fürchte. Ich sehe Schwester Nase schon den Kopf schütteln und sagen: »Das gehört zur Abhängigkeit.« Ach, soll sie das ruhig denken, Hauptsache, ich habe mein Handy!

Schwungvoll werfe ich mich aufs Kissen und ziehe die verschwitzte Decke über mich. Unter dem Kopfkissen knistert der Umschlag mit Novas Krankengeschichte. Dort kann er ruhig noch eine Weile bleiben! Ich schalte das Handy, meinen größten Schatz, beinahe zärtlich ein. Mit fliegenden Fingern gebe ich die nötigen PINs und Passwörter ein und kann es kaum erwarten, endlich wieder im Netz zu sein. Als der Startbildschirm freigeschaltet ist, durchströmt mich nie gekannte Zufriedenheit.

Zum Glück kann man in diesem hypermodernen Gesundheitskasten ohne Umwege auf das WLAN zugreifen. Ich surfe rasch meine Accounts und Profile ab, verzichte aber darauf, die Posts zu kommentieren, auch wenn es mich in den Fingern juckt. Gibt es vielleicht jemanden, dem ich eine vertrauliche Nachricht schicken kann, vielleicht sogar Tom? Aber der dürfte noch in der Schule sein und kann meine Nachricht deshalb nicht sofort beantworten. Das frustriert mich.

Der Herz-Lungen-Monitor meldet sich piepsend, weil mein Blutdruck zu rasch ansteigt. Ich atme ruhig ein und aus und hoffe, dass Nase nicht gleich wieder im Zimmer steht. Tatsächlich sinkt mein Blutdruck, womit auch das Piepsen aufhört. Ob das reicht?

Ich luge unter der Decke hervor. Eine unbekannte Schwester taucht auf der anderen Seite der Panzerglasscheibe auf, mustert mich und den Monitor und geht wieder. Ich verschiebe den Anruf bei Tom.

Dann ist nun wohl Zeit für Plan B.

Diesmal krieche ich noch tiefer unter die Decke und ziehe den Umschlag mit Novas Krankenakte unter dem Kissen hervor. Das Display gibt genug Licht, so dass ich die Seite mit der Diagnose rasch finde, ein paar Begriffe in die Suchmaschine eintippe und gehörig erschrecke: Gebärmutterkrebs im fortgeschrittenen Stadium, als sie noch nicht mal Mitte zwanzig war, das ist wirklich heftig! Ich finde ein paar Seiten zu Diagnostik, Behandlung und Prognosen. Überall stoße ich auf ein und denselben Begriff: Hysterektomie, Entfernung der Gebärmutter.

Das ist also der Grund, warum ich keine Geschwister habe. Unter der Decke wird es mit der Zeit warm. Ich bekomme Durst und muss aufs Klo. Die entwürdigende Badprozedur mit einer weiteren fremden Schwester – Nase hat anscheinend gerade Pause – lasse ich über mich ergehen, weil mir nichts anderes übrig bleibt. Zum Glück ist es schnell vorbei.

Ich bleibe zurück mit einem Riesenballast aus Informationen und Beklemmungen. Wenn ich an Nova denke, blutet mir das Herz. Ich würde so gern mit ihr über das reden, was ihr zugestoßen ist! Aber wie sieht es aus mit ihrem Vertrauen mir gegenüber, gibt es das noch? Würde sie mir meine Fragen überhaupt beantworten?

Wie aufs Stichwort geht die Zimmertür auf.

Erschrocken tauche ich unter der Decke auf und breite sie über das Papier.

Da steht Nova im Türrahmen. Schaut mich nur an, ohne hereinzukommen. Jetzt sieht sie nicht mal mehr ansatzweise glücklich aus.

Mein Herz krampft sich nicht nur sprichwörtlich vor Kummer zusammen. »Komm doch zu mir«, bitte ich sie.

Nach einer Weile atmet sie aus, als hätte sie dort im Türrahmen etwas begriffen, etwas, das ihr Leben belastet. »Später«, sagt sie, als hätte sie ihre Gefühle irgendwo vergessen. »Wenn ich mit Jorik zurückkomme.«

»Wann?«, frage ich ängstlich.

»Gegen Abend.«

Sie bewegt sich keinen Millimeter. Winkt nicht einmal, bevor sie die Tür wieder schließt. Ihre Schritte entfernen sich klappernd auf dem Flur.

Mir ist mulmig zumute. Warum redet sie plötzlich nicht mehr mit mir? Ich lasse mich zurück auf das Kissen fallen und weine. Mal wieder. Etwa eine Stunde vergeht, bis ich mich beruhigt habe. Na gut, dann haben wir jetzt eben unser klassisches Eltern-Kind-Zerwürfnis. Was soll's! Wenn nicht mal mehr Nova auf meiner Seite steht, gibt es auch keinen Grund mehr für mich, mit dem Zeug aufzuhören. Und im übrigen kann ich sowieso jederzeit auf die Pillen verzichten, ich bin ja nicht abhängig! Oder?

Als die Tür beim nächsten Mal aufgeht und Essensgeruch hereinweht, ist klar, dass Nase schon wieder einen Anschlag auf mich durchführt. Mir wird übel.

»Ich habe keinen Hunger.«

»Trotzdem kriegst du etwas.« Das Tablett klappert auf das ausgeklappte Tischchen des Nachtschränkchens. Nase rudert großartig mit den Armen herum, um diverse Deckel von Schüsseln und Tellern zu nehmen. Mich beeindruckt sie damit zwar nicht, aber wenn sie sich besser fühlt, bitte!

»Guten Appetit. Du musst ein bisschen was auf die Knochen kriegen.«

»Ich bin genau richtig«, erwidere ich patzig.

Doch Nase mustert mich nur und geht. Wie soll man bei dieser Frau keine Aggressionen kriegen?

Eine Weile stochere ich lustlos auf meinem Teller herum. Der Milchreis, den ich zum Nachtisch bekomme, schmeckt einigermaßen. Ich esse ihn auf und denke bei jedem Löffel: Sträflingskost. Verdammte Sträflingskost.

Irrwitzigerweise fühle ich mich danach körperlich besser, als hätte ich mit dem pappigen Brei ein Loch in mir gestopft. Und auch meine Niedergeschlagenheit wegen Novas Verrat hat sich verändert. Haben die mir was ins Essen gemischt?

»Schluss jetzt mit der Paranoia.« Ein bisschen verwundert nehme ich zur Kenntnis, dass ich mit mir selbst rede, und beschließe, dass dieses Verhalten ab sofort zu meiner neuen Rolle gehört. Von wegen substanzabhängig, ich bin kreativ! Und fürchterlich gelangweilt. Soll ich vielleicht doch Novas Liebesroman lesen, bevor mir der Himmel auf den Kopf fällt? Vorher schicke ich Tom eine SMS, damit er sie gleich nach der Schule beantworten kann, also in etwa einer Stunde.

Der Held auf dem Buchcover präsentiert neben der Ähnlichkeit mit Tom einen muskulösen Oberkörper, der wahrscheinlich nur Frauen ab vierzig begeistert. Die Schöne in seinen Armen ist auch nicht unbedingt … hoppla. Der Zettel in der mysteriösen Sprache rutscht heraus.

Ohne darüber nachzudenken, krieche ich ein zweites Mal unter die Decke, wo mein Handy geduldig auf mich wartet, und öffne eine Übersetzungs-App. Erstaunt stelle ich fest, dass es die verschnörkelten Buchstaben mit Dächern und Schüsseln und Haken wirklich gibt, tippe und vergleiche und muss nach dem Befehl »Übersetzen« erkennen, dass es sich nicht um Kauderwelsch handelt. Das hier ist ein echter Brief.

Unter der Decke wird die Luft dünn. Aber ich kann jetzt noch nicht auftauchen, denn bereits der erste Satz trifft mich bis ins Mark. Das kann nicht sein! Was hat Ramona mir da gegeben?!

Einer Eingebung folgend, wühle ich Novas Krankenakte unter dem Kissenberg hervor, reiße die Seiten auseinander und starre fassungslos auf das Datum, mit dem der Rekonvaleszenzbericht endet.

… kann die Heilung als abgeschlossen betrachtet werden.
Göteborg, 17.02.1999
Novas Hysterektomie liegt über sechzehn Jahre zurück.
Und ich bin fünfzehn.

Tom

Am liebsten wäre Tom bis zur Endhaltestelle durchgefahren, aber wenn er zu spät nach Hause kam, gab es bloß Ärger. Widerstrebend stieg er aus, sah dem davonfahrenden Bus sehnsüchtig nach und schlurfte los.

Eigentlich war die Idee mit dem Freibadbesuch gar nicht schlecht, wenn man mal davon absah, dass David wieder ewig brauchen würde, bis er sich endlich ins Wasser traute. Genauso lang dauerte es normalerweise, ihn wieder herauszubekommen. Einmal war sein ganzer Körper schon so blau gewesen, dass der Bademeister eingreifen musste. Aber die daraus resultierende Bronchitis hatte Tom bekommen, nicht David, und den Ärger auch.

Was soll's, dachte Tom. Nur noch zwei Jahre, bis das Studium beginnt. Dann ziehe ich nach Stockholm und bin frei.

Eine eintreffende SMS ließ sein Handy vibrieren. Tuva schrieb, dass er endlich anrufen solle. Aber Tom hatte keine Lust dazu. Sie lag im Krankenhaus, weil sie zu gierig gewesen war. Was hatte er damit zu schaffen? Könnte ja sein, dass sie dich warnen will, flüsterte ein zynisches Stimmchen in seinem Kopf. Sie ist ein Weichei und hat bestimmt gequatscht. Denkst du nicht?

Das glaubte er zwar nicht, aber bevor er sich deswegen den ganzen Nachmittag versaute! Seufzend wählte Tom ihre Nummer.

Hätte er es mal nicht getan.

*

Den Transporter auf der anderen Straßenseite registrierte Tom nur am Rande. Er stolperte fast über einen Umzugskarton hinter der Haustür. Im Telefon quasselte Tuva ohne Punkt und Komma. Elsa rief ihm etwas aus der Küche zu. Er nickte zerstreut, denn er konnte das Telefonat unmöglich beenden, sprintete in den ersten Stock, stürzte in sein Zimmer und schloss die Tür hinter sich zweimal ab.

Klopfen, jemand drückte die Türklinke von außen herunter. »Tom?«

»Moment«, flüsterte er und nahm das Handy herunter. »Was?«

»Bitte fang an zu packen. Nur das Nötigste, wie sonst auch. Du fährst in einer Stunde mit mir und David vor«, rief Elsa hinter der Tür.

Tom schluckte. Der Transporter auf der anderen Straßenseite kam ihm in den Sinn, dazu der Umzugskarton im Flur. »Und Papa?«

»Papa kommt nach.«

Das konnte nur eins bedeuten: Mal wieder begaben sich die Bergmans auf große Reise! Na, das passte ja super in seine Karrierepläne als Drogendealer. Wie lange er wohl brauchte, um sich dort, wo es sie hinverschlug, einen neuen Kundenstamm aufzubauen?

»Gibt's nichts zu essen?«, fragte er grantig.

»In der Küche stehen Butterbrote. Wir gehen unterwegs essen. Warum hast du abgesperrt?«

»Teenie-Business! Ich fange gleich an.«

Elsas Schritte entfernten sich und tappten die Treppe hinunter.

Tom zog sich die Decke über den Kopf, damit auch wirklich niemand etwas von dem Telefonat mitbekam. »Hast du sie eigentlich noch alle?«, flüsterte er in sein Handy. »Außerdem kannst du deine Sonderwünsche künftig knicken. Unsere Geschäftsbeziehung hat sich gerade in Luft aufgelöst!«

»Was?!«, kreischte Tuva am anderen Ende.

Erneutes Klopfen.

»Jetzt nicht!«, brüllte Tom. Unter der Decke war es heiß und stickig und er wollte das hier so schnell wie möglich hinter sich bringen.

»Tom, mach auf, hier ist David. Ich muss zu dir!« Das Pochen wurde zum Wummern, die Tür bebte in den Angeln. Tom schoss unter der Decke hervor, drehte den Schlüssel um, riss erst die Tür auf und dann David ins Zimmer und sperrte hinter ihm wieder ab.

»Sag mal, spinnst du?!«

»Aber ich bin sauer.« Trotzig verzog David den Mund. »Wir können heute nicht schwimmen gehen.«

Genervt breitete Tom die Arme aus. »Ja, und? Hast du nicht gehört, dass wir umziehen?«

»Wir fahren nach Göteborg.«

»Wohin?«

»Was ist da los?«, sagte Tuva im Hörer. »Könnten wir unser Gespräch bitte fortsetzen, Herr Bergman?«

Tränen traten in Davids Augen. Er schluckte. »Ich will nicht nach Göteborg.«

Genervt drückte Tom auf »Gespräch halten«. »Aber in Göteborg sitzen die Guten, David«, flüsterte er.

Energisch schüttelte David den Kopf. »In Göteborg machen die uns tot! Hast du den Transporter gesehen? Göteborg hat ihn geschickt.«

»Ja, der holt uns ab und bringt uns in Sicherheit.«

»Aber er hätte erst am Sonntag kommen sollen«, flüsterte David aufgeregt. »Und heute ist Freitag!«

Stimmen erwachten unten vor dem Haus. Automatisch trat David ans Fenster. »Fuck«, sagte er. »Hörst du das?«

Ja, Tom hörte es. Eine fremde Stimme sprach in der Einfahrt. Und Lasse antwortete. Auf Russisch. Als er das das letzte Mal auf offener Straße getan hatte, war es kurz darauf sehr laut und sehr tödlich geworden für den ungebetenen Besucher. Andernfalls hätte Lasse nie wieder Russisch sprechen können.

Vorsichtig schaltete Tom die Leitung wieder frei und hob das Handy ans Ohr. »Tuva, gib mir eine halbe Stunde.« Ohne ihre Antwort abzuwarten, drückte er das Gespräch weg.

Die ersten Tränen rannen über Davids Wangen. Hilflos nahm Tom seinen älteren Bruder in den Arm, dessen krude Gedanken wahrscheinlich gerade seltsame Wege einschlugen. David zitterte vor Anspannung.

»Wir müssen weg, sofort«, sagte Tom.
»Nehmen wir Mama und Papa mit?«, fragte David. Zögernd schüttelte Tom den Kopf. »Du weißt, was wir machen müssen, wenn so was passiert.« Er deutete mit dem Kinn zum Fenster. »Aber wir brauchen Geld und ein Auto. Das mit dem Auto kriegen wir noch hin, aber Geld — ich bin nicht flüssig.« Davids Weinen verstummte. Er richtete sich auf. »Aber ich.«
Erschrocken ließ Tom ihn los. »Wie bitte?«
Davids Grinsen strafte die tränennassen Wangen Lügen. »Ich habe gespart. Oder so.«
Tom runzelte die Stirn. »Was heißt ›oder so‹?«
Davids Grinsen wuchs. Er beugte sich vor und flüsterte: »Wenn du mir sagst, was mit Tuva ist, besorge ich das Geld.«
»Und wie willst du das anstellen?«
»Pssst.« David hielt ihm den Mund zu. »Abwarten und schweigen, okay?«

Nova und Jorik

»Gut, dass Sie so schnell kommen konnten!« Aus Dr. Hoglunds Dutt hatten sich ein paar Strähnen gelöst. »Haben Sie inzwischen irgendetwas herausfinden können?«
»Das wollten wir *Sie* gerade fragen«, erwiderte Jorik verwirrt. »Ich meine, Tuva kann sich doch nicht einfach so in Luft auflösen!«
»Natürlich war sie unter Dauerbeobachtung. Darf ich Sie in mein Büro bitten?« Fahrig streifte sich die Ärztin die Strähnen aus der Stirn und wies den Gang hinunter.
»Nein.« Die Nachricht, dass Tuva verschwunden war, hatte Nova einerseits wie ein Keulenschlag getroffen. Andererseits hatte sie fast damit gerechnet. »Sie können uns auch hier sagen, wie der Stand der Dinge ist.«
Ärger färbte Dr. Hoglunds Wangen rot. »Der Stand ist, dass Ihre Tochter das Krankenhaus verlassen hat. Der Pförtner

kann sich daran erinnern, sie gesehen zu haben, aber er hielt sie für eine Besucherin, die auf dem Weg nach draußen war.«

»So viel zu Ihrer ständigen Überwachung«, meinte Nova müde. »Und weiter?«, fragte Jorik ungeduldig.

Die Ärztin zuckte mit den Schultern. »Wir haben sie sofort auf dem gesamten Krankenhausgelände suchen lassen. Nichts.«

»Allzu weit kann sie ohne Geld und Handy ja nicht gekommen sein. Und mit den zwei Haarfarben …«

»Hat ihr jemand vom Personal gesagt, dass wir sie heute abholen, um sie nach Växjö zu bringen?«, fragte Nova leise.

»Könnte sie deshalb in Panik geraten sein?«

»Nein, natürlich nicht«, erwiderte die Ärztin ärgerlich. »Ich habe die Schwestern schon befragt, niemand hat mit Tuva darüber gesprochen. Wir halten uns an die Vereinbarungen mit unseren Patienten und deren Angehörigen! Aber bitte kommen Sie erst einmal mit.«

Jorik schnitt ihr das Wort ab: »Und was ist, wenn sie zusammenbricht, weil die Wirkung der Überdosis und der Medikamente zu heftig ist? Wie ging es ihr denn, bevor sie verschwunden ist?«

»Anscheinend ist sie wieder kräftig genug, um das Krankenhaus zu verlassen. Aber ich würde das jetzt wirklich gern mit Ihnen an einem ruhigeren Ort besprechen und nicht auf dem Flur!«

Erleichtert atmete Dr. Hoglund auf, als Nova und Jorik ihr endlich zu ihrem Büro folgten. Natürlich war es keine schöne Sache, dass ihre drogenabhängige Tochter ausgerissen war, aber so etwas kam vor! Spätestens wenn der Entzug einsetzte, fanden sich die meisten wieder zu Hause ein. Mit einem Seitenblick auf das Ehepaar Eklund entschied die Ärztin, dass es momentan nicht ratsam war, sie mit dieser Tatsache zu konfrontieren.

»Darüber hinaus habe ich mir erlaubt, die Polizei zu informieren, wie es in einem solchen Fall in unserem Haus üblich ist.«
Nova taumelte und sackte zusammen. Jorik fing sie auf, bevor sie zu Boden ging.
»Wasser«, rief er verzweifelt, »wir brauchen Wasser!«

Olofsson

»Ich gehe jetzt rein und melde mich später. Soll ich erwähnen, dass Sie in Stockholm ein Auge auf den Fall haben?«
»Das wissen die Eklunds bestimmt schon von ihrem schmierigen Anwalt. Aber es kann nicht schaden. Machen Sie ihnen auf jeden Fall die Hölle heiß und leiten Sie alle Informationen *sofort* an mich weiter!«
Mit dem Rauschen erstarb auch Moderssons Stimme im Hörer. Wenn nur einmal ein kollegiales »Bis bald!« statt »Klack!« ihre Telefonate beenden würde! Olofsson stopfte sein Handy in die Außentasche seiner Cargo-Shorts. Kaum waren vierundzwanzig Stunden vorbei, hatte er Stinkstiefel Modersson wieder an der Backe. Olofsson glaubte nicht an einen Zusammenhang zwischen Tuvas Verschwinden und dem Tod ihrer Tante Uta Pieters, weshalb er Modersson diese Entwicklung eher beiläufig hatte mitteilen wollen. Modersson war jedoch förmlich durch die Decke gegangen. Umgehend sah sich Olofsson mit der erneuten Vernehmung der Eklunds betraut, während alle anderen Malmöer Kollegen zurückgepfiffen wurden. Die Stockholmer waren eben echte Drama Queens.

Olofsson glaubte, seine Haut zischen zu hören, als er die kühle Krankenstation betrat. Ob es im Krankenhaus wohl Eistee gab? Fast freute er sich darauf, die Eklunds wiederzusehen. Ihr Reichtum schützte also auch sie nicht vor Not und Elend. Sein Gewissen warf ein, dass der Verlust eines Kindes auch bei Reichtum ein zu hoher Tribut war.

»Sie schon wieder.« Jorik rührte sich nicht.

»Ja, ich schon wieder. Frau Eklund?« Novas Finger waren kalt und feucht. Heimlich wischte Olofsson seine Hand an seiner Shorts ab. »Was genau ist passiert?«

»Seit wann sind verschwundene Teenager ein Fall für die Mordkommission?«, fragte Nova schwach. Ihr Gesicht wurde wächsern.

»Wir wissen noch gar nichts.«

Dr. Hoglund verkündete, etwas zu trinken zu holen, und verließ ihr Büro. Schon am Telefon hatte die Ärztin zu Olofsson gesagt, dass sie die Reaktion der Eklunds seltsam fand. Sonst folgte auf die Mitteilung, dass das Krankenhaus die Polizei eingeschaltet habe, Erleichterung und kein Zusammenbruch beider Elternteile. Olofsson beschloss der Einfachheit halber, Moderssons Weisung umzusetzen und die Eklunds behutsam mit dem Stockholmer Verdacht zu konfrontieren.

»Sehen Sie einen Zusammenhang zwischen dem Tod Ihrer Schwester und dem Verschwinden Ihrer Tochter?« Jorik und Nova schauten sich mit ausdruckslosen Gesichtern an und schüttelten die Köpfe. Das war vorhersehbar gewesen. »Also ist das einfach so passiert? Keine Vorgeschichte wie Streit, schlechte Noten, falsche Freunde?«

»Tuva nimmt Drogen«, platzte Nova theatralisch heraus. »Sie sollte eine Therapie machen.«

Olofsson beschlich das Gefühl, dass sie diese Reaktion vor dem Spiegel einstudiert hatte, genauso wie die Tränen, die sie gerade vergoss. Es konnte auch sein, dass Moderssons Befehl, den Eklunds die Hölle heiß zu machen, Olofssons Wahrnehmung überlagerte und er ein Ablenkungsmanöver vermutete, wo es keins gab. Zurück zu den Basics, ermahnte Olofsson sich. Wenn ich ihnen demonstriere, dass ich die Situation im Griff habe, öffnen sie sich vielleicht eher.

»Ich habe das Video der Überwachungskamera in der Lobby überprüft. Darauf hat es Ihre Tochter sehr eilig, hinauszukommen. Allein. In den Außenaufnahmen läuft sie die Straße hinunter und steigt in einen PKW. Im Video ist ein halbes Autokennzeichen zu erkennen, das gerade überprüft wird.«

Novas und Joriks Augen blieben stumpf.

Allmählich verstand Olofsson, was Dr. Hoglund an den Eklunds seltsam fand. Ein halbes Autokennzeichen sorgte normalerweise für leichte Entspannung.

»Das ist eine ganze Menge«, meinte er ruhig. Bei den Eklunds: keine Reaktion.

Wo blieb Dr. Hoglund? Ein Eistee wäre jetzt wirklich gut gewesen. Und ein paar zusätzliche Informationen von Modersson. Aber Kooperationsbereitschaft wurde in Stockholm schon immer anders definiert als im Rest des Landes!

»Wie groß ist die Wahrscheinlichkeit, dass unsere Tochter entführt wurde? Fünfzig Prozent? Hundert?«, fragte Nova zögernd.

Um Joriks Mund bildeten sich scharfe Falten.

»Wie kommen Sie darauf, dass das der Fall sein könnte?«, fragte Olofsson verwundert.

Nova schluckte. »Wir sind wohlhabend. Meine Schwägerin ist diese Woche auf mysteriöse Weise verunglückt. Sie sind von der Mordkommission. Und wir haben das hier gefunden. Jorik, zeig's ihm.«

Sekunden verstrichen, in denen Jorik ein paar undefinierbare Blicke mit seiner Frau tauschte.

Höchst interessant, stellte Olofsson fest. »Wo?«

»Unter den Scheibenwischern meines Wagens«, murmelte Jorik. Langsam zog er ein zerknittertes Stück Papier aus der Hosentasche: den beinahe klassisch gestalteten, anonymen Brief mit ausgeschnittenen Zeitungsbuchstaben.

Stumm griff Olofsson nach dem karierten Bogen, studierte ihn aufmerksam und gab ihn zurück. Dieser dilettantische Fetzen stammte eindeutig aus einem Schülerblock und war in aller Eile zusammengeschustert worden, wahrscheinlich von ihrem Herzchen Tuva höchstpersönlich. Aber einfach zu sagen: »Das ist eine einwandfreie Fälschung«, nützte nichts. In solchen Situationen glaubten Eltern alles, nur nicht, dass ihnen ihr Früchtchen entglitten war. Er musste es langsam angehen lassen, wenn er Tuva finden wollte. Innerlich wünschte er Modersson die Pest an den Hals, dass ausgerechnet er es war, der die Sache mit den Eklunds austragen musste, ohne Aussicht auf Übertragung an eine andere Abteilung. Trotzdem spielte er mit. Es ging schließlich um das Wohl eines Teenies, aus dem mit ein bisschen Nachhilfe doch noch ein verantwortungsbewusster Erwachsener werden würde.

»Hm. Das ist ja ein Ding. Allerdings ...«

»Ja?« Novas Augen glänzten schon wieder verräterisch.

»Die Lösegeldforderung erscheint mir zu gering.«

»Wie bitte? Eine Million Kronen sind Ihnen zu gering?!«

Olofsson seufzte. »Bei dem Umsatz, den Ihre Firma generiert, Herr Eklund, hätte ich das Zehnfache erwartet.«

Mit einem Mal saßen die Eklunds sehr gerade.

»Außerdem hat ihre Tochter das Krankenhaus allein verlassen und ist anscheinend freiwillig in ein unbekanntes Fahrzeug gestiegen. Ich halte das hier«, er deutete auf den anonymen Brief, »für einen netten Versuch Ihrer Tochter, sich von Ihnen einen Kurzurlaub finanzieren zu lassen.«

»Blödsinn«, erwiderte Nova heftig. Blanker Hass leuchtete in ihren Augen.

»Nova, ich bitte dich.«

»Nein!«, fuhr Nova Jorik über den Mund. »Klar ist das eine Fälschung! Vielleicht ist sie sogar von Tuva. Aber wissen Sie, Herr Kommissar, was ich denke?« Mit einem Ruck entzog sie Jorik ihre Hand. »Ich denke, dass Tuva gezwungen war, ihn zu basteln. Gleichzeitig kommt sie damit ungewollt meinem Mann zur Hilfe. Er hat nämlich ...«

»Nein!« Plötzlich war Jorik über Nova und versuchte, ihr die Hand auf den Mund zu pressen. Ein Knäuel aus Armen und Beinen wirbelte herum; Nova wusste sich gegen ihren Mann zur Wehr zu setzen. Blitzschnell erfasste Olofsson: Hier tat sich eine neue Quelle mit weiteren Hintergrundinformationen auf! Er musste eingreifen, ehe sie versiegte.

Schwer legte sich seine Pranke auf Joriks Schulter und riss ihn von Nova weg. Für Joriks Jiu-Jitsu-Tricks hatte Olofsson nur ein müdes Lächeln übrig. Er war zu schwer, um von Eklund durchs Büro geschleudert zu werden, aber seinerseits stark genug, um Jorik mit einem beherzten Griff den Arm auf den Rücken zu drehen.

»Ruhe! In drei Teufels Namen.«

Das wirkte. Im nächsten Moment hatte auch Nova sich wieder unter Kontrolle. Rasch ordnete sie ihre Kleider. Jorik wehrte sich nur mehr halbherzig gegen Olofssons Griff.

»Frau Eklund, würden Sie bitte mit Ihren Ausführungen fortfahren?«, dröhnte Olofsson. »Was hat Ihr Mann?«

Doch der Hass in Novas Augen war erloschen. Noch einmal folgte die Scharade mit den bemüht unsicheren Blicken zwischen dem Ehepaar, als hätte die Rangelei eben nicht stattgefunden.

»Mein Mann«, sagte Nova Eklund steif, »hat gar nichts getan.« Jorik entspannte sich sichtlich. »Ich bin so unschuldig wie ein Neugeborenes. Würden Sie mich bitte loslassen, Herr Kommissar?«

Mist, Mist, Mist! Es würde keine Beichte geben, weil Olofsson eingegriffen hatte. Aber er hatte doch nicht zusehen können, wie Eklund seine Frau verdrosch! Unwillig ließ Olofsson Joriks Hand fallen. Es kostete ihn eine Menge Kraft, Eklunds höhnischen Blick zu ertragen, als der sich aufrichtete und demonstrativ seine Schulter massierte. Jede Faser seines Körpers drückte aus, dass diese Szene ein Nachspiel haben würde.

»Aber seine Schwester steckte bis zum Hals in den Geschäften mit den Ukrainern«, fuhr Nova unvermittelt fort.

Bumm, Spätzünder! Verblüfft musterte Olofsson sie. »Aha? Sie wissen davon?«

»Ja, und uns ist auch bekannt, dass die Abteilung Osteuropa sich mit Uta und Magnus befasst.« Novas Lächeln war mehr als grimmig. »Schließlich ist unser Anwalt nicht auf den Kopf gefallen.«

»Moment, Moment.« Olofsson gebot ihr, zu schweigen. »Sie wissen von den Geschäften Ihrer Schwägerin?«

»Inhaltlich weiß ich gar nichts.« Nova zückte einen Taschenspiegel und kontrollierte ihr Make-up. »Aber Jorik kann Ihnen weiterhelfen.«

Woher rührte der plötzliche Verrat an ihrem Mann? Wusste Nova denn nicht, was sie damit anrichten konnte? »Nur, damit ich es auch kapiere: Sie belasten Ihren Mann, mit seiner Schwester Uta Pieters Geschäfte abgewickelt zu haben, die vom Dezernat Osteuropa beobachtet werden?«

»Ich dachte eigentlich, dass Sie das auch wissen, Herr Hauptkommissar.«

Olofssons schwieg. Es würde nicht gut ankommen, wenn er sich selbst als Handlanger bezeichnete. »Der ermittelnde Kommissar im Fall Ihrer Tochter«, ergänzte er ungelenk. »Zurück zum Erpresserbrief. Warum könnte der Ihrer Meinung nach auch von echten Entführern stammen?«

Jorik war so verzweifelt, dass er wieder auf seine Frau losgehen wollte. Ohne hinzuschauen, packte Olofsson ihn am Arm und hielt ihn fest. Angriff gestoppt.

»Erstens macht meine Tochter so was nicht«, antwortete Nova ungerührt, »und zweitens habe ich schon lange befürchtet, dass die Russenbagage irgendwann auf uns zurückgreift, weil seine Schwester den Hals nicht vollgekriegt hat!«

»Nova, wenn du nicht sofort den Mund hältst, kannst du deine Koffer packen«, zischte Jorik zwischen den Zähnen.

»Und wenn Sie nicht aufhören, Ihrer Frau zu drohen, verbringen Sie die Nacht in der Zelle«, raunte Olofsson Jorik ins Ohr. »Also? Ich höre!«

»Ohne meinen Anwalt sage ich nichts!«

»Ich sage nur: Strafminderung«, flüsterte Olofsson.

»Pah!«

Olofsson musste Jorik wohl oder übel loslassen. Gut, dann spielen wir eben Spielchen, dachte er verstimmt.

Olofsson schniefte. Ein paar Stunden, überlegte er, dann liegen ihre Nerven endgültig blank. Und wenn das hier vorbei ist, verknacke ich Tuva oder wen auch immer zu Sozialstunden dafür, dass sie versucht hat, mich mit dieser dämlichen Fälschung übers Ohr zu hauen.

Tuva

Wir werden gemäß der nationalen Gepflogenheiten empfangen, als wir im deutschen Rostock von der Fähre rollen: Es regnet bei windigen 12 Grad. Fliegen wäre gemütlicher gewesen! Tom hat zwar die Heizung voll aufgedreht, aber in meiner dünnen Kombination aus der Summerfly-Kollektion, bestehend aus pastellolivgrüner Hose und Top, schüttelt es mich regelrecht vor Kälte. So viel hat die Menschheit schon erfunden, aber keine Wettermaschinen. Was treiben diese Wissenschaftler die ganze Zeit in ihren Laboren? (Und warum ist mir nicht schon vorher eingefallen, dass Haare in Rosa und Blau nur bedingt kombinierbar mit meinem Kleiderschrank sind?)

»Gib mal die Limo.«

David, den wir auf die Rückbank verbannt haben, reagiert mit Verzögerung. Er klopft sich lieber auf die Oberschenkel, seit die Fähre angelegt hat. Das Klatschen macht mich wahnsinnig.

»Und hör auf, dich selbst zu verprügeln. Bringt nix.«

»Lass ihn«, meint Tom. Er ist fix und fertig, weil er sich vor der Zollkontrolle vor der Ausschiffung gefürchtet hat wie der Teufel vorm Weihwasser. Stocksteif hat er da gesessen und das Steuer umklammert. Ich war auch nervös, weil ich es generell hasse, warten zu müssen, vor allem, wenn man weiß, dass auf der anderen Seite der Rampe das Festland liegt. Und dann sind wir einfach über die Rampen gefahren und waren plötzlich draußen. Keine Kontrollen, nicht mal Stichproben wurden gemacht. Weil, so klärt uns ausgerechnet der zurückgebliebene David auf, die Grenzkontrollen schon vor Jahren abgeschafft worden seien, und das gelte aktuell immer noch.

»Und wenn sie uns erwischen, werden sie sie wieder einführen!« David wiederholt sich gern. Fünf Stunden mit ihm reichen, um eine totale Aversion gegen ihn zu entwickeln! Wie schafft Tom es bloß, seinem Bruder nicht alle zwei Minuten eine zu scheuern? Ich reiße ihm die Limoflasche aus der Hand und trinke etwas, dessen Konsistenz und Geschmack an Zuckerwasser mit Urin erinnert. Überhaupt sind Essen und Trinken für mich völlig geschmacksfrei geworden. Ich könnte auch Jauche trinken, es wäre das Gleiche.

»Wohin geht's jetzt?«, fragt Tom an einer Ampelkreuzung. Riesige Schilder weisen auf die Autobahnzubringer hin.

»Berlin«, murmele ich.

»Berlin ist die Drehscheibe in den ehemaligen Ostblock«, meint David. »Ich bin müde. Ich will ins Bett.«

Er ist auffallend gut informiert. Hoffentlich war's das mit seiner Schlauheit. »Dein Problem«, schmettere ich ihn ab. »Wir fahren, so weit es geht.«

Tom sieht mich aus roten Augen an und schweigt. Er hat keine Lust mehr, aber ich sehe nicht ein, warum ich ihm eine Pause gönnen soll. Schließlich bin ich wegen ihm im Krankenhaus gelandet!

Es ist übrigens allein Davids Schuld, dass wir nur noch zwei Handys haben. Ich wollte mit Tom den Sonnenuntergang während der Fahrt genießen. Alles war easy, bis auf Toms Seekrankheit und dass er total beleidigt ist. Angeblich fühlt er sich von mir erpresst: Entweder er bringt mich an einen weit entfernten Ort, dessen Name ich vorerst für mich behalte, oder ich sage allen, dass er mein Dealer ist. Diskussion zwecklos. Tom schwieg und litt und kotzte, egal wie nett ich mich nach dieser Klarstellung zeigte. Irgendwann kam David dazu und meinte, dass wir anhand unserer Handys geortet werden könnten.

»Dein Ernst?«, fragte Tom schwach.

»Jep.« Ich habe David noch nie »jep« sagen hören.

Also zog Tom sein Handy aus der Tasche und warf es in die Ostsee. David sagte: »Hm«, zückte sein Portemonnaie und nahm drei Plastikkarten heraus. Trägerkarten, aus denen man die SIM-Karten nur noch herausbrechen musste. »Aus Papas Tresor«, erklärte er. »Alle unregistriert.« Tom war den Rest der Überfahrt sehr still. David und ich fühlen uns mit unseren neuen Telefonnummern dagegen um einiges besser.

Über unserer Fahrspur schaltet die Ampel auf Grün. Müde verschiebt Tom den Schaltknüppel des Automatik-Volvos. Ich frage lieber nicht, wo sie diesen Wagen herhaben. Am Ende gehört der ihren Nachbarn. Unter einem Fluchtfahrzeug habe ich mir jedenfalls etwas Ausgefalleneres vorgestellt als einen Volvo, aber man muss auch mal Abstriche machen können.

Es nieselt nur noch wenig.

»Wohin jetzt?« Tom schaltet die Scheibenwischer aus.

Das Straßennetz breitet sich auf meinem Display in der Navi-App aus wie ein fragiles, organisches Gebilde. »Da lang.« Ich deute nach links.

Tom biegt ab. Er hat vor Erschöpfung Schwierigkeiten beim Lenken. Kein Wunder, die Dämmerung hat eingesetzt, es geht auf zehn Uhr zu, er hat sich die Seele aus dem Leib gekotzt, aber darauf kann ich jetzt keine Rücksicht nehmen. Wir fahren eine ganze Weile, bis wir die Autobahn nach Süden erreichen. Um diese Uhrzeit ist der Verkehr spärlich, nur noch ein paar späte LKW lassen wir in der Dunkelheit hinter uns.

»Sag mal, du bist doch erst sechzehn«, platze ich heraus. »Hast du überhaupt einen Führerschein?«

Tom riskiert es, mir einen kurzen Blick zuzuwerfen. Schweigend schaut er wieder nach vorn.

»Tom wird bald siebzehn. Papa dreht mit ihm an den Wochenenden ein paar Runden durchs Viertel.« David klingt so verdammt beherrscht. Ich könnte ihn erwürgen.

»Ja, aber das beantwortet nicht meine Frage.«

»Für die Antwort ist es jetzt sowieso etwas spät, findest du nicht?« Tom reißt den Mund auf und gähnt. Der Wagen schlingert.

»Pass auf!« Ich greife ins Steuer, um ihn in der Spur zu halten. Prompt ziehen die Räder uns auf die mittlere Leitplanke zu. Tom stößt mich weg und lenkt gegen. »Lass die Finger davon! Ich fahre!«

Das. War. Knapp.

Ein wenig Musik wäre jetzt nicht schlecht. Auf Verdacht öffne ich das Handschuhfach und habe die Auswahl zwischen klassischer Musik, Siebziger-Jahre-Oldies und russischer Volksmusik.

David fängt meinen Blick im Rückspiegel auf und deutet ihn richtig. »Mama und Papa haben eben einen ausgefallenen Musikgeschmack.«

»Mit dem Zeug werde ich verrückt, bis wir in …« Nein. Kein Wort über unser Zielland!

Ich höre, wie David nach vorn rutscht. »Ja?«

Trotzig presse ich die Lippen zusammen.

»Ja *was*?«, fragt Tom. »Bis wir in Russland sind? Am chinesischen Meer?«

»Indien«, schlägt David stumpf vor. »Dort ist gerade Monsun. Das ist mir zu nass.«

Tom muss husten. »Angesichts der Tatsache, dass uns wahrscheinlich schon die Polizei auf den Fersen ist, hätte ich auch gern gewusst, wo wir eigentlich hinfahren.«

»Kein Problem.« Ich tue so, als gäbe es nichts Spannenderes als die deutsche Dunkelheit jenseits der Beifahrertürscheibe.

»Wenn ihr mir sagt, wo ihr das Geld herhabt. Und das Auto. Und wieso du erst nicht mitmachen wolltest und mich dann nicht schnell genug abholen konntest.«

Vorsichtshalber zieht David die Plastiktüte, die er schon die ganze Zeit herumschleppt, näher an sich heran. »No way!«, erklärt er. Anscheinend hat er den Ausdruck bei seinen endlosen Fernsehabenden aufgeschnappt.

»Doch!«, beharre ich.

»Je weniger du weißt, desto besser.« Tom nimmt mir die Limoflasche aus der Hand und trinkt sie fast leer. »Umso größer ist die Wahrscheinlichkeit, dass wir uns nicht gegenseitig verpfeifen.«

»Na super, das ist ja hier ein echtes Vertrauensverhältnis!«, spotte ich.

»Gern geschehen!« Tom klingt jetzt richtig sauer. »Ich wollte schon immer mal eine Tour quer durch Europa machen, mit einem geklauten Auto und zehntausend Euro in einer Plastiktüte, ohne zu wissen, in welches gottverdammte EU-Drittweltland ich eigentlich fahre! Wir fahren nach Osten, oder?«

»EU-Beitrittsland«, murmelt David.

Bei seinen Worten wird mir mulmig. *Zehntausend Euro?* Wo kriegt man in Schweden bitte schön einfach Euros in solchen Mengen her? Haben die beiden etwa einen Banktresor ausgeräumt?!

»Wie kommst du darauf, dass wir nach Osten fahren?«, frage ich schwach.

»Schau nicht so dämlich, Tuva! Sonst hätten wir doch ganz entspannt die Öresundbrücke nehmen können, statt uns auf der Fähre die Seele aus dem Leib zu reiern.«

»Und Berlin ist die Drehscheibe in den Osten«, wiederholt David zu allem Überfluss. Verdammter Trottel!

»Ja, schon gut, es stimmt. Wir fahren nach Osten.« Fieberhaft überlege ich, wie ich die beiden beruhigen kann. »Aber das ist doch auch nur, na ja, die spiegelverkehrte Kopie des Westens.«

Fassungslos schüttelt Tom den Kopf. »Was laberst du da für einen Bockmist? Der Osten ist tausendmal gefährlicher als der Westen! Schon mal was von der Russenmafia gehört?«

»Als ob die sich für uns drei interessieren würde! Wer sind wir denn, dass ausgerechnet die Russenmafia hinter uns her ist?« Ich werde immer leiser und verstumme. In meinem Gehirn feuern Milliarden von Synapsen. Die Botschaft, die sie übermitteln, löst bei mir Panik aus. Auto, Euros, Mafia, das kann nur eins bedeuten. »Habt ihr das Auto etwa von der Mafia geklaut, ihr Idioten?!«

Dann geht alles ganz schnell. Wie wild trommeln meine Fäuste auf Tom ein, der Wagen schlenkert auf die rechte Spur. Plötzlich packt David meine Arme, und ehe ich mich versehe, presst er mich von hinten in meinen Sitz und fixiert mich so geschickt, dass ich, außer zu atmen, gar nichts mehr machen kann.

»Halt die Klappe und beruhig dich!«

»Brüll mich nicht an!«

An der Kopfstütze vorbei schnaubt David in mein Ohr. Ekelhaft!

»Schnauze, alle beide!«, schreit Tom. Im Scheinwerferlicht taucht ein Schild mit einem unaussprechlichen Ortsnamen und einem Piktogramm auf: fünfhundert Meter bis zum nächsten Parkplatz. Tom setzt den Blinker. »Pause, ich kann nicht mehr!«

Ein blitzender Dom aus blauen Elmsfeuern erhebt sich dort, wo wir ausfahren wollen. Statt abzufahren, gibt Tom dem Volvo lieber die Sporen. Im Vorbeirasen sehen wir mindestens drei Polizeiwagen und zwei LKW in der Parkbucht stehen. Das war knapp!

Nervös trommelt Tom auf dem Lenkrad herum. Seine Augen zucken immer wieder zum Rückspiegel. Das blaue Blitzen entfernt sich und verschwindet schließlich hinter einer Kuppe.

»Also, ihr beiden.« Er holt tief Luft. »Ich halte fest, wir sitzen alle im selben Boot. Niemand verpfeift niemanden, ist das klar?«

David und ich nicken betreten. »Lass sie los«, sagt Tom.

David gehorcht augenblicklich, und ich muss mich damit abfinden, dass meine Arme noch eine ganze Weile kribbeln.

»Um ehrlich zu sein, will ich gar nicht so genau wissen, wo wir hinfahren«, meint Tom nach einer Weile.

»Ich schon«, murrt David. »Fahren wir durch Polen?«

Ich nicke.

»Und danach?«

»Weiter nach Osten.«

Beklommene Stille.

»Was willst du dort überhaupt?«, fragt Tom.

»Mein Glück finden.« Und als David unzufrieden weiterbrummelt: »In zweiundzwanzig Stunden kommen wir an. Dann erfahrt ihr es.«

»Mit oder ohne Pausen?«

»Ohne.«

»Dein Ernst?«

Ich seufze. »Meine Güte. Dann suchen wir eben ein Hotel!«

»Das ist ein Wort.« Tom schaltet das Radio ein und findet einen Rocksender. Knappe neunzig Minuten später treffen wir headbangend und grölend in Berlin ein.

Nova und Jorik

Ein Kriminalbeamter, von Olofsson höchstpersönlich angeschleppt, schaute in die Küche und lächelte entschuldigend. »Hätten Sie vielleicht noch einen späten Kaffee für mich?« »Natürlich. Bitte bedienen Sie sich. Der Vollautomat erklärt sich von selbst.« Abwesend deutete Nova auf die blank polierte Maschine, die beste, die es derzeit auf dem Markt gab. Irgendwie musste das Geld, das Jorik mit seinem Saatgroßhandel machte, ausgegeben werden. Die Ehrfurcht, mit der der Kriminalbeamte die Maschine anstarrte, während sie eine Tasse Mokka brühte, verärgerte Nova. Oberflächlich tat jeder so, als verachtete er den Reichtum, mit dem er sich bei den Eklunds konfrontiert sah. Kamen die Feinheiten zum Vorschein, die man sich nur in diesem Finanzrahmen leisten konnte, glitzerten plötzlich Träume und Sehnsüchte in den Augenwinkeln der Neider. Warum eigentlich? Mit Geld konnte man das mit solchen Spielereien assoziierte Glück definitiv auch nicht kaufen.

Der Kriminalbeamte kehrte ins Wohnzimmer zurück und Nova konnte fortfahren, sich in ihre Wut auf Jorik und den Anwalt Sörensen hineinzusteigern. Im kleinen Besucherzimmer sprach Letzterer ihrem Mann bereits den ganzen Abend Mut zu, als hätte er das Seelenheil in großen Säcken im Kofferraum seiner Chrysler-Limousine gebunkert.

Nova schüttete den Tee, den sie sich gebrüht hatte, in den Ausguss und spülte nach. Polizisten im Haus und überzogener Tee. Das kam dabei heraus, wenn man Märchen erfand. Und Sörensen glaubte Joriks Märchen, weil er sich die Zeit, die er hier mit dummem Herumschwallen verbrachte, per Rechnung vergolden lassen konnte, so wollte es das Gesetz der Gentlemen!

Nova und Jorik hätten einen richtigen Plan gebraucht, bevor sie kopflos ins Krankenhaus gestürzt waren, bevor Tuva die ersten Drogen probiert hatte, bevor Novas Hass auf Jorik sich hatte Bahn brechen können! Ein Ablenkungsmanöver hätte es dem

Hauptkommissar wesentlich schwerer gemacht, hinter Utas und Joriks Mauscheleien zu kommen. Vor Jahren hatte sie bereits überlegt, ob man nicht für alle Fälle einen Steuerhinterziehungsskandal inszenieren sollte, oder etwas mit übermäßigen Eingriffen ins Ökosystem, um private Probleme wie dieses zu verschleiern. Etwas, das man mit Geld und ein paar Jahren Gefängnis wieder ausbügeln konnte. Wenn nur Tuva zurückkam.

»Alles in Ordnung?« Olofsson sah in seinen lächerlichen Cargo-Shorts und den ausgelatschten Sandalen wie ein angetrunkener Tourist aus. Es täuschte wunderbar darüber hinweg, wie gefährlich er einem als Polizist werden konnte.

Nova nickte. »Den Umständen entsprechend.«

Interessiert ließ der Kommissar seinen Blick durch die Küche schweifen. »Sehr edel hier. Kochen Sie selbst?«

»Haben Sie Hunger?«, erwiderte Nova gereizt. »Soll ich ein Bœuf Stroganoff zaubern?«

Olofsson stieg prompt darauf ein: »Sie oder Ihre Köchin?«

»Ich habe selbst als Köchin gearbeitet, bevor Joriks Firma Erfolg hatte. Wäre das nicht der Fall gewesen, hätte ich ein eigenes Restaurant eröffnet.«

Olofsson nickte beifällig. »Dann ein Stroganoff. Soll ich Ihnen zur Hand gehen?«

Erschöpft schloss Nova die Augen. Ironie war für den Kommissar wohl ein Fremdwort. Jetzt musste sie wegen einer blöden Bemerkung auch noch kochen! »Nicht nötig.«

Zum Glück kehrte Olofsson zu seinen Ermittlern im Wohnzimmer zurück, ohne dass sie ihn mit dem Tranchiermesser aus der Küche jagen musste. Bestimmt führten sie gleich Tänze um die Zimmerpalme auf, weil sie die Finte mit der Entführung gegen die Eklunds verwenden und sie indirekt unter Hausarrest nehmen konnten. Nova machte auf dem Weg zur Kühlkammer einen Umweg über das kleine Besucherzimmer, in dem Sörensen fleißig heiße Luft produzierte. Schon durch die geschlossene Tür dröhnte die wohlgefällige Stimme des Anwalts, als gäbe es nur ihn und seine göttliche Weisheit. Na, der würde sein blaues Wunder erleben!

Nova riss die Tür auf. »Wie weit seid ihr?«

Irritiert hob Jorik den Kopf. »Bitte? Womit denn? Was glaubst du, was wir hier machen? Ein Zauberritual vorbereiten, um Tuva zurückzuholen?« Gar keine schlechte Idee, dachte Nova. »Sörensen, was hat er Ihnen erzählt?« Die hochgezogenen Augenbrauen des Anwalts reichten fast bis an seinen Haaransatz. »Was *hätte* er mir denn erzählen sollen?«

»Los, Jorik, dein Part!«

»Aber wir hatten doch besprochen, dass das allein unsere Angelegenheit ist.«

»Das ist unwichtig geworden, die Polizei weiß sowieso schon Bescheid. Das Leben unserer Tochter steht auf dem Spiel.«

»Weißt du, was du da von mir verlangst?!«

»Ähm …«

Unisono wandte sich sowohl Joriks als auch Novas Kopf dem Anwalt zu.

Sörensen zögerte, was für ihn ungewöhnlich war. »Gehe ich etwa nicht recht in der Annahme, dass es sich um eine Entführung handelt?«

Ganz langsam schloss Nova die Tür und blieb mit verschränkten Armen davor stehen.

»Du meinst das ernst, nicht wahr?«, stellte Jorik erstickt fest.

Nova nickte. Sie würde die beiden Männer erst hinauslassen, wenn ihr Göttergatte ausgepackt hatte.

Mit zitternden Händen goss Jorik Whisky neben und in sein Glas und nippte mehrfach. »Es könnte sein, dass ehemalige Geschäftspartner von Uta ihre Finger im Spiel haben.«

Sörensen zuckte mit den Achseln. »Und?«

»Uta hat, nun ja, Geschäfte gemacht, die weit in den Osten reichen.« Nervös fingerte Jorik an seinem Glas herum.

»Was genau ist daran verwerflich?«

Nova rollte mit den Augen. Dieser Sörensen war doch wirklich zu blöd für alles! »Er meint die Art der Geschäfte, die seine Schwester mit denen gemacht hat.«

Ein paar Sekunden verstrichen, in denen Sörensen dramatisch an Farbe einbüßte. »*Diese* Art?« Er hielt sich zwei Finger an die Schläfe und machte eine Daumenbewegung, als betätigte er den Abzug einer Pistole. »Eklund, das hat doch nichts mit Russisch Roulette zu tun, oder?« Jorik biss sich auf die Lippen.

»Es geht quasi um das Leben unserer Familie«, vollendete Nova ungeduldig. »Die Polizei sollte davon eigentlich nichts mitbekommen, aber dann ist Tuva verschwunden. *Hoffentlich* ist sie wirklich ausgerissen und *hoffentlich* wird sie nicht von *denen* verfolgt. Ach! Ich kann deine Verlogenheit einfach nicht mehr ertragen, Jorik!«

Türenknallend stürmte sie davon.

Stumm starrte Sörensen Nova Eklund nach. Bisher hatte er sie für eine gelangweilte Frau des neureichen Geldadels gehalten, die sich nicht für die Geschäfte ihres Mannes interessierte. Nun sah es so aus, als würde sie dem Ganzen erst das richtige Feuer verleihen.

»Besteht Lebensgefahr?«, flüsterte er.

Jorik nickte. »Für alle, Sörensen. Also auch für Sie.«

Samstag

Tuva

In timpul nașterii mama copilului a murit.

Es ist kurz nach Mitternacht. Der Zettel fühlt sich schon ganz verknittert an. Jetzt hat er noch ein paar Flecken von meinen verschwitzten Händen abbekommen.

Im Krankenhaus habe ich mir den Satz von der App vorsprechen lassen, weil ich ihn nachsprechen wollte. Ich dachte, ich begreife dann schneller, was passiert ist. Ich habe ihn nicht über die Lippen bekommen.

Die Matratzen stinken und sind so durchgelegen, dass ich wie ein Affe auf einem Bananenboot hänge. Den Geruch kriege ich nie wieder aus meinem Nighty-Schlafanzug mit den Herzchen heraus. Morgen früh werde ich ihn wegwerfen. Damit dezimiert sich mein sowieso schon geringer Klamottenstatus. Mehr als das, was ich seit gestern Morgen trage, und die paar Teile, die Nova mir ins Krankenhaus gebracht hat, konnte ich ja nicht mitnehmen.

Und ich muss schon wieder heulen, obwohl ich zwölf Stunden und irgendwas um die fünfhundert Kilometer Zeit hatte, damit fertigzuwerden, dass mein bisheriges Leben heute von einem Stück Papier und ein paar zusätzlichen Dummheiten beendet wurde. Neben mir liegt Tom in einer Art Tiefschlaf, im Beistellbett schnarcht David. Es war pures Glück, dass wir diese Gammelabsteige überhaupt gefunden haben. Ich weiß nicht, wie viele Hotels an uns vorbeigerast sind, nur weil wir nicht rechtzeitig von der verdammten Berliner Stadtautobahn heruntergekommen sind! Irgendwann ist Tom einfach abgefahren und hat vor dem ersten Haus geparkt, das wie ein Hotel aussah. Und jetzt sind wir im »Kreuzberger Puppenstübchen«. Deutsche Wörter mit Umlauten sind mir suspekt, deshalb werde ich nicht versuchen, das zu übersetzen!

In timpul naşterii mama copilului a murit.

Eigentlich hätte ich die Übersetzungs-App gar nicht gebraucht. Ich kann ganz gut Französisch, was dieser seltsamen Sprache sehr nah kommt. Das Verb stach heraus, der Rest ergab sich zwangsläufig aus *mama* und *naşterea,* nicht nur, weil ich auf Speed war. *Naşterea* klingt wie *naissance* und bedeutet Geburt, und *murit* ist nicht nur scheinbar mit rir, sterben, verwandt.

In timpul nașterii mama copilului a murit. Während der Geburt ist die Mutter des Kindes gestorben. Meine leibliche Mutter ist tot und ich werde sie niemals kennenlernen.

David schnaubt im Schlaf und wälzt sich herum. Unmittelbar danach wirft Tom neben mir gestört die Decke von sich. Nelli würde mich darum beneiden, dass er zwei Handbreit neben mir nur in seiner Unterhose schläft! Aber statt ihn gierig-verliebt anzuglotzen, wie jede andere Tussi es tun würde, starre ich dumpf vor mich hin und frage mich, warum Nova und Jorik mir verheimlicht haben, dass ich adoptiert wurde.

Ich überlege, ob ich morgen früh lachen und verkünden soll: »Wisst ihr was, Jungs, wir hatten unseren Spaß, fahren wir zurück!« Dann könnte ich Nova in knapp zwanzig Stunden fragen, was denn an meiner Adoption so schlimm ist, dass sie nicht dazu stehen kann.

David steht auf und geht ins Bad.

Ich schrecke hoch. Bin wohl eingenickt. Schnell stopfe ich den Brief wieder in meinen Schulrucksack und stelle mich schlafend.

David schwankt vorbei, fällt in sein Bett und schnarcht fast augenblicklich weiter. Während ich wegdämmere, versuche ich, mir meine echte Mutter vorzustellen, aber immer wieder schiebt sich Novas Gesicht davor.

Elsa und Lasse

»Stell dich nicht so an.«

Lasse schnaubte. Das war aber auch schon alles, was er sich an emotionalen Ausbrüchen gestattete. »Da es in unserer Kultur nicht üblich ist, dass man mit einem bewaffneten Aufpasser auf die Toilette geht, nehme ich mir das Recht, zumindest verwundert zu sein.«

Leises Lachen. »Spaßvogel. Ich an deiner Stelle würde mich beeilen, damit Elsa nicht die Fingerspitzen platzen.«

Ach ja, Elsa, seine Frau, deren Hände mit einem Kabelbinder straff zusammengezurrt worden waren, weil er aufs Klo musste. »Ich bräuchte Ihre Hilfe.«

»Beim Pinkeln?«

»Na ja.« Verlegen wandte Lasse sich ein wenig zur Seite und hob die Hände von seinem Rücken. Mit einem Ruck durchtrennte eine Klinge seine Fessel. Schweiß schoss ihm aus den Poren.

»Und nicht vergessen: Beeilung.«

»Ja, ja.«

Lasse drückte die Tür der Gästetoilette ins Schloss. Sein Aufpasser hatte es sich leider nicht nehmen lassen, den winzigen Raum zu durchsuchen, bevor er Lasse den Zutritt gestattete. Der Schlüssel steckte nicht mehr im Schloss, so dass Lasse nicht abschließen und leise durch das Klofenster abhauen konnte. Elsa hätte sich entweder allein befreien oder Opfer bringen müssen.

Auch die Toilettenbürste hatte der Aufpasser entfernt. Und selbst das Skalpell, das Lasse für alle Fälle hinter einer lockeren Wandfliese deponiert hatte, war verschwunden.

Lasse klappte den Toilettendeckel auf. Beim nächsten Mal musste er daran denken, das eine oder andere Werkzeug unter der Spülkante anzubringen. Er ließ die Hosen hinunter, setzte sich hin und stellte die Füße dicht vor die Tür, die sich als einzige im Haus nach innen öffnen ließ. Dann rollte er ein Stück Toilettenpapier ab, drehte es zusammen und stopfte es ins Schlüsselloch. Prompt versuchte der andere, die Tür nach innen aufzuschieben. »Was soll das?«, erklang es dumpf auf der anderen Seite. Lasse nahm die Knie zur Hilfe und stemmte sie dagegen. Das war in dieser Minimal-Kackzelle eigentlich ganz bequem.

»Privatsphäre!«

Er achtete darauf, das Papier nicht zu weit ins Schlüsselloch zu schieben. Der auf der anderen Seite sollte Mühe haben, es aus dem engen Loch herauszuziehen, was er prompt unter gemurmelten Verwünschungen tat. Anscheinend war das nicht der Typ mit dem nervösen Finger am Abzug, dem Mann waren seine Geiseln noch wichtig! Gut, er verlangte dafür auch ein paar Informationen, die Lasse und Elsa niemals herausrücken würden, solang ihre Jungs nicht in Sicherheit waren. Aber das ließ Lasse trotzdem als »legales Tauschgeschäft« durchgehen.

Vergnügt widmete Lasse sich Elsas liebster Blumenvase auf dem Fensterbrett, während draußen die Anspannung hörbar stieg. Die Blumen waren aus Plastik, so dass man bequem etwas in der Vase deponieren konnte, zum Beispiel ein altes, winziges und vor allem wasserdichtes Nokia-Handy mit Prepaid-Karte. Mit schmerzenden Daumen tippte Lasse eine Nachricht und schickte sie ab:

Geld f Uta weg Tom David Wagen geklaut KR-Killer hier Sind blank Können nicht weiter

Dann fuhr er fort, Papier ins Schlüsselloch zu stopfen, das beständig von der anderen Seite entfernt wurde. Die Antwort kam einen Meter Klopapier später: *OK*

Das Handy verschwand lautlos wieder in der Vase. Lasse tat, was er zu machen hatte, und betätigte die Spülung. Er zog die Hose hoch und nahm dabei seine Knie von der Tür weg. Der andere warf die Tür auf und Lasse an den Kopf. »Aua!«

»Was zum Teufel machst du hier drin?« Misstrauische Blicke nach nicht genehmigten Hilfsmitteln in alle Ecken. Das Ergebnis war natürlich gleich null. Lasse spitzte die Lippen. »Pipi. Und du?«

»Verarsch mich nicht! Und jetzt raus hier und ab ins Wohnzimmer!«

Modersson

Jokkmokk, Militärflugplatz.

Modersson hasste es, im Overall durch das Lichtgewitter auf dem Flugfeld zu marschieren. Ihr Umfang machte sie darin zu einem noch leichter zu treffenden Ziel. Zum Glück schossen hier nur die Kollegen mit Worten auf sie.

Sie kletterte in den Frachtraum der Maschine. Ein Soldat, dessen Rang sie zu dieser frühen Stunde nicht interessierte, drückte ihr einen Gehörschutz in die Hand und zeigte ihr ihren Sitzplatz. Die Klappsitze waren unangenehm schmal, aber sie war ja nicht Teil des staatlichen Nachrichtendienstes geworden, weil man so bequem reiste.

Die Düsenmotoren begannen zu brüllen, das Flugzeug wollte abheben, Modersson spürte es. Sie schnallte sich an und signalisierte mit dem Daumen, dass alles in Ordnung war.

Ihr ursprünglicher Auftrat lautete: »Finden Sie Ewgenij Kropidlow!« Und nachdem sie Lasses SMS gelesen hatte: »Retten Sie die Bergman-Söhne!« Modersson hatte ein Jahr darauf warten müssen, dass der Ukrainer durchdrehte, um sein Imperium aus Menschen- und Drogenhandel zu schützen. Dass er dabei ausgerechnet einen Killer auf die Bergmans, ihre Kronzeugen, hetzte, kurz bevor sie ins Exil gebracht werden konnten, war eine Katastrophe. Nicht zu reden davon, dass die Söhne abgehauen waren. Modersson konnte nichts mehr für Elsa und Lasse tun, außer zu hoffen, dass ihr Chef seine Leute rechtzeitig auf den Weg geschickt hatte, um das Schlimmste zu verhindern.

Wie auch immer. Die rote Brigitta war zurückgekehrt, obwohl niemand daran geglaubt hatte, dass sie ihre Arbeit jemals wieder aufnehmen würde. Wie dumm von ihren Vorgesetzten. Und erst von ihren Feinden!

Die Startbahn raste unter ihr dahin, der Take-off drückte sie auf ihrem Sitz zusammen. Ein Stich fuhr durch ihre rechte Schulter, dann war es vorbei.

Im polnischen Wrocław warteten bereits die Kollegen auf sie, um mit ihr in den Kampf zu ziehen. »Warum sollten diese

Jugendlichen ausgerechnet nach Osten fahren?«, hatte der diensthabende Kommandant vor einer Stunde noch gefragt.

»Weil ein winziger Peilsender am Wagen diese Annahme bestätigt.«

»Den Sie aus rein weiblicher Intuition dort schon vor Wochen angebracht haben?«, fragte der Kommandant trocken.

»Genau.« Modersson lächelte. Diesmal würde sie den Ukrainer zur Strecke bringen. Das Unternehmen *Weihnachtsmann* hatte begonnen.

Nova

»Kann ich Ihnen noch eine Tasse Tee bringen, Frau Eklund?« Ramonas Anwesenheit machte Nova über kurz oder lang krank. Trotzdem lächelte sie zerstreut. »Danke. Vielleicht später.«

Sie hätte nicht zustimmen sollen, als Jorik ihr vor ein paar Wochen von dem Plan erzählt hatte. Er war nicht nur schlecht durchdacht, sondern er zeugte auch von skrupelloser Bosheit, selbst wenn an seinem Ende die Rettung eines Menschenlebens stand, zumindest damals. Inzwischen sah es so aus, als hätte er sogar zwei Leben gekostet, vielleicht drei ... Nein, darüber würde sie nicht nachdenken. Tuva war nicht tot, sondern quietschlebendig, übermütig und irgendwo unterwegs. Es *musste* einfach so sein.

Die Kriminalbeamten hatten im Wohnzimmer auf Pritschen übernachtet und sämtliche Telefonleitungen kontinuierlich überwacht. Keiner der potenziellen Entführer hatte sich gemeldet, weil es keine gab. Denn welcher Entführer achtete darauf, dass das Opfer Schulrucksack und Kleidertasche mitnahm, das Bett glatt gezogen und der Herz-Lungen-Monitor abgestellt war? Hauptkommissar Olofsson in seinen Cargo-Shorts schien jedoch nach wie vor davon überzeugt zu sein.

DING! DANG! DENG! DONG!

Sie hatte die Türglocke längst austauschen lassen wollen, brachte es aber nicht übers Herz. Sie war ein Geschenk zu ihrer Hochzeit in London gewesen. Damals hatte Nova die Idee gefallen. Zwanzig Jahre später nervte sie nur noch.

Olofsson tauchte im Wohnzimmer auf. »Und? Schon was gefangen?«

Gleichzeitig schüttelten die beiden anderen Kriminalbeamten, die vor einem beeindruckenden Schaltkasten hockten, die Köpfe.

Und dieses Getue um die Entführung nervte auch.

»Frau Eklund, wie haben Sie geschlafen?« Olofsson watschelte auf sie zu, den Bauchansatz gebieterisch vorgeschoben, die Beine steckten in den obligatorischen Shorts.

»Gar nicht.«

»Tja. Eine Entführung zerrt an den Nerven.« Er hätte auch sagen können: Eine Mathematikarbeit ist nicht jedermanns Sache. Ein Anflug von Unsicherheit streifte Nova. Diese Aussage war in der Gegenwart der leidgeprüften Eltern ganz schön gewagt. Es war offensichtlich, dass Olofsson ihnen die Geschichte mit der Entführung nicht abnahm. Wieso ließ er dann nicht die ganze Scharade auffliegen, damit sie sich endlich dem echten Grund von Tuvas Verschwinden widmen konnten? Oder wollte Olofsson Nova provozieren, damit sie Jorik noch einmal in den Rücken fiel und er zuschlagen konnte?

»Entschuldigen Sie mich bitte.« Nova musste weg von hier, sie konnte heute keine Entscheidungen treffen. Dazu hatte sie ein zu schlechtes Gewissen.

Ohne darüber nachzudenken, ging sie hinauf in den ersten Stock. Anzuklopfen und Tuvas Zimmer zu betreten, war ganz selbstverständlich. Diesmal jedoch antwortete keine helle Teenagerstimme mit einem genervten »Ja!«, dem auch kein halblautes »Oh Mann« folgte.

Leise schob Nova die Tür zu, durchmaß den unordentlichen Raum der Breite nach. Lächelte über den Staub, der sich auf den Regalen und den Figürchen niedergelassen hatte. Hob einen vergessenen Strumpf auf, der zweite war hoffentlich schon in der Wäsche — aber was war ein Strumpf gegen den Duft ihres Kindes? Nova schnüffelte. Viel war nicht davon übrig. Die Klimaanlage arbeitete einwandfrei. Leider. Und was bedeutete der Duft gemessen an der Wahrheit über ihre Familie? Was geschah, wenn bekannt wurde, was schon so lange zurücklag? Und alles nur, weil Jorik und Uta zu hoch gepokert hatten.

Rücklings ließ Nova sich auf Tuvas ungemachtes Bett fallen. Die Tränen kamen leicht und flossen so schnell, wie eine Lüge nach der anderen in den letzten Jahren ihre Zunge voller Zärtlichkeit verlassen hatte: Tuva, unsere Tochter. Wenn sie doch nur zurückkäme. Nova würde ihr alles erklären.

Sie holte das Handy aus ihrer Rocktasche und wählte. Tuvas Mailbox antwortete schnippisch wie immer.

»Wo immer du bist, bitte melde dich. Papa und ich vermissen dich.«

»Frau Eklund?« Ramona stand plötzlich im Zimmer. »Gerade kam ein dringender Anruf aus Göteborg für Ihren Mann. Er ist jedoch nicht abkömmlich. Würden Sie den Anruf annehmen?«

Hass erfüllte Nova. Mit Ramona und dem hässlichen Konstrukt, dem sie entsprungen war, würde sie sich nicht abfinden, egal, was die übermächtige Bruderschaft beschlossen hatte! Lieber starb sie in Sippenhaft. Trotzdem fiel ihr das Lächeln ganz leicht.

»Aber natürlich. Ich kümmere mich sofort darum.«

Tuva

Meine Befürchtungen, dass wir mitten in der Nacht von einem Überfallkommando überrascht werden, haben sich zum

Glück nicht bewahrheitet. Wider Erwarten habe ich sogar Hunger, als ich gegen zehn Uhr die Augen aufschlage. Das Bett neben mir ist leer, im Bad rauscht die Dusche, David sitzt schon angezogen auf dem Beistellbett und wühlt in seiner Reisetasche herum. Und noch etwas hat sich verändert, von dem ich nicht weiß, wie ich dazu stehen soll. Der Druck, etwas Krasses zu tun, ist weg. Ich bin einfach zu erschöpft.

Die winzige Badezimmertür geht auf. »Frühstück?«, fragt Tom. Sein nackter Oberkörper und das Handtuch um seine Hüften lösen bei mir einen Adrenalinschub aus. Ihm hat die Nacht auf der gruseligen Matratze gutgetan, er sieht wie immer blendend aus.

»Frühstück«, stimme ich zu. »Wenn ich geduscht habe.«

»Das warme Wasser war gerade alle.«

»Danke, Prince Charming.«

»Gern geschehen, Prinzessin.« Er zwinkert mir zu. Ich bin versucht, zurückzuzwinkern. Aber David könnte es sehen.

Nach dem Frühstück verlassen wir das Hotel ohne großes Aufsehen. Wir werden wahrscheinlich den ganzen Tag die Gelegenheit haben, das typisch deutsche Wetter zu genießen, es regnet. Ich gehe nicht davon aus, dass es sich hinter der polnischen Grenze schlagartig ändert.

David trägt die Plastiktüte mit dem Geld wie einen Schatz vor der Brust und wirft ständig misstrauische Blicke über die Schulter, bis er auf der Rückbank des Volvos sitzt. Heimlich streiche ich über den Sitzbezug. Eine Nacht in einem abgeranzten Hotel in Berlin, und ich weiß die bequemen Autositze zu schätzen.

Anscheinend hat Tom den Gentleman in sich entdeckt, denn er verstaut höchstpersönlich alle Reisetaschen im Kofferraum. Vielleicht will er auch verhindern, dass ich noch mehr Dinge entdecke, die mich nichts angehen.

Ich rufe die Navi-App auf meinem Handy auf. Der Zufall will es, dass sie mich virtuell ins Zentrum Berlins umleitet. Zum Kurfürstendamm ist es vom Hotel aus gar nicht weit. Ich hätte große Lust, mir den aus der Nähe anzuschauen, schon um meine Summerfly-Kombi gegen etwas anderes auszutauschen. Nur Prolls tragen Klamotten zwei Tage hintereinander, und ich konnte die Sachen nicht mal über Nacht lüften! Aber wie soll ich das den Jungs schmackhaft machen?

»Wie wäre es mit einer Tour durch die Stadt?«

Tom lässt sich ganz selbstverständlich auf den Fahrersitz fallen. »Wozu das denn?«

»Na, wann kommt man denn schon mal nach Berlin?« Ich breite die Arme aus wie ein Touri-Guide. »Sehenswürdigkeiten, so weit das Auge reicht!« In Gedanken füge ich hinzu: Hunderttausend Gelegenheiten für Selfies mit Tom als Kusspartner. Nelli würde platzen vor Neid, wenn sie das wüsste! Und ich könnte ein bisschen von dem nachholen, was ich in der vergangenen Nacht versäumt habe.

Abwartender Blick. »Und was genau meinst du damit?«

»Zum Beispiel das Kaufhaus des Westens. Dort kriegt man alles. *Alles.*«

»Wir haben doch schon alles«, stellt Tom fest. »Und was wir nicht haben, brauchen wir auch nicht. Was noch?«

»Wie, was noch?«

»Was Historisches«, versucht er mir auf die Sprünge zu helfen. Hektisch wische ich in der App auf dem Kurfürstendamm herum. »Ich finde nur das KaDeWe. Also gibt's auch nicht mehr.«

Abschätzig mustert Tom mich. »Ich fasse es nicht. Du hast keine Ahnung, was man sich in Berlin alles anschauen kann, oder? Schon mal was vom Berliner Tor gehört?«

Ich erröte hoffentlich nur ein bisschen. »Nö. Was ist damit?«

In Toms Augen leuchtet Begeisterung. »Das wurde 1989 von den Berliner Bürgern zum Einsturz gebracht. Die russische Flagge wehte noch auf der Siegessäule, als der Eisenzaun fiel.«

»Aha?« Anscheinend ist mir bisher entgangen, dass Tom ein History-Freak ist. Tom dagegen merkt mir an, dass ich keinen Plan habe und wirkt regelrecht enttäuscht.

Räuspern von der Rückbank. »Tom, du meinst die Berliner Mauer, die nach der Revolution 1989 abgerissen wurde. Die russische Fahne wehte 1945 nach der Eroberung der Stadt auf dem Brandenburger Tor. Und der Eisenzaun hieß Eiserner Vorhang.«

Ganz langsam drehe ich mich zu David um. »Bitte?«, frage ich entgeistert.

»Ja, es heißt Eiserner Vorhang. Und Brandenburger Tor.«

»Nein. Ich meine, woher weißt *du* das?«

David hält mir sein Handy unter die Nase. »Google. Und ich bin zur Schule gegangen.«

»So was lernt man auf der Hilfsschule?«

»In der Bibliothek stand ein Comic.«

Übermütig fange ich an zu kichern. »Hört, hört! Wusste gar nicht, dass dein Bruder überhaupt lesen kann«, rutscht es mir heraus.

Tom und David antworten mit eisigem Schweigen. Einen vernichtenden Blick gibt es gratis von Tom dazu. »Wir fahren am besten weiter.« Der erwachende Motor bestätigt seinen Entschluss.

Verdammt! War ich gerade wirklich so blöd und habe es mir mit Tom versaut, weil ich vergessen habe, dass man sich nicht über seinen Bruder lustig machen darf?

Mit einem Nicken deutet Tom auf meine Navi-App. »Wohin?«

»Über Cottbus nach Krakau.« Meine Stimme zittert nur ganz wenig. Die Kuss-Selfies kann ich erst mal vergessen.

»Das liegt in Polen«, kommentiert David überflüssigerweise.

»Weiß ich«, gebe ich genervt zurück. Ich sehe es ja in der App.

»Könnten wir nicht auch über Tschechien fahren?« Tom klingt fast normal, schaut mich aber nicht mehr an.

»Ja, das ginge auch, aber die Strecke ist länger, weil wir dann über die ...« Ich könnte mich für meine Unachtsamkeit sonst wohin treten! Tom nutzt meine Unsicherheit, um herauszukriegen, wo es eigentlich hingeht!

»Über die was?« Im Rückspiegel erscheinen Davids Augen.

»Ich habe gehört, dass die Straßen in Tschechien ziemlich mies sein sollen. Aber falls jemand von euch beiden zufällig Tschechisch spricht, können wir natürlich noch mal drüber diskutieren.« Ich schaffe die Antwort einigermaßen holperfrei.

»Also was jetzt, Polnisch oder Tschechisch?«, fragt David unruhig.

»Polnisch«, antworte ich entschieden.

»Wenn du mir einen Sprachführer besorgst, lerne ich es, bis wir zur Grenze kommen«, meint David ernst.

Wieder denke ich nicht nach, bevor ich herausplatze: »Wie willst ausgerechnet *du* in neunzig Minuten Fahrt eine neue Sprache lernen?«

Und wieder: Eiszeit. Damit habe ich mir die Trottelmedaille des Tages schon vor zehn Uhr erarbeitet!

Wider Erwarten schnallt Tom sich ab. »Im Hotel habe ich so was gesehen.« Er springt aus dem Wagen und rennt über die Straße zum Hotel zurück. Dass der Motor noch läuft, merken wir daran, dass zwei böse dreinblickende Deutsche am Volvo vorbeigehen.

Tom kommt zurück. Mit den Worten: »Da, lies die!«, wirft er David einen Stapel Stadtpläne auf den Rücksitz und legt endlich den Gang ein. David vertieft sich sofort in die Aufzeichnungen.

Ich überlege, ob bereits jetzt der Zeitpunkt gekommen ist, um während der Fahrt aus dem Auto zu springen. Trotz aller Fettnäpfchen schaffe ich es, uns auf die richtige Autobahn nach Südosten zu lotsen.

Derweil ist David auf der Rückbank beschäftigt. Er scheint sich tatsächlich eingehend mit den Stadtplänen zu befassen. Coole Aktion von Tom, seinen Bruder ruhigzustellen. In mir wächst das Gefühl, dass ich mir für ihn ein Dankeschön einfallen lassen sollte. Er ist unser Fahrer und riskiert eine fette Strafe, wenn er ohne Führerschein erwischt wird. Nein, Moment, wir haben doch einen Deal, ich schulde ihm also gar nichts! Er mir allerdings auch nicht.

Der Nieselregen hört irgendwann auf. David hat hinten alle Pläne ausgebreitet und starrt sie einen nach dem anderen an, als könne er darauf die Weltformel erkennen. Seine Erkenntnisse kommentiert er mit: »Links von uns liegt Frankfurt an der Oder, nicht am Main, rechts Potsdam, das wir leider nicht sehen werden.« Dann vertieft er sich wieder in seine Pläne und raschelt wichtig damit herum.

Ein Teufelchen hockt plötzlich auf meiner Schulter: Ich wäre mir immer noch nicht sicher, ob David wirklich lesen kann. Er ist doch auch ein guter Schauspieler, der öfter die Arbeit schwänzt, oder nicht? Hm. Nachprüfen schadet nicht.

Ich strecke einen Arm nach hinten. »Gib mal einen.«

David reicht mir etwas mit witzigen Schnörkeln drauf.

»Nicht das, ich meine den Plan auf Schwedisch.«

»Habe ich nicht.«

»Dann eben den auf Französisch.«

Mit viel Geraschel und Geknister wühlt David den richtigen Plan heraus. »Der ist aber nicht vollständig.«

»Woher willst du das wissen?« Gleich der erste Eintrag verursacht bei mir Stirnrunzeln. Für die Erklärungen zu den wichtigsten Sehenswürdigkeiten reicht mein Schulfranzösisch nicht ganz. David kann seine Infos also nur aus der abgedruckten Autobahnkarte ziehen. Habe ich es mir doch gedacht! Die Berliner Häuserburgen werden immer weniger, verschwinden schließlich ganz und machen der Einöde Platz. Um Berlin herum gibt es kaum Orte, dafür aber jede Menge Wald und eine Ebene, die gefühlt bis an die Ostsee reicht. Kein Wunder, dass hier so viele Drogen konsumiert werden sollen. Der Radiosender von gestern Abend enttäuscht uns auch heute nicht. Wer uns vorbeirasen sieht, kann drei wippende Köpfe erkennen. Wenn er Glück hat! Tom hat sich nämlich daran erinnert, dass es auf deutschen Autobahnen keine Geschwindigkeitsbegrenzung gibt und drückt das Pedal bis zum Anschlag durch. Und das Beste: Alle machen Platz! Aber nach knapp hundert Kilometern hat der Volvo keine Lust mehr, wie uns Tom mitteilt, weil ein Lämpchen hinter seinem Lenkrad aufleuchtet.

»Kannst du mit deiner schlauen App eine Tankstelle suchen?«

Ich finde auf Anhieb eine Handvoll, aber nicht in der Nähe. »Hier in – äh – Vets...«

»Vetschau«, murmelt David.

»Was?«

»Ich sagte: Vetschau. Das ist das deutsche Sch. Also Vetschau.«

»Aha. Also, in *Vetschau* gibt es eine kleine Tankstelle, und in Cottbus sind auch eine ganze Menge.«

»Nimm die kleine«, sagt David. »Die eine ist leichter zu finden als die vielen in Cottbus.«

»Wieso?«, fragt Tom.

»Cottbus ist viel größer als Vetschau.« Im Rückspiegel kann ich Davids Grinsen sehen. »Näher ist es auch.«

»Wir sollen also runter von der Autobahn?« Zweifelnd betrachte ich die einsamen Baumansammlungen. »Hier geht man

doch verloren, wenn man die Pfade der Zivilisation verlässt!«
»Hier soll es sogar Wölfe geben«, kommentiert David trocken.
»Nein, Quatsch, die sind in der Uckermark.«
Das Wort klingt, als hätte er es sich ausgedacht. »Und wo soll die sein?«
»Weit weg, im Nordosten.«
»Woher willst du das wissen?«
Stumm hält er mir den japanischen Umgebungsplan von Berlin hin. Niedlich, die kleinen dicken japanischen Schriftzeichenmännchen!
»Wo liest du denn da Ockermork?«, frage ich belustigt.

Sein Finger tippt auf etwas, das wie ein Kunstwerk der Kalligrafie aussieht, und dann auf meinen Plan, der sich nur durch die Schriftzeichen unterscheidet.

Tatsächlich, da steht es. »Übermork«, korrigiere ich mich.
»Nein, Uckermark«, berichtigt David mich ruhig.
»Schaut mal, 'ne Ausfahrt, müssen wir die nehmen?«, unterbricht Tom uns genervt. Prompt lässt David sich in den Rücksitz fallen und schweigt, bis Tom an einer Zapfsäule hält und aussteigt.

Und mir bleibt ein wenig Zeit, mich über David zu wundern. Ringsherum gibt es nur Äcker und ein paar graubraune Häuser, die schon bessere Zeiten gesehen haben. Es nieselt schon wieder, was die Trostlosigkeit dieses Kaffs noch verstärkt. David und ich steigen auch aus und spazieren zur Straße, um uns die Beine zu vertreten. Tom kann auch allein tanken.

»Krass.« Ich schaudere. An eine Jacke habe ich beim Abhauen aus dem Krankenhaus nicht gedacht. Außerdem ist unser schwedischer Sommerregen mindestens zwanzig Grad wärmer.
»Das ist ja hier wie in der Steinzeit. Oder wie in Kiruna.«
»Das sind die Reste der DDR. Das war die ...«
Woher David sein Wissen plötzlich auch ziehen mag, er geht mir damit auf die Nerven.

»Ja, ich weiß, was das war, das waren die Sowjets und die Ostdeutschen. Danke, ich habe in der Schule zufällig aufgepasst.«

»Falsch. Die DDR war die deutsch-sowjetische Zone nach dem zweiten Weltkrieg.«

»Muss man das wirklich wissen?« Warum kann David nicht einfach wieder dumm sein und den Mund halten? Ich habe Kopfschmerzen! »Und wieso weißt *du* das eigentlich alles? Du bist doch ...«

David erstarrt. Der Ex-DDR-Sowjetregen zieht seinen Pony noch stärker nach unten. Wörter wie »lernbehindert« und »zurückgeblieben« hängen in der Luft. Von einem Augenblick auf den nächsten ist David zehn Jahre jünger und zutiefst verletzt.

»Ich meine, du bist doch«, stottere ich, »du hast doch ...«

»He, ihr zwei! Ich gehe zahlen! Passt mal jemand aufs Auto auf?«, schreit Tom. Wir haben gar nicht gemerkt, dass wir uns so weit von der Tankstelle entfernt haben. Wir kehren um.

»Nachts kommt so was im Fernsehen.« David wirft mir einen Blick zu, den ich lieber nicht deute, und legt einen kurzen Sprint ein. Ich will auch, aber so fit bin ich dann doch nicht.

Tom ist in dem kleinen Tankstellenbau verschwunden. Vor ihm stehen noch drei andere in der Schlange. Leben hier überhaupt so viele Leute? Ach, ist doch egal. Nicht nur der deutsche Sommer lässt mich frösteln.

Statt einzusteigen, hat David den Kofferraumdeckel hochgeklappt und wühlt aufgebracht in seiner Reisetasche herum. Mal sehen, ob der nette Junge auch ein paar Chemikalien in seinem Gepäck hat. Die könnte ich jetzt gut gebrauchen, um mein Selbstvertrauen upzugraden! Interessiert trete ich neben ihn und versuche, nicht ganz so heftig zu keuchen, obwohl mir das Herz von dem bisschen Rennen bis zum Hals schlägt. Und kriege den Mund nicht mehr zu. Da liegen mindestens zwanzig Nummernschilder aus aller Herren Länder.

»Habt ihr die etwa auch mitgehen lassen?«

»Du sollst das nicht sehen!« David schubst mich vom Kofferraum weg. »Hau ab! Das gehört so!«

Aha. *Das* ist also der wunde Punkt im Plan der Bergman-Söhne. Und wenn einer schubst, dann ich! Volle Kanne rempele ich zurück. »Das gehört nicht so«, presse ich hervor und weiche zurück. »Warum fahrt ihr so viele Nummernschilder spazieren?«

David strauchelt, fängt sich, kommt mit erhobenen Fäusten auf mich zu.

»Wehe, du schlägst mich!«, kreische ich.

»Was dann?«

»Dann sag ich's meinem großen Bruder!«

Verdutzt lässt David die Arme sinken. »Du hast doch gar keine Geschwister.«

Verdammt. Da war meine Zunge mal wieder schneller als mein drogenlahmes Gehirn.

»Woher willst du das wissen?« Betont aggressiv recke ich das Kinn. »Vielleicht wartet mein Bruder ja dort, wo wir hinfahren.«

»Quatsch.« David holt erneut aus, doch dann fällt ihm endlich ein, dass man Mädchen nicht schlagen darf, wenn man nicht mit ihrem großen Bruder Schwierigkeiten kriegen will, in welcher Beziehung zu besagtem Mädchen der auch stehen mag. Ergeben öffnen sich Davids Fäuste. In seinem Gesicht geht passend zum Wetter ein wahres Mimikgewitter nieder.

»Die sind schon länger da drin. Die Nummernschilder, meine ich.«

Länger? Woher weiß er das? Die Erkenntnis nimmt Anlauf und springt mit beiden Füßen gleichzeitig in mein Gehirn. »Du kennst den Wagen also. Das ist der von euren Eltern, oder?«

David wird rot und blass und knallt den Kofferraum zu. »Und?«

»Mensch, seid ihr bescheuert? Ihr klaut euren Eltern das Auto und glaubt, das funktioniert? Eure Eltern haben doch mit Sicherheit schon die Polizei informiert und können denen sogar das Autokennzeichen nennen!«

Betreten nickt David. »Oder eins von den anderen. Aber die Nachbarn sind auch immer schnell mit der Polizei.«

»*Eure* Nachbarn?«, hake ich entgeistert nach.

David nickt. »Na ja.«

Das wird ja immer besser! An das mit den Drogen habe ich mich ja schon gewöhnt, aber dass die Bergman-Brüder auch regelmäßig Autos zu knacken scheinen — nein!

»Ich hab doch gesagt, dass die Polizei hinter uns her ist.«

Erschrocken fahre ich herum. Hinter mir steht Tom.

»Und jetzt steigt ein, wir müssen weiter«, sagt er schroff. »Der Ostblock wartet, wenn ich mich recht erinnere.«

»Arsch«, sage ich und bleibe stehen. »Gibt's noch ein krummes Ding, von dem ich wissen sollte?«

»Wer hat denn mit den krummen Dingern angefangen?«, faucht Tom.

»Wieso haben eure Eltern so viele Nummernschilder im Kofferraum?«, frage ich. »Das kann uns echt auf die Füße fallen! Polizei und so!«

»Hör auf zu schreien!«, ruft Tom. »Wenn du so weiterbrüllst, muss man gar nicht Schwedisch können, um zu verstehen, dass wir in Schwierigkeiten stecken.«

Da hat er leider recht. Schmollend muss ich mir gefallen lassen, dass David mir stumm mit dem Finger droht, und steige ein.

Mistkerle!

Tom dreht den Zündschlüssel, fährt an, biegt auf die Straße Richtung Ortsausgang ab. »Ich kann's dir erklären, wenn du mir versprichst, die Klappe zu halten.«

In diesem Moment schießt ein schwarzer Chrysler aus der Kurve. Auf unserer Seite der Straße. Kommt quasi direkt auf uns zu.

Tom steigt auf die Bremse, die Räder blockieren, die Bordelektronik stottert brav die Geschwindigkeit runter und wir werden kräftig durchgeschüttelt. Stadtpläne wirbeln und meine wild herumfliegenden blau-rosa Haare sorgen fast für psychoaktive Erscheinungen vor meine Augen. Leider rutscht der schwere Volvo auf der nassen Straße richtig gut. Der Chrysler aber auch! Ich kann schon das Weiße in den Augen des Fahrers leuchten sehen ...

»Noch ein Assistent!«, schreit David hinter mir.

Geschätzte zwei Millimeter vor dem gefühlten Zusammenprall reißt Tom, wahnsinnig geworden, das Lenkrad herum. Der schwere Volvo schleudert auf zwei Rädern in einem nicht besonders eleganten Halbkreis zurück in die Richtung, aus der wir gekommen sind. Dabei nimmt er mindestens einen halben Kartoffelacker mit.

Ich kreische.

Beide Jungs sind leichenblass geworden.

Toms Fuß nagelt das Gaspedal aufs Bodenblech und zwingt den behäbigen Volvo zu einer unerwarteten Bestleistung. Von null auf hundert in drei Nanosekunden, würde ich sagen, wenn ich vor lauter Angst sprechen könnte.

»Der Assistent!«, schreit David wieder. »Hinter uns!«

»Was will der von uns?«, schreie ich zurück. Eine andere Kommunikationsart kann ich mir momentan beim besten Willen nicht vorstellen!

»Später!«, brüllt Tom. »Und jetzt Klappe!«

Der Tacho zeigt mindestens siebzig, als wir das Ortsschild passieren, Tendenz steigend. Diesmal fliegt die Dorftankstelle förmlich an uns vorbei, dann die ersten gammeligen Häuser.

Ein Jetta schiebt sich gemütlich aus einer Hauseinfahrt auf unsere Spur Richtung Ortsmitte.

Tom wird noch einen Hauch blasser und zieht nach links.

Auf der anderen Straßenseite fährt keine hundert Meter weiter ein Traktor vom Feld auf die Straße und hält genau auf uns zu.

Kollision in drei – zwei – eins ...

Polternd zieht der Traktor hinunter in den Straßengraben und wieder hinauf in den Vorgarten eines Bauernhauses. Der Zaun muss dran glauben, aber der sah sowieso renovierungsbedürftig aus.

Wir schreien uns die Kehlen wund.

»Polizei von rechts!«, brüllt David.

Tatsächlich prescht das blau-silberne Fahrzeug – Audi? Golf? Irgendein Modell, deren Ingenieure in den deutschen Abgasskandal verwickelt waren – mit einem Affenzahn auf einem Feldweg genau auf meine Beifahrertür zu.

»Gib Gas!«

»Was mache ich denn die ganze Zeit?!«

»Noch mehr!!!«

Im Rückspiegel kommt die Lichthupe des Chryslers unaufhaltsam näher.

Plötzlich wird es ruhig im Volvo. Wir haben den *Point of no Return* längst überschritten: Wenn Tom bremst, kracht uns der Chrysler in den Kofferraum, was blöd wäre für David. Erreicht der Polizeiwagen die Kreuzung vor uns, sind Tom und ich Matsch. Nein, das wird mir entschieden zu persönlich!

»AUSWEICHEN!!!«

Meine Tonlage lässt wahrscheinlich die Sicherheitsscheiben klirren, ich greife ins Lenkrad, aber diesmal ist Tom vorbereitet. Ich fange mir eine saftige Ohrfeige ein und David legt von hinten nach, weil man unter Brüdern Mädchen anscheinend nie allein, sondern nur zusammen verkloppt. Der Wagen poltert und schlingert. Tom fährt so schnell, dass die kleinste Bewegung des Lenkrads uns aus der Spur werfen kann. Weil mir nichts anderes übrig bleibt, rolle ich mich auf dem Beifahrersitz zusammen und schreie, schreie, schreie meine Knie an.

Ein letztes verzweifeltes Aufheulen des Motors, von Tom und schließlich von David—

»Wir sind durch!«, brüllt Tom plötzlich. »Durch!«

Ohrenbetäubendes Krachen antwortet.

»Der Chrysler hat die Polizisten gerammt!« Davids Stimme überschlägt sich fast vor Aufregung.

Mir geht die Luft aus, ich atme ein und schluchze vor Erleichterung los. Zurückschauen muss ich nicht, weil David das Geschehen hinter uns wie ein Sportreporter kommentiert, bis unser Volvo einen Hain erreicht. Mit mindestens hundert Sachen lassen wir das wildromantische Vetschau hinter einer Kurve zurück.

*

Erst auf einem Forstweg abseits der Bundesstraße, also mitten im Nirgendwo, trauen wir uns wieder, miteinander zu sprechen.

Toms Vorschlag, die Nummernschilder auszutauschen, wenn wir schon die Auswahl haben, finden David und ich gut. Die beiden schrauben, ich stehe Schmiere und komme mir zum ersten Mal verwegen vor. David hat angedeutet, dass die biederen Bergmans die Nummernschilder aus beruflichen Gründen spazieren fahren. Da sie nicht mit Autos handeln, vermute ich zumindest kleinkriminelle Gründe. Je ruhiger ich werde und je länger ich darüber nachdenke, desto cooler finde ich das Ganze.

»Was haltet ihr davon, wenn wir doch über Tschechien fahren?«, rufe ich den Jungs zu.

Tom taucht hinter dem Volvo auf. »Viel.«

»Gar nichts«, sagt David. War ja klar! »Wozu habe ich mir denn die polnische Sprache reingezogen?«

»Dann liest du eben noch die tschechische Landkarte.« So fürsorglich, wie Tom seinem Bruder die Hand auf die Schulter legt, möchte ich auch mal von ihm angefasst werden.

»Hast du zufällig auch eine ungarische Karte?«, frage ich zögernd. Nicht, dass ich wirklich glaube, David könnte anhand der Erklärungen auf einer Landkarte eine komplette Sprache erlernen. Aber wenn ich nett zu David bin, gefällt das Tom sicherlich auch. Und ein David, der sich ablenkt, statt die ganze Zeit zu stänkern, ist eindeutig besser.

David verzieht das Gesicht. »Ja. Aber Ungarisch klingt blöd.«

»Versuch es trotzdem, magst du?« Jetzt lächelt Tom auch noch. Wäre ich doch an Davids Stelle!

Widerwillig nickt er und setzt sich wieder auf die Rückbank. Gut. Damit wäre der nächste kritische Teil vorerst auch abgesichert. Na ja, zumindest ansatzweise.

Tom wirft das Werkzeug und die abgeschraubten Schilder zurück in den Kofferraum. »Tuva, kommst du?«

Ich schwebe auf den Beifahrersitz zurück. Tom hat wirklich die Ruhe weg. Er ist eben doch ein Held.

»Und warum jetzt doch Tschechien?«, fragt er mich sanft. Anscheinend ist ihm nicht entgangen, welche Töne er anschlagen muss, wenn er etwas von mir will.

»Spuren verwischen und so«, meine ich glatt. »Weil mir einer von diesen Assistenten reicht. Der hätte uns eiskalt über den Haufen gefahren! Wer ist das eigentlich? Klang so, als gäbe es mehr von der Sorte?«

David und Tom schauen sich an. Dann zucken sie einvernehmlich mit den Schultern. »Keine Ahnung«, meint Tom.

Seine Ahnungslosigkeit nehme ich ihm nicht ab. »Und was ist mit der Russenmafia?«, probiere ich es weiter. »Und mit dem Geld?«

Sekundenlang schweigen wir uns an. Toms Lächeln wird breiter. »Das heißt, du verrätst uns, warum wir überhaupt unterwegs sind?« David grinst. »Sie will ihren Bruder besuchen. Stimmt doch, Tuva, oder?«

»Aber sie hat doch gar keinen Bruder.«

»Das habe ich ihr auch schon gesagt.«

»Wir sollten unseren Deal beibehalten, wie er ist«, unterbreche ich die beiden nervös. »Fahren wir? Die Wetter-App sagt, dass weiter östlich demnächst die Sonne herauskommt. Ich habe gehört, dass das Shoppen in Prag bei Sonne wesentlich gechillter ist.«

Nova und Jorik

»Frau Eklund, nehmen Sie es mir nicht übel. Ich möchte keine nachhaltig angebaute Biogemüsesuppe, sondern die Wahrheit.«

»Die Wahrheit?« Nova tat so, als redete der Hauptkommissar wirres Zeug.

Olofssons Cargo-Shorts schlackerte bei seiner Wanderung durch die Küche. »Ja, schlicht und ergreifend. Ich habe, wie Sie wissen, von Anfang an daran gezweifelt, dass es überhaupt eine Entführung gibt, auch wenn der Geschichte mit dem Erpresserbrief und den dunklen Geschäftspartnern Ihrer Schwägerin anfangs durchaus ein gewisser Wahrheitsgehalt anzuhaften schien. Aber nach siebzehn Stunden ohne eine einzige Meldung der vermeintlichen Entführer, nun!« Er wendete und stand plötzlich Jorik gegenüber.

»Herr Kommissar, hören Sie auf, unsere Fliesen abzunutzen und reden Sie Klartext!«

»Sehr gern, Herr Eklund. In der vergangenen Nacht hatte ich wenig Schlaf und viel Zeit zum Nachdenken.«

»Bitte führen Sie hier keine theatralischen Monologe. Es geht schließlich um das Leben unserer Tochter!«

»Möchte jemand einen Kaffee?«, fragte Nova unschuldig.

Olofsson musste sich zusammenreißen, um nicht zu schmunzeln. »Steigen Sie jetzt auf härtere Sachen um?«

Nova schluckte ihre Wut hinunter. Wenn sie ausrastete, fanden sie Tuva auch nicht schneller. »Diese Darjeeling-Trinkerei wird in meinem Stand einfach erwartet. Um ehrlich zu sein: Ich hasse Tee.«

Olofsson musterte sie. »Dann hätte ich gern einen doppelten Espresso, schwarz, kein Zucker. Wäre schön, wenn Sie diese Ehrlichkeit auch auf die aktuelle Situation anwenden könnten.«

Hektisch drückte Nova am Kaffeeautomaten herum. Joriks verlorener Blick ging aus dem Küchenfenster. Draußen knallte die Sonne auf den erstaunlich grünen Rasen und den Pool, in dem Tuva *nicht* schwamm. Jorik schluckte.

»Dann machen wir es anders. Ich sage Ihnen, welche Szenarien mir vorschweben, und Sie antworten mit ja oder nein.«

Blicke untereinander, sonst keine weitere Reaktion. Das triumphierende Grinsen schenkte Olofsson sich.

»Szenario eins: Es handelt sich um ein bedauerliches Missverständnis. Tuva ist gar nicht drogenabhängig, sondern hat es lediglich beim ersten Konsum übertrieben und hatte zusätzlich kreislaufmäßig einen schlechten Tag. Sie schämt sich und versteckt sich bei Freunden, bis sich alles beruhigt hat.

Szenario zwei: Sie wissen schon länger von Tuvas Drogenproblem. Sie haben sie bereits weggebracht und inszenieren diese kleine Posse mit der Entführung standesgemäß, damit die Schande bei Ihren Geschäftspartnern nicht so groß ist, Herr Eklund. Dr. Hoglund spielt gegen ein saftiges Extrahonorar mit.

Szenario drei: Tuva ist abhängig und weggelaufen, weil sie keine Lust auf die Entgiftung und die anschließende Therapie hat, und gondelt gerade fröhlich über Schwedens Drogen-Hotspots.«

Weder Jorik noch Nova zuckten auch nur mit der Wimper.

Na gut, dachte Olofsson, dann hole ich eben zum finalen Schlag aus! »Szenario vier: Sowohl Unfall als auch Entführung wurden von Ihnen inszeniert, um von etwas anderem abzulenken.«

Verwundert runzelte Jorik die Stirn. »Was haben wir Ihrer Meinung nach denn zu verbergen?«

Olofsson schmunzelte, damit Jorik sich sicherer fühlte und endlich einen Fehler machte. »Wenn ich das wüsste, wäre es ja nicht mehr im Verborgenen.«

Das Flackern in Novas Augen verriet sie. »Sie halten uns also für niederträchtige, verlogene, schmutzige Verbrecher, die mit dem Leben ihrer Tochter spielen?«

Noch ein Schritt und Nova Eklund würde auspacken, damit sie Tuva bald wieder in ihre Arme schließen konnte. »Ich halte Sie für besorgte Eltern, die in der Überzeugung gehandelt haben, das Beste für ihr Kind zu tun«, widersprach Olofsson sanft.

Ein letztes Zischen und Dampfen. Mit zitternden Händen nahm Nova die Espressotasse aus der Tassenbucht und reichte sie dem Hauptkommissar. Wortlos. Nur die fehlende Untertasse zeigte ihre Verstimmung.

»Danke«, sagte Olofsson anstandshalber. »Irgendwelche Kommentare zu meinen Vorschlägen?« Verstohlen pustete er auf seine verbrannten Fingerspitzen. Jorik ballte die Fäuste. »Mehr als den Espresso kriegen Sie nicht von uns!«

»Sie können so lange sticheln, wie Sie wollen, Herr Kommissar«, sagte Nova leise. »Aber Sie werden nichts aus uns herausbekommen, weil da nichts herauszubekommen ist. Verstehen Sie?«

Der Espresso war ziemlich gut, fand Olofsson. Er kippte ihn in einem Schluck hinunter und gab Jorik die leere Tasse zurück. »Wenn da allerdings doch was sein sollte, was ich nach Ihrem gestrigen Ausbruch annehme, kann Ihnen auch Ihr Anwalt nicht mehr helfen.« Er ging hinaus, um sich auf dem weitläufigen Anwesen ein paar Minuten die Beine zu vertreten.

Modersson

»Ich habe die Faxen dicke!«, brüllte Olofsson. »Wie soll ich in einem Unfall ermitteln, der ein Mord sein könnte, wenn mir niemand was sagt?«

Modersson atmete tief durch. Am liebsten hätte sie zurückgebrüllt. Aber erstens erregten Ausländer, die im Flughafenterminal von Wrocław herumbrüllten, zu viel Aufsehen. Und zweitens hätte Olofsson garantiert nicht verstanden, dass sie bis über beide Ohren im Schlamassel steckte. Er kannte ja die Zusammenhänge nicht.

Stirnrunzelnd suchte Modersson auf den Wegweisern die nächste Mietwagenfirma und hastete weiter. Sie war sich absolut sicher, dass die Bergman-Söhne aus ihr noch unbekannten Gründen auf dem Weg in ein kleines Bergdorf waren. Hier war es in den letzten Monaten zu Vorfällen gekommen, an denen ihre Eltern alles andere als unschuldig waren. Modersson hatte sich bereits darauf eingestellt, nach der Landung in Wrocław ihr Tablet hochzufahren, die Peilsender-App zu aktivieren und eine Minute später zu wissen, wo sich der Volvo der Bergmans aktuell befand. Dann hätte sie sie gemütlich mit einem Mietwagen abgeholt, um sie in Sicherheit zu bringen. Aber das Signal des Senders leuchtete nicht auf polnischem Staatsgebiet, sondern blinkte fröhlich in Tschechien. Also hatten die Bergman-Söhne nicht die kürzeste Strecke nach Osten gewählt. Warum auch immer!

»So kann ich nicht arbeiten! Ich gebe den Fall ab, und zwar subito!« Olofsson klang wie ein beleidigter Grundschüler.

Modersson hörte nur mit halbem Ohr zu. Hektisch tippte sie auf dem Tablet ein paar Ortsnamen östlich von Wrocław ein, wählte eine Handvoll möglicher Fahrtrouten und wartete auf die Berechnung der Fahrtzeiten. In Brünn kreuzten sich drei der vier kürzesten Routen. Verdammt. Ihr blieben noch drei Stunden Zeit, um vom Flughafen in Wrocław dorthin zu kommen. Sie musste auf jeden Fall schneller sein als Kropidlows Leute, und dieser dumme, kleine schwedische Hauptkommissar mimte das Mädchen? Gottverdammte Pussy!

»Ich werde den Teufel tun und Sie von Ihrer Mitarbeit entbinden«, knurrte Modersson.

»Und warum nicht? Weil Sie am längeren Hebel sitzen?«

»Nein.« Sie legte so viel Sympathie in dieses eine Wort, wie sie aufbringen konnte, während sie auf Polnisch mit dem Angestellten der Mietwagenfirma um den Tagespreis feilschte. »Sie sind doch selbst total neugierig, was hinter dem Ganzen steckt. Vielleicht ist sogar eine Beförderung drin.«

»Ich bin unbestechlich und liebe freie Wochenenden.«

»Ich liebe meine Wochenenden auch und brauche Sie, damit ich spätestens nächsten Freitag in meinem gemütlichen Stockholm wieder die Füße hochlegen kann.« Bekümmert schaute sie auf ihre geschwollenen Fußknöchel. Die Fliegerei bekam ihr nach wie vor nicht. »Bitte gehen Sie zurück in den Eklundpalast und klopfen Sie die beiden weich, ja?«

»Ja.«

»Vielen lieben Dank, Herr Hauptkommissar!«

Bevor sie sich zu noch mehr Liebenswürdigkeiten hinreißen ließ, beendete sie das Gespräch, unterschrieb die Mietunterlagen, hoffentlich mit ihrem richtigen Decknamen, schnappte sich Schlüssel und Papiere und rannte weiter, das Handy schon wieder im Einsatz. Ihre Finger flogen nur so über die virtuelle Tastatur.

Planänderung. Bin in Tschechien, bitte um Nachricht bezüglich Eliminierung KR.

Bis sie den Mietwagen auf dem Parkplatz gefunden hatte, tröpfelte eine SMS nach der anderen ein. Bei der letzten saß sie bereits in einer recht geräumigen Limousine. Zum Glück! Denn das, was ihr Lasse Bergman da weiterleitete, entlockte ihr ein ungebührliches: »Shit!«

Deine Jungs sind geliefert ihr habt die Bullen dazu geholt.
Dahinter stand eine Telefonnummer, die Modersson Magenkrämpfe verursachte und die sie sofort an Malmö weiterleitete.
»Olofsson, haben Sie schon mal eine SMS von einem verstorbenen Unfallopfer bekommen?«
»Wollen Sie mich verarschen?«
»Nein! Also, haben Sie?«
»Wollen Sie meinen langweiligen Job aufmöbeln oder wie soll ich die Frage verstehen?«
Modersson war kurz versucht, ein übermütiges Lachen einzuflechten. »Mitnichten, so hoch ist mein Gehalt auch nicht. Spitzen Sie einfach die Ohren.«
Fünf Minuten später hatte sie ihn ins Bild gesetzt. Olofsson war mindestens so baff wie Modersson.
»So«, schnaufte sie. »Und jetzt ziehen Sie die Daumenschrauben bei den Eklunds noch fester an.«
Sie trennte die Verbindung und startete den Motor.

Tuva

Am frühen Nachmittag haben wir auf der Autobahn Richtung Süden die Grenze nach Tschechien überquert. Das Wetter ist kurz hinter der Grenze schlagartig besser geworden. Wie uns David von der Rückbank informiert, werden wir auch von niemandem mehr verfolgt, nicht mal von der Polizei. Kurz: Es könnte alles super sein! Wenn der Rest nicht so bescheuert wäre.

Ich schwanke zwischen Heimweh und Frust: Die Wirkung der Pillen klingt immer noch nach, obwohl mir im Krankenhaus wirklich jede Öffnung durchgespült wurde. Manchmal zittern meine Beine, mir wird kurz schlecht und dann dreht sich wieder alles. Und ich muss die ganze Zeit an Nova und Jorik denken, weil ich sie so schrecklich vermisse. Obwohl sie laut dieser blöden Unterlagen nie meine richtigen Eltern waren und mich sogar abschieben wollen, weil ich angeblich ein Suchtproblem habe! Sie erscheinen mir furchtbar unfair und liebenswürdig zugleich, weil sie sich all die Jahre so sehr um mich gekümmert haben. Und jetzt machen sie sich sicher große Sorgen um mich. Müssten sie ja gar nicht. Tun sie aber.

Und wenn sie dich nur so lange haben wollten, weil du bisher pflegeleicht warst?, fragt das boshafte Teufelchen auf meiner Schulter. Wenn sie auf eine Gelegenheit wie diese gewartet haben, um dich loszuwerden?

Der Gedanke klingt plausibel und falsch zugleich. Das kann doch gar nicht sein, antworte ich mir selbst. Jorik ist der absolute Gewinnfanatiker, der gibt doch kein Geld für Sachen aus, die sich in seinen Augen nicht lohnen. Und ich habe ihn bestimmt eine Stange Geld gekostet: Klamotten, Urlaub, Hobbys. Das kann doch nicht alles nur wegen des Prestiges gewesen sein.

Und Nova erst! Hat sie nicht jahrelang im Warteraum der Ballettschule gesessen und sich die langweiligen Geschichten der anderen Mütter angehört, während ich mehr schlecht als recht an einer Stange rumgehampelt habe? Ist sie mit mir nicht durch die Ballettläden gezogen, damit ich Trikots in allen Farben anprobieren konnte, solang ich wollte? Hat sie mich nicht unterstützt, als ich mit der Krähe Greta Holm über eine Bewerbung an der königlichen Akademie für Ballett und Kunst sprechen wollte? Nur einmal war sie nicht da, als ich mit Fieber im Bett lag, weil sie Jorik gerade auf einer Auslandsreise begleitet hat. Und selbst da hat sie Milva sogar nachts im Zwei-Stunden-Rhythmus angerufen, um sich nach mir zu erkundigen, bis sie wieder zu Hause war.

Ich starre auf einen Punkt irgendwo am Horizont. Tschechien leuchtet im Juli grün und goldgelb, was ich eigentlich ganz schön finde. Passt zu meinem Outfit, das schon arg zerknittert ist. Hier wohnt zwar fast niemand, und wenn, dann rotten sich die Tschechen in winzigen Dörfern zusammen. Das ist fast wie in Schweden, wenn man nach Norden fährt. Richtig urig.

Vielleicht, unterbricht das Teufelchen meine trägen Gedanken, haben Jorik und Nova tatsächlich nur deshalb so viel in dich investiert, weil es sich bisher gesellschaftlich gelohnt hat. Jetzt ist es nicht mehr der Fall, denn wer will ein Familienunternehmen schon von einem Junkie repräsentieren lassen?

»Ich bin kein Junkie.«

»Wie bitte?« Tom nimmt kurz seine kornblumenblauen Augen von der Autobahn und schaut mich an.

»Nichts. Ich denke laut.« Ärgerlich wende ich den Kopf ab. Wenn Nova und Jorik so ticken wie meine innere Stimme, dann bin ich natürlich nicht mal mehr halb so viel wert. Ach was, gar nichts mehr! Und deshalb soll ich weg.

»Ich will nach Hause«, sagt David plötzlich.

Tom ignoriert ihn.

David beugt sich zwischen die vorderen Sitze. »Nach Hause!«, wiederholt er.

Da wäre ich jetzt auch gern. Trotz allem.

»Tom, dreh um.«

»Kann ich nicht.«

»Doch.«

»Nein!«

Trotzig lässt David sich zurückfallen und verschränkt die Arme vor der Brust.

»Wozu hast du denn dann Tschechisch gelernt?«, fragt Tom gereizt.

Heimlich rolle ich mit den Augen. Das Spielchen nervt echt!

»Weil du es verlangt hast. Und Ungarisch auch. Aber wofür? Wir halten ja nicht mal zum Pinkeln an! Und beim Pinkeln kann ich sowieso nicht sprechen.« Die Sätze kommen flüssig und ohne zu stocken, was bedeutet, dass David ziemlich sauer ist. »Und ich habe Hunger!«

»Ich auch!« Wütend drehe ich mich zu David um und starre ihn an. Hoffentlich schüchtert ihn das ein!

David starrt zurück. »Wann sind wir endlich da?«

Tom lässt die Schultern kreisen. »Ich könnte auch wieder eine Pause gebrauchen.«

»Was seid ihr denn für Luschen?«, fragte ich entgeistert. »Wir sind keine drei Stunden unterwegs!«

»Wir wissen nicht mal, wie weit wir überhaupt fahren sollen!«, motzt Tom mich an. »Außerdem habe ich kaum Fahrpraxis.«

»Quatsch. Du hast keinen Bock mehr, am Steuer zu sitzen«, brumme ich.

»Und wir machen nicht mal Sightseeing. Keine Kirchen, kein Museum, nichts«, mault David.

»Ein scheiß Trip ist das«, ergänzt Tom.

Die beiden regen mich allmählich auf. »Das ist ja die ideale Stimmung für eine Fahrt ins Nirgendwo! Habt ihr euch etwa abgesprochen? Aber bitte, wenn ihr meint, dann halten wir eben am nächsten Parkplatz an und schauen uns um.«

»Aber hier gibt's doch nix«, widerspricht David.

»Man kann nicht alles haben«, bügele ich ihn ab. »Da, schau. Eine Kuh. Und ein Pferd. Und ein Haus!«

Jetzt wird David erst richtig stur: »Ich will zum Hradschin.«

»Gesundheit.«

»Das ist die Prager Königsstadt, du geografische Nulpe!« Davids Antwort verschlägt mir die Sprache.

»Ja, da staunst du, was?«, feixt er grimmig. »Der Trottel weiß nämlich Bescheid! Karlsbrücke, Basilika auf dem Hradschin, Franz Kafka. Soll ich weitermachen? Prager Botschaft, jüdisches Getto ...«

»Sei endlich ruhig! Was willst du?«

Tom grinst jetzt auch. »In Prag soll es gutes Bier geben.«

»Nein, nein, nein!«

Die Sonne, die sich bisher hinter dünnen Wolken versteckt hat, bricht plötzlich durch und lässt die Ebene in einem derart fantastischen Licht aufleuchten, dass ich verstumme. Warum streiten wir überhaupt? Es ist, als gingen mir die Augen auf: Ja, wir stehen wahrscheinlich knietief in der Gülle, aber chill endlich, Tuva, die Welt ist schön! Es fehlt nur noch der Kirchenchor im Kornfeld, der ein Loblied auf die Schöpfung schmettert.

»Unsere Verfolger haben wir wahrscheinlich längst alle abgehängt«, ergänzt Tom leichthin.

Das ist das Stichwort, mit dem meine Befürchtungen zurückkehren: »Und wen meinst du bitte schön genau mit *alle*?«

Zack, rauschen die Mundwinkel der Jungs nach unten. Das war es dann wohl mit der guten Laune.

Missmutig schalte ich das Radio ein und suche nach Musik, die uns aufheitert. Ironischerweise finde ich einen Kirchen- und Klassiksender nach dem anderen, also nichts, was die Stimmung positiv beeinflusst. So was passt eben nur in der Fantasie gut.

Im Rückspiegel werden mal wieder vielsagende Blicke getauscht. »Solang du uns nicht verrätst, wohin du willst, sagen wir gar nichts mehr.«

Oh Mann. Aus dieser Nummer komme ich wirklich nur mit der Wahrheit heraus! »Also gut, wie ihr wollt. David, greif mal in meinen Rucksack und hol den Schreibblock raus!«

Er gehorcht widerspruchslos. Bedächtig blättere ich bis zu dem Umschlag mit den blöden Unterlagen. »Ich hätte den Schreck ja gern so gering wie möglich gehalten, damit ihr nicht tot aus dem Auto kippt.«

»Was ist das?« Ehe ich mich versehe, schnappt David sich Ramonas Brief. Vor Aufregung zerreißt er fast den Papierbogen beim Herausziehen. »Das ist Rumänisch. Tuva, wo hast du das her?« Und zu meiner großen Verblüffung wird er kreidebleich.

»Woher weißt du, dass das Rumänisch ist?«, frage ich vorsichtig.

»Nennt sich Inselbegabung.« Tom klingt eine Spur zu gelassen. »David ist ein Sprach-Crack, wie du inzwischen eigentlich begriffen haben solltest. Er kann kaum lesen, aber wehe, du setzt ihn in einen Raum mit lauter Fremden. Eine halbe Stunde später hält er dir auf Kantonesisch, Indisch und Russisch einen Vortrag über Sehenswürdigkeiten in der jeweiligen Landessprache.«

»Was willst du in Rumänien? Dort will doch keine Sau hin«, ergänzt David trocken.

Und auch Tom scheint endlich geschaltet zu haben, was das bedeutet, und haut aufs Lenkrad: »Verfickte Scheiße!«

»Kann mich mal einer aufklären?«, unterbreche ich gelangweilt die aktuelle Heiterkeit.

»Rumänien ist das europäische Land mit der zweitschlechtesten Infrastruktur, und zwar nur einen Platz vor Moldawien, dem Schlusslicht«, erklärt David hitzig. »Da gibt's Wölfe! Und Bären!«

»Und Vampire«, ergänzt Tom süffisant.

Die Reaktion der Jungs muss ich erst mal verdauen. Ist das ihre neue Art von Begeisterung? »Mir egal, ich will dort hin. Wir können uns ja mit Knoblauch eindecken. Und jetzt ihr! Wer ist hinter euch her?« Ich reiße David den Brief wieder aus der Hand.

»David, sag du's, ich muss mich hier auf die Schlaglöcher konzentrieren«, meint Tom.

»Auf der Autobahn gibt's doch gar keine Schlaglöcher! — Wegen der beiden Assistenten. Unter anderem.« Gedankenverlorenes Nicken von David. »Wieso auf einmal zwei Assistenten? Wer sind die?«, frage ich.

»Sie gehören zu dem Ukrainer Ewgenij Kropidlow. Er ist der Geschäftspartner unserer Eltern. Quasi.«

Der Name sagt mir nichts. »Also handelt er mit seltenen Pflanzen wie eure Eltern?«

David denkt nach und schüttelt dann den Kopf. »Nein.«
»Doch!«, fährt Tom in an.
»Was denn jetzt?«, frage ich verwirrt.
Rückspiegel – Blicke – Rückspiegel – Tom wird abwechselnd rot und blass. »Jein.«
»Er handelt unter anderem mit Stoff.« David beißt sich auf die Lippen.
Allmählich dämmert mir etwas. »Er ist quasi dein Lieferant, Tom?«
»Auch.«
»Blühende Landschaften«, murmele ich. Jetzt fühle ich mich erst richtig mies. »Heilige Scheiße.« Der Suchlauf hat einen Sender gefunden, der das einzige klassische Stück spielt, das ich auf Anhieb benennen kann: Wagners Götterdämmerung. Wie passend! »Und eure Eltern?«
David und Tom müssen gar nicht nicken, ich kann es mir auch so denken.
»Dann ist das Geld von euren Eltern aus ihren – ihren *Drogengeschäften*?«
»Darauf müssen wir nicht antworten«, entscheidet Tom. »Wir haben alle Dreck am Stecken, okay? Wenn du nicht angerufen hättest, wären wir schon längst auf dem Weg nach ...«
Aber ich höre ihm schon nicht mehr richtig zu. »Du zweigst deine Ware von deinen Eltern ab?«
Das Äugleinspiel im Rückspiegel beginnt von vorn. Plötzlich habe ich das Gefühl, dass ich in Ohnmacht falle, wenn sie noch mehr Wahrheiten mit mir teilen. Die Bergmans sind also Drogendealer. Ihr jüngster Sohn eifert ihnen bereits nach. Ich bin gar nicht die leibliche Tochter von Nova und Jorik. Und in Deutschland haben wir nicht nur die Polizei, sondern auch einen Handlanger von Ewgenij Kropidlow, der wahrscheinlich ein gefährlicher Mafiaboss ist, abgehängt. Und der hat die Jagd nach uns mit Sicherheit noch nicht abgeblasen!

»Wir sind geliefert, oder?«

»Ja«, meint Tom nach einer Weile. »Weil wir auch noch mit einem Teil seines Geldes abgehauen sind. Das sage ich jetzt nur der Vollständigkeit halber.«

Wir schweigen eine Weile und lassen uns von der Götterdämmerung Angst und Schrecken in Musik vorführen.

»Ich hab noch nie böhmisches Gulasch gegessen«, sagt David plötzlich.

Tom schnieft. »Ich auch nicht.«

Ich überlege hin und her. Doch da ich nicht weiß, wie unsere Reise enden wird, Prag eine schöne Stadt sein soll und ich plötzlich Magenschmerzen vor Hunger habe, sage ich: »Dann sollten wir dieses Gulasch wohl mal probieren, solang wir es noch können.«

In Gedanken füge ich hinzu: Und solang man mich mit meinem Knitterlook noch in ein Restaurant lässt!

Olofsson

Die Tür schloss sich hinter dem letzten zufriedenen Polizisten, der froh war, sich doch schon ins verdiente Wochenende verdrücken zu können. Olofsson spitzte die Lippen. »Kann ich noch einen Kaffee haben?« Jorik schüttelte den Kopf und verließ die Küche. Nova stand steif am Fenster. Sie reagierte längst nicht mehr auf den Kommissar.

»Ich kann Ihnen den Kaffee im Wohnzimmer servieren.«

Olofsson musterte Ramona, die Hausdame. Das Lächeln war ihr trotz des anstrengenden Wetters und der anhaltenden Missstimmung wie ins Gesicht genagelt. Sah so echter Enthusiasmus aus? Trug sie der Elan des Wissens, hier nur vorübergehend zu sein? Das Wohnzimmer ist wunderbar klimatisiert, überlegte Olofsson. »Gern.«

Nachdenklich schlenderte er wie ein Tourist hinüber ins Gästewohnzimmer, in dem er schon die Nacht auf einer Pritsche verbracht hatte, und machte es sich auf der protzigen Nappaledercouch bequem. Auf Moderssons Anraten hin hatte er die SoKo Eklund vor ein paar Minuten aufgelöst.

Unter Druck setzen, dranbleiben und Wahrheit herausfinden, lautete Moderssons letzte SMS. So ein Witzbold. Es war lediglich eine Frage der Zeit, bis Nova endlich zusammenbrach! Da störten solche Durchhalteparolen nur.

»Ihr Kaffee, Herr Kommissar.« Vorsichtig balancierte die Hausdame Ramona eine dünnwandige Tasse mit erlesenem Kaffee auf einem zartrosa gebeizten Tablett aus hellem Kirschholz herein.

»Schmeckt köstlich. Wo kaufen Sie den?«

»Er wird über eine Spezialfirma importiert.« Ramona war schon seit gestern Abend eifrig darauf bedacht, alle Antworten zu liefern, die er brauchte. Ob das der Dame des Hauses gefiel oder nicht, schien sie nicht zu interessieren, oder die Eklunds waren tatsächlich offener als ihr schwieriger Anwalt.

»Spezialfirma, soso«, murmelte Olofsson.

»Frau Eklund pflegt einen außergewöhnlichen Geschmack.« Ramonas Lächeln wirkte ansteckend.

»Haben Sie etwas dagegen, wenn ich mir die Fotos anschaue?« Die Parade aus Silberrahmen und aufwendig gestalteten Familienfotografien hatte er sich schon gestern angeschaut, ohne richtig auf die Details achten zu können, weil in der angespannten Atmosphäre dafür keine Zeit gewesen war. Ein ehrliches Gespräch mit den Eklunds wäre besser, dachte Olofsson, aber zur Not taten es vielleicht auch diese Fotos.

Mit der Tasse in der Hand trat er an den Kaminsims. Oma, Opa, Tanten, Onkel, ein paar Cousins und Cousinen, so sah die Familie Eklund väterlicherseits aus. Daneben das Hochzeitsfoto der Eklunds, weißes Kleid, schwarzer Anzug, verlegenes Brautpaar, der Beginn einer traditionell verstaubten Ehe. Olofsson unterdrückte ein Gähnen. Papa, Mama und Tochter Eklund, posierend im rückwärtigen Garten des Anwesens, wahrscheinlich kurz nach dem Einzug aufgenommen. Alle wirkten glücklich.

Glücklich wäre ich auch, wenn ich das Geld für diese Hütte hätte. Olofsson stutzte. »Ist das eine entfernte Verwandte?«

Auf einem Foto lugte eine dunkle Schönheit hinter Nova Eklund hervor, auf die das allgegenwärtige Glück abgefärbt zu haben schien. Ramona trat näher. »Nein, das ist Milva, die Hausdame. Ich vertrete sie seit Montag.«

»Schade, dass Sie gleich in so eine blöde Sache hineingeraten sind.«

Ramona zuckte mit den Schultern. »Es ist ja nur vorübergehend.«

»Wann wird Frau Milva zurückerwartet?« Es kam immer gut an, wenn man auch den abwesenden Hausangestellten gegenüber Respekt demonstrierte. Das förderte die allgemeine Gesprächigkeit des Personals.

Blinzeln, ein leichtes Zucken des Mundwinkels. »In acht Wochen.«

War es etwa indiskret von ihm gewesen, nach der Dauer ihrer Abwesenheit zu fragen? Zeit für ein charmantes Blinzeln, um etwaiges Misstrauen zu besänftigen.

»Sie werden sicher über eine Agentur vermittelt. Die haben ein ausgesprochen gutes Händchen für hübsche und vor allem eloquente Kräfte, finde ich.« Anerkennendes Nicken und geschmeidiges Weitergleiten zum nächsten Bilderrahmen. So hätte es jedenfalls ausgesehen, wenn Olofsson keine Shorts getragen hätte. »Und das hier ist sie auch? Ich meine, Milva.« Er deutete auf ein Arrangement in den Dünen mit Picknickkorb, Tischdecke, einer noch glücklicheren Familie Eklund und wieder der lächelnden Hausdame im Hintergrund.

Ramonas Enthusiasmus schien ungebrochen. »Ja. Beneidenswert, wenn man so eine gute Verbindung zu seinem Arbeitgeber hat, nicht wahr?« Sie seufzte sehnsüchtig. »Eines Tages werde ich auch so eine Familie finden.«

»Oder Sie setzen sich zur Ruhe und gründen Ihre eigene«, schlug Olofsson vor.

Diesmal blieb ihr Lächeln konstant, kein Zucken, kein Schatten trat in ihre Augen. »Möchten Sie noch einen Kaffee, Herr Hauptkommissar?«

Hm. Diese Augen!

»Lieber ein Wasser, wenn möglich.«

Ein Gedanke blitzte auf und entglitt ihm sofort wieder. Kein gutes Zeichen.

Olofsson schritt den Kaminsims in der Gegenrichtung ab, studierte zwei Fotografien auf einem Kaffeetischchen, kehrte zum Sims zurück. Plötzlich sprangen gleich zwei Dinge in sein Bewusstsein, als hätten sie sich abgesprochen.

»Ihr Wasser, Herr Komm...«

»Darf ich Ihnen eine Frage zu Frau Eklunds Terminkalender stellen?«

In Ramonas Lächeln schlich sich sanfte Verwunderung. »Ich weiß nicht, ob ich Ihnen diese Frage beantworten kann. Gern kann ich Frau Eklund holen.«

»Nein, lieber nicht. Probieren wir lieber etwas anderes.« Er winkte Ramona zu sich und nahm ihr das Wasserglas ab. »Tun Sie mir den Gefallen und schauen Sie sich die Fotos der Reihe nach an. Fällt Ihnen an Frau Eklund etwas auf?«

Mit genau dosierter Abschätzigkeit hob Ramona die linke Augenbraue und musterte erst ihn, dann die Fotografien. »Frau Eklund legt in jeder Situation großen Wert auf eine gepflegte Erscheinung. Meinen Sie das?«

»Ja, genau.« Olofsson nickte wie ein wohlmeinender Onkel. »Besonders ihre Haare sind sehr, hm, elegant.« Vorsichtig nahm er einen Silberrahmen in die Hand und hielt ihn Ramona hin. »Sehen Sie nur. Sie muss einen ausgezeichneten Friseur haben.« Ramonas Augen wurden schmal. »Das weiß ich leider nicht.«

»Würden Sie es denn für mich herausbekommen?«

»Wozu?«

Olofssons Wangen schmerzten allmählich vom ständigen Lächeln. »Meine Frau möchte etwas Exklusives ausprobieren.« Ramona unterdrückte ein Seufzen. »Sofort?«

»Das wäre wunderbar.«

»Ich werde Frau Eklund fragen.« Noch einmal warf Ramona ihm einen seltsamen Blick zu, bevor sie ihn allein ließ.

Olofsson entspannte sich und stellte den Bilderrahmen zurück auf den Sims. Verwandtschaft bedeutete nicht zwangsläufig, dass man sich ähnlich sah, das hatte Olofsson nicht erst auf der Polizeischule gelernt. Auf diesen Fotos waren jedoch kaum Ähnlichkeiten zwischen Tuva und ihren Eltern zu erkennen. Außerdem hatte die Eklund über die Jahre angefangen, sich die blonden Haare erst hellbraun und dann immer dunkler zu färben. Ob es sich um eine Marotte handelte, die dem Schönheitszwang geschuldet war, oder ob doch mehr dahintersteckte, konnte Olofsson eventuell mit einem Besuch bei ihrem Haus- und Hoffriseur klären.

Und dann war da noch was.

Sicherheitshalber nahm er die Dünenidylle erneut zur Hand. Tuva, Nova und Milva lachten Jorik Eklund an und schauten nicht genau in die Kamera. Da war sie, die Kleinigkeit, die man nur bemerkte, wenn man sich die Fotografie dicht vor die Augen hielt. Dagegen wirkten Novas und Tuvas ebenholzschwarzen Haare, die ausdrucksstarken Augenbrauen und das erstaunlich herzförmige Gesicht eher wie zufällige Übereinstimmungen.

Behutsam stellte Olofsson den Bilderrahmen zurück zwischen die anderen. Er hatte sich so etwas fast gedacht.

»Herr Kommissar?« Ramona kehrte ins Gästewohnzimmer zurück. »Frau Eklund hat Ihnen die Adresse ihres Friseurs aufgeschrieben.« Ihr Lächeln hob das Muttermal auf ihrer linken Wange ein paar Millimeter an.

Modersson

Brünn canceln, die Route nach Prag einschlagen und fahren wie der Teufel war eines. Aber diesen russischen Strauchdieb von Ewgenij Kropidlow an der Stoßstange kleben zu haben, war eine persönliche Beleidigung für Agentin Modersson! Anscheinend zahlte Kropidlow so gut, dass man sich, ohne mit der Wimper zu zucken, mit der roten Brigitta anlegte. Warum sonst lieferte sich der Strauchdieb auf der Strecke Wrocław–Prag mit ihr ein Crashcar-Rennen wie in der Formel 1?

»Vergiss James Bond! Niemand rast so tödlich wie Modersson mit den Feuerhaaren!«, brüllte Modersson und presste das Gaspedal gegen das Bodenblech. Sie liebte Herausforderungen wie diese, die sie wie den Einstand nach ihrer Rückkehr feierte.

Der Strauchdieb gab nicht auf. Mal schlich er sich von links mit seiner erstaunlich schnellen Kiste an Moderssons Mietwagen heran, mal drängte er sie von rechts auf die Gegenfahrbahn. Immer wieder versuchte sie, sein Gesicht zu erkennen, aber der Mistkerl trug eine lächerlich große Sonnenbrille. Ein-, zwei-, dreimal rammte er Moderssons Nussschale. Modersson kurbelte wie eine Besessene am Lenker, um ihn wegzurammen, aber ihr Wagen hielt nichts aus. In einer lang gezogenen Kurve schlitterte sie mit 140 Sachen auf zwei Reifen von der Straße. Modersson hob ab zum Flug ins freie Feld.

Schraube Nummer eins.

Schraube Nummer zwei.

Modersson schrie.

Der Aufprall verkürzte den Abstand zwischen ihrer Fontanelle und dem Autodach.

Schraube Nummer drei. Aufprall, jetzt war die Beifahrerseite dran. Vier. Fünf. Sechs. Ausgehebelt. Dunkelheit ...

Als es wieder hell wurde, versetzte das selbstsichere Grinsen des Strauchdiebs ihr das nächste Trauma. Dann stellte sie fest, dass das Mietwagenwrack auf dem Dach lag. Sie hing kopfüber im Sicherheitsgurt und fühlte sich, gelinde gesagt, seltsam. Sie hätte sich gewünscht, nicht zu sehen, dass der Strauchdieb sie mit ihrer eigenen Dienstwaffe bedrohte und etwas unter ihr herauszerrte.

Modersson holte zum Schlag aus. Stöhnend vor Schmerz ließ sie den Arm wieder sinken.

»Wag es nicht«, knirschte sie auf Polnisch.

Mit einer geradezu verächtlichen Gelassenheit zog der Strauchdieb das Tablet unter ihr hervor, legte grüßend die Finger an die Stirn und ging pfeifend davon.

»Verbrecher!«, brüllte Modersson ihm nach.

Kurz darauf verschwand der Kofferraum seines Pseudoboliden um die nächste Kurve. Von hinten greinten schon die Sirenen der tschechischen Polizei. Modersson fluchte in allen ihr bekannten Sprachen. Bis die Kollegen bei ihr ankamen, hatte sie sich aus dem Wrack gezogen und lief ein wenig auf und ab, um ihren Kreislauf anzukurbeln. Ein paar Minuten später hatte sie sich ausgewiesen und konnte sogar wieder in der Landessprache antworten.

Die Kollegen zeigten sich von ihrer höflichen Seite und nahmen sie mit auf die Wache von Poděbrady. Auf dem Weg dorthin schaffte Modersson es, sich das letzte Bild auf dem Tablet in Erinnerung zu rufen. Bereits eine ganze Weile war der rote Punkt in der Straßenkarten-App neben einem Hotel in der Innenstadt stehen geblieben. Aber wie lange würde es dauern, bis die tschechischen Kollegen begriffen, dass Moderssons Auftrag keinen Aufschub duldete?

Ihre Entscheidung fiel kurz und schmerzlos: Zum Dank für den dünnen Kaffee und das Pflaster auf der Stirn klaute Modersson einen Polizei-Lada vom Hof. Die Kollegen in Prag informierte sie gleich selbst über ihre Missetat, damit sie sie erstens abfingen und zweitens zu dem Hotel begleiteten, in dem die Kids abgestiegen waren. Nicht auszudenken, wenn sie dort entweder zu spät eintraf oder sich einer feindlichen Übermacht gegenüber sah!

Wie durch ein Wunder wurde Modersson erst kurz vor der Prager Stadtgrenze von einem Schweif aus kreischendem, heulendem, blau rotierendem Sirenengejammer eingeholt. Die sechsspurige Hauptstraße wurde ihre Einflugschneise ins Zentrum. Mit einigen James-Bond-Manövern gelang es ihr, den Kollegen zu entkommen, und in den winzigen Gassen der zentrumsnahen Viertel unterzutauchen. Kurz löste Modersson den Blick vom Rückspiegel und atmete durch.

Da vorne – Tom und David! Mit Riesenkoffern wankten sie aus der U-Bahn-Station, und die kleine Punkerin bei ihnen musste Tuva Eklund sein. Olofsson würde sich freuen, wenn er von Moderssons Zufallsfund hörte. Bestimmt gab es eine logische Erklärung dafür, warum die kleine Eklund sich ausgerechnet mit den Bergman-Söhnen zusammengetan hatte. Modersson presste die Lippen zusammen und trat auf die Bremse. Hoffentlich überlebten sie die nächsten Minuten, die sie brauchte, um zu ihnen zu kommen.

Tuva

Mein Gesicht spiegelt sich tausendfach wider in Rosen, Nelken, Stiefmütterchen, ganzen Blumensträußen in so zart gearbeiteten Vasen, dass man Angst hat, daneben einzuatmen. Ein Lufthauch könnte alles zerbrechen lassen. Kaum zu glauben, was man alles aus Glas machen kann. Was für eine Pracht!

»Wie viel Geld haben wir eigentlich noch?«

»Willst du hier was kaufen?« Tom deutet mit dem Kopf auf das Schaufenster eines niedergelassenen Glasbläsers. Ja, doch, ich will. Weil ich Nova und Jorik ein Souvenir mitbringen könnte, wie sie es für mich tun, wenn sie unterwegs sind.

»Nein, das geht doch bloß kaputt, bis wir in Rumänien ankommen. Vielleicht haben wir ja auf dem Rückweg Zeit für einen Abstecher«, meint Tom. Komisch. Bisher habe ich gar nicht daran gedacht, dass wir nicht ewig unterwegs sein werden.

»Auf dem Rückweg. Ts!« David zischt abfällig. »Wir kommen nie wieder hier vorbei.«

Gerade noch hatte ich das überwältigende Gefühl, mit dem weltbesten Reiseführer in Prag unterwegs zu sein. Kaum zu glauben, dass David sich die wichtigsten Sprachbrocken in ein paar Stunden beigebogen hat! Zum Spaß hat er auf dem Weg zur U-Bahn ein paar Leute angesprochen, die er für Einheimische hielt, und nebenbei ein paar weitere Brocken gelernt. Er ist wirklich ein Sprachgenie. Und ein ausgemachter Trottel, der mit ein paar Worten unsere gute Laune kaputt macht.

»Woher willst du das wissen?«, frage ich ihn verärgert.

»Weil es so sein wird. Wenn wir auf genau der gleichen Route zurückfahren, kommt uns garantiert jemand entgegen, dem wir lieber nicht begegnet wären.« Selbst sein Wortschatz hat sich verändert.

»Sollen wir etwa über Russland nach Schweden zurückfahren oder was?«, frage ich gereizt.

David macht ein düsteres Gesicht. »Tom und ich können nicht nach Schweden zurück.«

»Das entscheiden wir später«, geht Tom dazwischen. »Jetzt sollten wir Kassensturz machen. Zum Beispiel in dem Caféhaus bei der Botschaft. David, stand das nicht in dem Reiseführer?«

In der U-Bahn-Station hat David sich verschiedene Flugblätter für Touristen mitgenommen, die er nun aus der Plastiktüte mit dem Geld zieht und Tom in die Hand drückt. »Da, lies. Die sind auf Englisch.«

Tom gehorcht widerwillig. Er ist nämlich nicht besonders gut in Englisch.

Fünf Minuten später sitzen wir im Schokoladencafé in der Nähe der Botschaft und lassen uns abwechselnd von David und der niedlichen Kellnerin übersetzen, was man hier schon seit mehr als hundert Jahren essen kann. Es gibt alles mit und ohne Schokolade, Sahne, Streusel, Konfitüren, dazu Kaffees und Trinkschokoladen in einer schier unüberschaubaren Anzahl, nur keine schwedischen Zimtschnecken. Aber wir sind ja nicht wegen der Zimtschnecken hergekommen.

Wir schlemmen und zählen auf dem Schoß die Geldscheine, die David uns unter dem Tisch reicht und kommen auf knapp neuntausend Euro.

»Hotel, Sprit, Essen«, fasst Tom zusammen. »Das kostet.«

»Ab jetzt dürfte es billiger werden«, meine ich. »Wisst ihr was? Wir gehen noch mal so richtig shoppen! Unsere Euros können wir an jeder Wechselstube umtauschen. überall bezahlen und ich brauche dringend was Neues zum Anziehen.«

Und das tun wir dann auch und kaufen mindestens zwei komplette No-Name-Kleidergarnituren für jeden von uns und zwei riesige Reisekoffer, in die wir alles hineinstopfen. Eigentlich brauchen wir die ganzen Russen- und Baseballmützen, Marionetten, T-Shirts, Bierkrüge und Zinnteller gar nicht. Aber sie sehen so schön trashig aus! Der Kram wird Nova und Jorik bestimmt nicht gefallen. Aber er erinnert sie hoffentlich an mich, wenn er zu Hause auf den diversen Kaminsimsen steht.

»Archaisch«, sagt David und macht in einem Kramladen ein Selfie von sich und einer traditionellen Holzmaske, die angeblich Geister vertreiben kann.

Klar, archaisch! Ich höre das Wort zum ersten Mal.

Gedankenverloren schlendere ich in den rückwärtigen Teil des Lädchens, wo Tom eine gefütterte Lammfellweste nach der anderen anprobiert und sich im Spiegel bewundert. Es ist Juli, draußen sind es inzwischen mindestens achtundzwanzig Grad. Aber okay, Tom ist Tourist und auch sonst nicht der Normalste. Und die Westen stehen ihm verdammt gut.

Er lächelt mich im Spiegel an, ich lächele zurück und betrachte ihn versonnen. Schon verrückt, was hier gerade läuft. Statt wie die Wilden weiter nach Osten zu rasen, tun wir so, als wäre das hier der gechillteste Trip überhaupt. Es ist plötzlich völlig egal, dass Tom wie seine Eltern Drogen vertickt und uns wahrscheinlich eine ganze Armada von Bösewichten verfolgt. David ist sowieso die größte Überraschung. Und hier in Prag tut es auch nicht mehr so weh, dass das mit meiner Familie eine dicke, fette Lüge ist. Wir sind weit weg von dem ganzen Schrott, und das ist gut so.

Eine Weile beobachte ich Tom selig. Endlich ist mal wieder Zeit für meine heimliche Schwärmerei! Ich könnte den Augenblick nutzen und etwas Romantisches zu ihm sagen. Blöd nur, dass der Anblick seiner muskulösen Oberarme, die aus dem kurzen T-Shirt ragen, und seiner markanten Gesichtszüge mich nicht gerade zu Gedichtversen anregen, sondern eher das Gegenteil bewirken. Ich könnte mich flüssiger in Urlauten äußern als mit wohlgesetzten Reimen. Alles ein bisschen archaisch eben.

Schweren Herzens lenke ich meine Gedanken auf ein anderes Thema. »Bist du sicher, dass dein Bruder nicht heimlich von deinen Bonbons nascht?«

»Wie?« Tom wendet sich kurz von seinem eigenen Anblick ab. In der Ballettstunde klebt sein Blick grundsätzlich am Spiegel. Er ist und bleibt eben er selbst.

»Er spricht auf einmal so vornehm. Könnte ja sein, dass er sein Gehirn zwischendurch auf Trab bringt.«

»Lustige Idee.« Tom wendet sich wieder sich selbst zu und bekräftigt das Vorurteil, eitel zu sein, indem er sich mit beiden Händen durch die Haare fährt. »Meinst du wirklich?«
Ich runzele die Stirn. »Findest du das denn nicht komisch?«
Statt mir zu antworten, zwinkert Tom mir im Spiegel zu. »Was meinst du, steht mir die Weste?«
Ach, Tom. Wenigstens über David könntest du mir ein bisschen mehr verraten, denke ich. »Klar. Was willst du eigentlich damit?«
»In Rumänien sind die Tage heiß und die Nächte kalt, hat David gesagt. Ich habe nicht vor, zu erfrieren.«
»Dann sollte ich mir wohl auch eine zulegen.«
Eine Dreiviertelstunde später ist die Verkäuferin in dem Lädchen sehr zufrieden. »Auf Westen von Schaf gibt Sonderrabatt«, erklärt sie in gebrochenem Englisch und hilft David, drei Westen in einen unserer beiden Koffer zu quetschen. Mit vielen unverständlichen Worten verabschiedet sie sich von uns und winkt uns eine gefühlte Ewigkeit nach.
»Ich hab Hunger«, meint David.
»Ich würde gern zum Hotel zurück, ich bin todmüde.« Meine Hand ist nicht groß genug, um mein Gähnen zu verbergen. »Und ich muss duschen. Ich stinke auch ohne Weste wie ein Schaf.« Tom schnüffelt demonstrativ. »Stimmt.«
Großzügig deute ich das als amouröse Anwandlung. »Grrrr«, schnurre ich Tom an. »Das ist der Duft der anschmiegsamen Wildkatze!«
David hat mal wieder nichts mitbekommen und verzieht enttäuscht das Gesicht. »Und der Hradschin?«
»Beim nächsten Mal.« Tom klingt zwar immer noch nicht sonderlich überzeugt, dass es ein nächstes Mal geben wird, aber große Lust, darüber zu diskutieren, hat keiner von uns. An einem Schnellimbiss nehmen wir unser Abendessen mit und brauchen eine ganze Stunde, um zu unserem Hotel zurückzulaufen.

Tom und David diskutieren, ob wir nach einer Pause wenigstens in einen der zahlreichen Nachtclubs gehen sollen, was ich schon wieder total absurd finde. Club bedeutet, die Nacht wird durchgemacht, was für unsere Reise eher nicht gut ist. Aber die beiden reden sich auch aus einem Grund in Rage, den ich nicht ganz kapiere. Deshalb schnappe ich mir das große, weiche Badetuch, das auf meinem Bett liegt. Mit den Worten: »Wenn ich fertig bin, wisst ihr hoffentlich, was ihr wollt«, verziehe ich mich ins Bad.

Ich hüpfe unter die Dusche und lasse mich erst mal ausgiebig nassregnen. Das Wasser riecht ein wenig nach Chlor. Es schmeckt auch anders als zu Hause. Hat David nicht erwähnt, dass man in Tschechien kein Leitungswasser trinken soll?

Ich blinzele durch den Tropfenregen und entdecke ein kleines Gerät mit einem Display und Knöpfen, das sich als wasserfestes Radio entpuppt. Wow, Duschen mit Musik, das habe ich auch noch nicht ausprobiert! Übermütig drücke ich auf dem Suchlauf herum, bis ich empfangstechnisch irgendwo in Asien angekommen zu sein scheine. Blumiger J-Pop ertönt, untermalt von einer zuckersüßen Frauenstimme. Das ist genau der richtige Sound! Ich nehme eine große Portion von dem Duschgel, das das Hotel bereitstellt, tanze und gurgele dazu, dass die Jungs sich draußen wahrscheinlich die Ohren zuhalten müssen. Das erinnert sie vielleicht daran, dass Prag cool ist, egal ob wir noch in einen Club gehen oder nicht! Noch cooler wäre allerdings, wenn plötzlich der Duschvorhang zur Seite fliegt und Tom vor mir steht, am besten splitterfasernackt. Er steigt zu mir in die Dusche, umfasst mein Gesicht mit den Händen, beugt sich über meine Lippen. Unsere Körper kommen sich ganz nah. Ich kann seine langen, starken Oberschenkel an meinen fühlen und sehr, sehr langsam bewegt sich sein …

RATSCH!
Erschrocken reiße ich die Augen auf.

Fröhlich sprudelt das Wasser durch den zerrissenen Duschvorhang und bildet auf den Fliesen eine Pfütze, in der zwei Schuhe stehen. Mit Füßen drin. Und langen, muskulösen Beinen. Die aber nicht Tom gehören.

»Aaah!« Spitz gellt mein Schrei durchs Bad. Ich bekomme etwas zu fassen und schlage zu.

»Ngckch.« Mein männlicher Gegenüber geht zu Boden. Der Duschkopf war wohl doch zu hart für seinen Kopf!

»TOOOM! DAAAVID!«, brülle ich wie von Sinnen.

Die Badtür kracht gegen die Wand, das folgende Handgemenge wird von dem großen Badetuch und Toms starken Armen erstickt. Er hebt mich über den Eindringling in der Lache, die sich rasch auf den Fliesen ausbreitet. Im Schlafraum bewahrt David mich davor, über den vernarbten Arm der dicken, ohnmächtigen, rothaarigen Frau zu stolpern. Zeit für Erklärungen nehmen sich die Jungs nicht, sondern schreien mich an, dass ich mich VERDAMMT NOCH MAL BEEILEN SOLL!

Keine zehn Minuten später haben wir das Hotel hinter uns gelassen und rasen wie die Wilden aus der Stadt, weiter Richtung Osten. Wir brüllen und beschimpfen uns und geben uns gegenseitig die Schuld daran, dass wir von zwei Fremden angegriffen wurden. Aber schließlich bleibt mir nichts anderes übrig, als Tom zu glauben, dass sie weder den Muskelmann noch die rothaarige Hexe kennen.

Ich würde Tom gern fragen, ob sie mich deswegen nach Rumänien begleiten, aber ich traue mich nicht. Noch mehr so verkorkste Wahrheiten und ich gehe freiwillig in die Entzugsklinik.

Elsa und Lasse

Zufrieden richtete Elsa sich auf. Man sollte immer ein Fläschchen K.-o.-Tropfen und genug Pasta im Haus haben, wenn man Besuch von einem Killer bekam. So ein Gierlappen!

»Lasse, ruf Modersson an.«

»Warum?«, fragte Lasse müde.

»Weil wir unseren Plan ändern müssen. Und wir sollten uns selbst in Sicherheit bringen.« Elsa prüfte den Sitz der Handfesseln des Mannes. Ausweis oder Portemonnaie hatte sie nicht bei ihm gefunden.

»Was meinst du mit ändern?« Suchend schaute Lasse sich nach seinem Handy um. Wo hatte der Kerl es hingeworfen?

Elsa räumte das schmutzige Geschirr in die Spüle. Es war das letzte Mal. »Wir übergeben das Geld schon früher.«

Erschrocken hielt Lasse inne. »Das kannst du nicht machen! Modersson wird uns finden und teeren und federn, wenn wir ohne ihre Leute losziehen! Das ist die einzige Möglichkeit für sie, Zugriff auf Kropidlow zu bekommen!«

»Willst du lieber warten, bis noch ein falscher Assistent kommt und uns gleich umbringt?« Den Kühlschrank würde Elsa auch nicht mehr sauber machen. »Außerdem war doch noch nicht ganz raus, ob wir ins Zeugenschutzprogramm kommen oder nicht. Wie ich den Geheimdienst kenne, verknacken sie uns, wenn wir Kropidlow nicht liefern.« Sie deutete mit dem Kinn auf den Gefesselten. »Kennst du den eigentlich?«

Nachdenklich musterte Lasse den Hünen, der ohnmächtig auf der Couch lag, und zuckte mit den Schultern. »Ich hätte ihn ja gern gefragt, aber er wirkte mit seiner Walther in der Hand so, ich weiß nicht, unkommunikativ. Und unentschlossen. Erst will er uns umbringen, dann nicht. Eher unprofessionell, wenn du mich fragst. Außerdem war sein Russisch nicht ganz astrein. Klang teilweise wie ein Schwede in der Volkshochschule.« Er ging auf die Knie, um unter der Couch nachzuschauen. Bingo. Zufrieden zog er zwei Smartphones hervor und schaltete sie ein.

»Den Eindruck hatte ich auch.« Nachdenklich legte Elsa den Kopf schief. »Soll ich ihm die Füße zusammenbinden?«

»Hat er Schnürsenkel?«

»Ja.«

»Dann nimm die.« Der Abschiedsschmerz meldete sich, als Lasse an die großen Terrassenfenster trat und Moderssons Nummer wählte. Er hatte wirklich gern hier gewohnt. Aber alles ging nun mal irgendwann zu Ende.

Nach dem fünften Versuch wurde er unruhig. Dass die Jungs mit einem Teil des Drogengeldes verschwanden, das für Kropidlow bestimmt gewesen war – okay. Dass der von Modersson angekündigte Assistent Elsa und ihn hatte umbringen wollen, war ärgerlich. Die SMS von Uta auf das Uralt-Nokia, dass ihre Söhne geliefert waren, hatte Lasse nervös gemacht. Aber der absolute Tiefpunkt war, dass Modersson unerreichbar war.

»Sprich ihr auf die Mailbox«, meinte Elsa.

»Die nützt doch nichts. Wo sind die Autoschlüssel von dem Typ hier?«

Mit spitzen Fingern wühlte Elsa in den Taschen des Mannes herum und gab Lasse schließlich die Schlüssel. »Ich helfe dir beim Packen.«

»Probier du lieber, Modersson an die Strippe zu kriegen.« Lasse drückte ihr das Smartphone in die Hand und ging mit den ersten Reisetaschen hinaus zum Wagen.

Es klingelte, bevor Elsa die erste Taste berührt hatte.

»Ja?« Ihre Stimme klang belegt.

»Planänderung! Ich bin im Best Western in Prag. Die Jungs sind weg.«

Gott sei Dank, Brigitta war wohlauf! Dann erst bekam Elsa mit, was die Agentin gerade gesagt hatte.

»Wie, weg?« Wenn es um ihre Söhne ging, war Elsa verletzlich.

»Weg halt«, meinte Modersson trocken. »Ich konnte ihre Flucht nicht verhindern, weil Pavel mich niedergeschlagen hat.«

»Und wer ist Pavel?«

»Ein polnischer Kollege.«

»Ich dachte«, Elsa schluckte, »Interpol koordiniert solche Aktionen?«

»Dachte ich auch«, knurrte Modersson. »Aber manchmal bekommt man zu wenig Informationen, um die Aktion nicht auffliegen zu lassen. Gute Deckung ist alles. Eure Jungs sind jedenfalls getürmt. Wahrscheinlich haben sie Pavel und mich für Auftragskiller gehalten. Einen Teil des Geldes haben sie liegen lassen. Was ist mit dem Killer, den Kropidlow euch geschickt hat?«

Das war ja mal wieder typisch für die internationalen Geheimdienste! Elsa verkniff sich eine scharfe Erwiderung. »Er wollte mit uns über die Organisation tratschen. Ich habe ihn mit meiner Pasta Mista ins Land der Träume geschickt.«

»Habt ihr herausfinden können, wer er ist?«, fragte Modersson lauernd.

»Keine Ahnung. Dem Vorgehen nach ein Konkurrent. Ein ziemlich dämlicher, wenn du mich fragst. Spricht Russisch wie ein Tourist. Definitiv kein Profi.«

»Hm. Dann könnte die Konkurrenz auch schon alles über euren neuen Unterschlupf in Erfahrung gebracht haben«, vollendete Modersson säuerlich. »Ich werde mich mit meinem Verbindungsmann kurzschließen. Wenn ich mich in den nächsten dreißig Minuten nicht melde, fahrt los, egal wohin, nur weg.«

»Was ist mit Göteborg?«

»Viel zu gefährlich.«

»Und unsere Jungs?« Elsas Stimme war leise geworden.

»Ich bringe sie euch nach. Versprochen.«

Klick.

Modersson

Abschätzig musterte Modersson Pavel, den Muskelmann, von der Seite. Die Zusammenarbeit mit den polnischen Kollegen war ja mal wieder richtig rund gelaufen! Außerdem war Pavel eine Heulsuse. Wenn er noch einmal wegen seiner Kopfschmerzen herumjammerte, würde Modersson persönlich dafür sorgen, dass er degradiert wurde! Außerdem schaukelte das Wasserbett, auf dem sie mit ihm sitzen musste, bis der tschechische Kollege sich von der Echtheit ihrer Dienstausweise überzeugt hatte, bei jeder seiner Bewegungen.

Ärgerlich ignorierte sie den Pagen mit den Kühlbeuteln. Er war zu jung, um bei ihrem Anblick gelassen zu bleiben: Blut im Gesicht, Blut in den Haaren, Blut auf der Kleidung, Blut auf dem Teppich, nicht zu vergessen der Geruch! Natürlich trugen die anderen herumwuselnden Polizisten nicht gerade zu seinem Wohlbefinden bei. Brigitta hätte die Prager Kollegen gern rausgeworfen, aber leider hatte sie hier keinerlei Befugnisse.

»Das ist bestimmt eine Gehirnerschütterung.« Leidend betastete Pavel seine Stirn. »Die Kleine hat ausgeholt und WUMM! Sterne!«

Gehirnerschütterung, lächerlich. So was konnte Modersson mit ihren Betonlocken nicht passieren. Die gingen notfalls als Motorradhelm durch.

»Wünschen Sie noch etwas?« Auf dem Tablett des Pagen taute der letzte Eisbeutel.

Mitleidig befreite Modersson ihn davon und wedelte ihn hinaus. »Wir haben zu arbeiten.« Das trug ihr einen strafenden Blick des Oberpolizisten ein. Dass er ihr trotzdem nicht widersprach, wertete sie als gutes Zeichen.

Glücklich sauste der Page davon.

»Ich kann heute nicht mehr fahren«, startete Pavel den nächsten Versuch, Brigittas Mitleid zu erregen.

»Mund halten!« Wieder musterte Modersson ihn. Eigentlich sah er nicht übel aus. Aber es mangelte ihm definitiv an Selbstdisziplin. Eigentlich müsste sie jetzt eine Beschwerde bei seinem Chef einreichen, weil Pavel verhindert hatte, dass sie die Bergman-Söhne einsammelte. Aber das eilte nicht.

Um die vier Bergmans endlich aus der Schusslinie zu bringen, brauchte Modersson neue Anweisungen von ganz oben. Sie ärgerte sich. Es warf nie ein gutes Licht auf einen Agenten, wenn er während einer Aktion den leitenden Offizier anrufen musste. Entsprechend schlecht war ihre Laune.

Ein tschechischer Kollege hielt ihr ihren Dienstausweis vor die Nase. »Der ist echt«, stellte er fest.

»Wer hätte das gedacht«, antwortete sie auf Russisch. Er schien ihr alt genug, der offiziellen Sprache des ZK noch so mächtig zu sein, wie es der ehemalige Erste Sowjet einstmals von seinen Bediensteten gefordert hatte. »Ich muss telefonieren. Kann ich mein Handy haben?«

Sogar die Reaktion des Kollegen war typisch altsowjetisch. Mit einer kleinen Verbeugung reichte er es ihr. So würdevoll wie möglich erhob Modersson sich vom Wasserbett und spazierte ans Fenster. Eigentlich war es ganz hübsch hier. Sie sollte wirklich mal wieder einen Urlaubsantrag einreichen. Gedankenverloren wählte sie eine Nummer und wartete. Das Tuten im Handy rührte empfindlich an ihren Zahnplomben, aber sie hieß ja nicht Pavel! Hoffentlich hatte ihr Einsatzleiter einen guten Grund, nicht ans Telefon zu gehen.

»Ja?«

Modersson brach der Schweiß aus. Das war nicht Björns Stimme. Warum nicht?! In Bruchteilen von Sekunden mutierte ihr Plan B zu Plan C. Sie unterbrach die Verbindung und wählte Lasses alte Nokia-Nummer.

»Ja?«

Schon wieder diese Stimme! Hatte der Schlag auf den Kopf sie doch stärker verletzt als gedacht?

»Elsa?«, fragte Modersson verwundert.

»Ja.«

Deine Stimme habe ich doch gerade schon mal gehört. An einem anderen Apparat.«

Elsas Schlucken klang nicht gut. »Das Handy von dem Typen, den ich mit meiner Pasta schlafen geschickt habe, hat gerade geklingelt. Ich bin rangegangen, aber es hat niemand geantwortet. Muss ich mir jetzt Sorgen machen?«

»Nein.«

Sie nicht, aber Brigitta! Wieso war Björn bei den Bergmans? War das nur ein Missverständnis und Elsa hatte den Falschen außer Gefecht gesetzt? Oder hatte Björn tatsächlich vorgehabt, ihre einzigen Kronzeugen im Fall Kropidlow zu töten?

»Macht, dass ihr wegkommt«, sagte Modersson dumpf. »Fahrt los. Sofort!«

»Das hatten wir sowieso vor«, gab Elsa verlegen zu. »Was ist mit unseren Jungs?«

»Fahrt«, dröhnte Modersson und drückte das Gespräch weg. Sie würde sie schon aufspüren, wenn es daran ging, Kropidlow den Prozess zu machen.

Ein Blick auf die Uhr: Seit der Stürmung des Zimmers war eine Stunde vergangen. Modersson musste die Jungs und die kleine Eklund irgendwie vor der Grenze zu Rumänien abfangen, denn die rumänischen Kollegen kooperierten nicht offiziell mit dem schwedischen Geheimdienst.

Pavel wankte in ihr Blickfeld. Anscheinend war seine Identität als Polizist inzwischen bestätigt worden. »Was ist los?«

Seine ganze Körperhaltung drückte Zerknirschung aus, was Modersson in diesem Fall mehr als passend fand.

»Her mit meinem Tablet! Ich muss weiter. Du hältst die Stellung!«

Modersons Handy klingelte, weil Olofsson, der alte Langweiler, ausgerechnet jetzt anrief. Aber da er bisher jedes Mal mit einem passenden Mosaikteilchen um die Ecke gekommen war, ging Modersson ran. »Was?!«

»Die Eklunds haben gesungen«, grummelte Olofsson.

»Schön für Sie, aber was hat das mit dem Fall zu tun?«

Olofsson antwortete mit einem Röcheln, seinem ganz persönlichen Äquivalent zu einem leisen Lachen. »Eine Bildergalerie auf dem Kamin hat mich auf die Idee gebracht, beim Friseur der Dame des Hauses nachzufragen. Sie hat sich regelmäßig die Haare und die Brauen schwarzbraun nachfärben lassen, um ihrer Tochter ähnlicher zu sehen.«

»Meine Zeit ist kostbar, Herr Hauptkommissar.«

»Das kam erst heraus, nachdem ich mich laut darüber gewundert habe, dass es sonst kaum Ähnlichkeiten zwischen Kind und Eltern gibt. Da sind sie zusammengebrochen.«

Jetzt wurde es interessant. »Und das bedeutet?«

»Die Eklunds haben gestanden, dass Tuva nicht ihr leibliches Kind ist.«

Modersons Enthusiasmus ging ein wie eine Primel. »Ich bin nicht sicher, ob mich das vom Hocker reißt. Aber gute Arbeit und danke für den Hinweis.«

»Die Adoption ist an den Behörden vorbeigelaufen. Das Ganze war quasi illegal.«

Ach! »Und wer hat das Kind vermittelt?«

In Olofssons Stimme schwang ein wissendes Lächeln mit. »Irre ich mich oder haben Sie da schon einen Namen im Hinterkopf? Vielleicht können Sie mir mit Ihrem Wissensvorsprung einen Tipp geben. Ich setze noch mal bei den Eklunds an und die bestätigen Ihre Theorie.«

»Nein. Das geht nicht.«

»Warum nicht?«

Wenn das so weiterging, wurde Modersson demnächst irre! Die Vorzeichen hatten sich geändert, weil ihr Chef anscheinend für beide Seiten arbeitete. Sie wusste, wie er aussah, aber nicht, wie er von der anderen Seite aus agieren würde. Er war zum Unbekannten im Unternehmen *Weihnachtsmann* geworden. Jedes Detail, das sie weitergab, konnte für sie und alle anderen den Tod bedeuten!

»Nutzen Sie Ihre Fähigkeiten und machen Sie den Eklunds Feuer unter dem Hintern. Das kriegen Sie schon hin, Olofsson!«

»Aber es wäre hilfreicher, wenn Sie mir wenigstens ein bisschen unter die Arme greifen.«

Hinter Modersson war es still geworden. Sie fuhr herum und starrte in mindestens acht weit aufgerissene Augenpaare, in denen blanke Angst leuchtete. Anscheinend hatte der Kollege Polizist seinen Untergebenen gesteckt, was sich unter den großen Locken wirklich verbarg, nämlich eine Agentin in hochgefährlicher Mission.

»Nehmen Sie sich den Vater vor«, brummte sie und drückte das Gespräch weg.

Hinter ihr räusperte sich Pavel. »Wir sind ja dann fertig, nicht wahr? Ich muss so schnell wie möglich persönlich den Erfolg des Unternehmens an unsere Zentrale in Wrocław weitermelden.« Er streckte ihr die Hand hin.

Modersson stutzte. »Erfolg?! Jetzt aber mal halblang.« Gedanklich spielte sie die Hauptrouten nach Rumänien durch und ärgerte sich noch mehr, dass sie die Bergman-Söhne nicht geschnappt hatte. »Sie melden gar nichts weiter, Pavel, bevor Sie mir nicht erfolgreich geholfen haben, die drei Jugendlichen wieder einzufangen.«

»Aber ich ...«

»Kein Aber!« Moderssons Schrei war kurz und schrill. Die ersten ungarischen Kollegen verließen fluchtartig das Zimmer.

Drohend trat Modersson an Pavel heran und nahm ihm seinen Dienstausweis aus der Hand. Zufrieden schniefte sie. »Ich stehe in der Hierarchie eindeutig über Ihnen. Das heißt, ab sofort erteile ich Ihnen Befehle und Sie führen sie aus.«

»Ganz so einfach geht das nicht, Kollegin«, muckte Pavel beleidigt auf. »Nur weil damals die Mauer zugunsten des Westens gefallen ist, können Sie noch lange nicht ...« Moderssons Blick ließ ihn verstummen.

»Doch, ich kann und ich werde, lieber Pavel, ob die Mauer noch steht oder nicht.« Beiläufig steckte sie ihm den Ausweis in die Brusttasche seines karierten Hemdes. Einen Modegeschmack hatte dieser Mann! »Ich muss nach Rumänien, genauer nach Crăciuneşti. Es gibt zwei Strecken, die die Jugendlichen genommen haben könnten. Wir trennen uns bei Brünn. Ich fahre über Budapest. Sie nehmen die Route über die Slowakei. Sie wissen schon, einmal quer durchs Land, südlich an Bystrica vorbei bis Eisenmarkt im Banat. Die Daten der drei schicke ich Ihnen aufs Handy. Ihre Nummer, bitte.«

Pavel hätte nein sagen können. Aber sie hatte »bitte« gesagt. Und bevor sein Chef ihn einen Kopf kürzer machte, weil Pavel dem schwedischen Geheimdienst in die Quere gekommen war, sagte er gepresst: »Dobrze.«

Olofsson

»Mein Mandant muss sich nicht selbst belasten«, betonte Sörensen zum gefühlt tausendsten Mal.

»Doch, das muss er, wenn er zur Ruhe kommen will.« Olofsson hatte beschlossen, dem Psychologen in sich den Vortritt zu lassen.

»Ich als Herr Eklunds Rechtsbeistand bin dagegen.«

»Ich als der verantwortliche Hauptkommissar muss verhindern, dass weitere Menschen zu Schaden kommen.«

»Aber es ist doch niemand zu Schaden gekommen«, meinte Sörensen verblüfft. »Das Kind hat es mit meinem Mandanten doch sehr gut getroffen!«

»Das sagen Sie.«

Olofsson lehnte sich zurück und genoss die Kühle in Joriks Büro. Der Fall wurde insofern interessanter, als er inzwischen das halbe Haus kennengelernt hatte. Die Eklunds liebten klare Formen, eine gerade Linienführung und Pastellfarben. Die Mischung sah dank eines hervorragenden Innenarchitekten ganz annehmbar aus.

»Und ich sage noch ganz andere Dinge, wenn Sie nicht aufhören, meinen Mandanten unter Druck zu setzen, nachdem Sie die SoKo offiziell aufgelöst haben«, fuhr Sörensen auf dem Bildschirm fort. »Ich verlange sofortige …«

Klick! Der Mauszeiger war unbemerkt in die Ecke rechts oben gerutscht und hatte das Dialogfenster geschlossen. Das war astreiner Modersson-Gesprächsstil. Erleichtert zog Jorik die Hand zurück. »Ich will mir sein Gequatsche nicht mehr anhören. Herr Kommissar, wir müssen reden.«

Olofsson nickte belustigt. »Sie hätten sich ruhig in aller Form von Ihrem Rechtsverdreher verabschieden können.«

»Beim nächsten Mal. Möchten Sie einen Eistee?«

»Pfirsich?«, fragte Olofsson hoffnungsvoll.

Jorik nickte und gab die Bestellung über die Haussprechanlage auf. Olofsson war beeindruckt.

»Sie müssen sich nicht verstellen, Herr Kommissar. Ich weiß, dass Ihnen an derlei Spielereien nichts liegt.« Jorik sah bekümmert aus. »Im Gegensatz zum Rest meiner Familie.«

»Sie meinen Ihre Gattin?«

»Nova? Nein. Nova ist der genügsamste Mensch, den ich kenne. Ich rede von meinen Eltern.« Olofsson, der Psychologe, schwieg. Jorik sollte Zeit haben, sich alles von der Seele zu reden. »Wissen Sie, was das Schwierigste an unserem Stand ist?«, begann Jorik. »Das viele Geld, das ich verdiene, ist gar nicht für mich. Man muss in erster Linie anderen gerecht werden, ach was, allen! Ich selbst komme an letzter Stelle.«

Armer Kerl, dachte Olofsson spöttisch. »Worauf wollen Sie hinaus?«

Jorik überlegte eine Weile. »Ich will Ihnen erzählen, warum Tuva zu uns gekommen ist.«

Olofsson war nicht sicher, ob er Nerven für die Geschichte der wundersamen Rettung eines kleinen Menschenlebens aus dem Nirgendwo hatte. »Mit allem Respekt möchte ich Sie darauf hinweisen, dass uns die Zeit davonläuft.«

»Jaja, Erinnerungen bringen uns Tuva nicht zurück, ich weiß schon«, unterbrach Jorik ihn. »Also gut, ich fasse mich kurz: Mein Vater hat vor seinem Tod auf einen Stammhalter von mir bestanden, sonst hätte er mich enterbt und Uta alles überschrieben. Das war 1997. Da meine Schwester damals schon recht erfolgreich war und keine Kinder wollte, hat sie mir ihre Hilfe angeboten.«

»Die Sie angenommen haben.«

»Ja.« Joriks Antwort fiel schwer wie ein Felsbrocken. »Wir haben es ja probiert, aber es hat nicht geklappt.«

Hastig winkte Olofsson ab. Er hegte kein gesteigertes Interesse an Joriks Zeugungsfähigkeit.

»Nova, meine Frau, erkrankte kurz darauf schwer an Gebärmutterkrebs und musste sich 1999 einer Totaloperation unterziehen. Damit war das Erbe für uns so gut wie verloren.«

Nach dem leisen Klopfen öffnete sich die Tür zum Büro. Ramona brachte eine geschliffene Kristallkaraffe mit Eistee im Kühler, dazu passende Gläser, und schenkte den Männern ein. Fasziniert musterte Olofsson ihre linke Wange, bis sie sie wieder allein ließ.

»Uta hatte damals schon Kontakte zu gewissen Kreisen aufgebaut. Sie riet mir, ein Babyzimmer einzurichten und Nova für ein paar Monate zu ihr nach Formentera zu schicken. Tja. Und als sie mit der kleinen Tuva zurückkehrte, hat mein Vater keine Fragen gestellt, sondern stumm sein Testament ändern lassen.«

»Also ein ganz klassisches Familiendrama mit vermeintlich gutem Ende?«

»Sozusagen.«

Vorsichtig nahm Olofsson eines der schweren Kristallgläser und nippte. Der Tee schmeckte ausgezeichnet. »Bleibt die Frage, wer Tuva wirklich ist und woher sie stammt.«

Gedankenverloren musterte Jorik seine Hände. »Was würden Sie denn tun, wenn Sie es wüssten?«

»Ich würde veranlassen, dass man dort nach Ihrer Tochter sucht. Und dass man ihr die Wahrheit sagt. Tuva soll selbst entscheiden können, wo sie leben will.«

Jorik griff nach dem zweiten Glas und leerte es in einem Zug. Seine Hand zitterte, als er es auf das Tablett zurückstellte. »Ich glaube, davor habe ich Angst.«

Die hätte ich nach der Drogengeschichte an seiner Stelle auch, dachte Olofsson. »Es wäre trotzdem nicht fair, ihr diese Wahl vorzuenthalten. Legitim wäre das übrigens auch nicht.«

Draußen bewegte eine Brise beinahe zärtlich die sommerbelaubten Äste der Bäume. Irgendwo im Haus klingelte ein Telefon. Die Klimaanlage surrte. Und trotzdem war es nicht mehr das Leben, das die Eklunds so lange genossen hatten.

»Sie sind ein harter Hund, Olofsson.«

»Und Sie sind hoffentlich ein ehrlicher, Herr Eklund.«

Jorik warf ihm einen reuevollen Blick zu. »Ich liebe Tuva wie meine leibliche Tochter, Hauptkommissar.«

»Eklund, jetzt ist nicht der passende Moment für melodramatische Bekenntnisse.«

Schwer getroffen ließ Jorik die Schultern sinken. Er atmete ein paar Male tief durch und betastete die Unterseite der Schreibtischplatte. Es klickte, eines der mit Akten beladenen

Sideboards schwang von der Wand weg und offenbarte einen halbhohen, verborgenen Tresor. Es fiel Jorik nicht leicht, aufzustehen, die Zahlenkombination einzutippen und die schwere Tür aufzuziehen. Der Briefumschlag, den er herausholte, schien Tonnen zu wiegen.

Olofsson spürte einen Stich. Jorik hatte ein Kind illegal zu sich genommen, das er vielleicht schon bald verloren geben musste. War es aus Familiensicht Verzweiflung oder Dummheit, dass er diesen lang zurückliegenden Fehler nun offenlegte und damit Verrat an seinen Liebsten beging?

Wortlos reichte Jorik Olofsson ein zerknittertes Stück Papier. *Fata anonimă ... 12. mai 2000 ... Crăciuneşti lângă Sighetu Marmaţiei ... 40.000 Lei ... doamna Uta Eklund ...* Olofsson konnte kein Rumänisch, aber das, was er verstand, reichte ihm. »Ich würde das gern einem Kollegen zeigen.«

»Das wäre mir ehrlich gesagt nicht recht.«

»Ich werde mein Versprechen halten und mich für eine Strafminderung einsetzen, wenn Sie kooperieren.«

»Netter Versuch.« Mit einem entschuldigenden Lächeln nahm Jorik ihm das Blatt ab. Der Umschlag wanderte wieder in den Tresor. Das Sideboard schwang zurück an die Wand, als ob nie ein Geständnis stattgefunden hätte.

Schade, dachte Olofsson. »Und Ihre Schwester?«

Jorik runzelte die Stirn. »Was ist mit ihr?«

»Ihr Name wird in diesem Schreiben erwähnt, das Sie mir gerade wieder abgenommen haben. Und ich kann mich immer noch nicht recht mit einem tragischen Unfall anfreunden.«

»Sie gehen jetzt besser, Hauptkommissar.«

»Die Beweggründe Ihrer Schwester, mit diesen Ukrainern zusammenzuarbeiten, könnten Sie entlasten, Jorik. Und Ihre Tochter zurückbringen.«

Eine Weile musterten sie sich stumm.

Schließlich erhob sich Olofsson aus der gemütlichen Sitzgruppe. »Danke für den Eistee.«
Joriks Händedruck wirkte fest und ehrlich. »Wenn Sie etwas von Tuva hören, lassen Sie es uns bitte wissen.«

Tuva

»Flucht aus Prag in indiskutablen Klamotten« könnte das Musikstück heißen, das unsere Abfahrt aus der Moldaustadt untermalt. Fände sich jemand, der es komponiert, könnte man bei künftigen überstürzten Abschieden bei irgendwelchen Radiostationen anrufen und es sich wünschen. Dann hätte man eine Entschuldigung für miefige Summerfly-Kombis wie meine, die ich kopfloserweise bei unserem Aufbruch wieder angezogen habe. Damit ist übrigens auch bewiesen, dass zwei Sommertage in Osteuropa das strapazierfähigste Material geruchstechnisch in die Knie zwingen.

Weil David nach vier Stunden Fahrt damit droht, auf die Rückbank zu pinkeln, hat Tom kurz nach Mitternacht einen unbeleuchteten Parkplatz im slowakischen Nirgendwo angesteuert. David stürzt sofort in die Dunkelheit. Ich muss auch, traue mich aber nicht, auszusteigen. Vorsichtig schiebe ich meinen Kopf aus dem heruntergelassenen Autofenster. Da, wo es so finster ist, dass sich nachts auch die Bäume im Wald fürchten, ist anhaltendes Plätschern zu hören. David brummt dabei, als könnte er ohne nicht ... Es schüttelt mich. Jetzt muss ich noch dringender.

Und dann ist da noch die romantische Vorstellung, die Nacht mit Tom auf dem Rücksitz zu verbringen.

»Wir könnten hier übernachten«, meint Tom und steigt aus.

Wow! Hat er meine Gedanken gelesen oder was?

»Und David?«, frage ich eine Spur zu erwartungsvoll.

Verwundert beugt Tom sich zurück in den Wagen. »Der auch. Was dachtest du denn?«

Na, super. Fettnäpfchen, da bist du ja!

»Musst du nicht schiffen? Wenn nicht, kannst du mir mal die Taschenlampe halten.«

Mir stockt der Atem. Hat Tom das gerade wirklich gesagt?! Ich bin regelrecht schockiert, wie geschmacklos er sein kann. Los, sag schon, das war dein dunkles Ich, oder? ODER?!

»War das eine Anmache oder was?!«

Tom schaut mich an, als hätte ich nicht alle Tassen im Schrank. »Ich will was am Bodenblech checken und brauche dafür Licht. Da, fang!«

Oh Mann, ich werde langsam echt paranoid. Verwirrt schnappe ich nach der Taschenlampe und schiebe mich aus dem Wagen. Die Slowakei ist für mich ab sofort der neue Oberbegriff für »unheimlich«. Überall knackt und kracht und fiept es, als fände hier eine Versammlung der osteuropäischen Ungeheuer der Finsternis statt! Und kalt ist es auch, kein Wunder, die Sonne ist ja auch schon vor Ewigkeiten untergegangen.

Ich hocke mich neben den Volvo, unter dem Tom herumhantiert. »Schalt ein und leuchte mal. Stopp! Da ist er ja.« Er fummelt an einem Kästchen herum, das da unten wohl nicht hingehört.

Ich unternehme einen neuen Gesprächsversuch: »Die Idee mit der Übernachtung auf dem Parkplatz finde ich gut. Da sparen wir ein bisschen Geld.«

»Finde ich auch.« Toms Stimme klingt dumpf unter dem Volvo hervor. »Und wir sind nicht für jeden Depp greifbar. Wobei, wenn ich das hier sehe ...«

Misstrauisch beuge ich mich vor. »Was siehst du denn?«

Tom flucht ein paar Mal leise und schreit: »Autsch!«

»Was ist?«, fragt Davids Tenor unvermittelt hinter mir.

Ich stoße einen erschrockenen Schrei aus und kippe in den Staub und noch etwas anderes, das unter mir nachgibt. Sofort fängt es an zu summen. Im nächsten Augenblick krabbelt es an meinen Beinen hinauf. Und mit *es* meine ich *viele.*

Die Taschenlampe fliegt in hohem Bogen davon, von einem Moment auf den nächsten ist es stockdunkel. Meine Hände versuchen, das krabbelnde Etwas, das aus Tausenden zu bestehen scheint, abzustreifen, ich tanze und hampele und springe orientierungslos irgendwohin und kann die ersten Stiche spüren. Die Viecher sind bissig.

Gottverfluchter, unbeleuchteter Ostblock!

Tom schreit, David schreit und ich schreie mit, als aus den anfänglichen Bissen ein Brennen wird, das sich von den Waden über meine Kniekehlen hinauf bis zu den Oberschenkeln ausbreitet.

»Hilfe! Sie fressen mich auf!«

Sämtliche Erinnerungen an Horrorfilme produzieren in der Schwärze der Nacht plötzlich handtellergroße Zecken, Gift spuckende Schaben, alles überwuchernde Amöben, die mir bei lebendigem Leib die Haut abätzen. Meine Nase fault ab, alles Fleisch wird abrasiert bis auf die Kno...

Ein weiterer Schrei gellt durch die Nacht. Jemand packt mich von hinten und ringt mich zu Boden. Ein Zweiter fixiert meine Beine und reißt mir die Pearl-Hose herunter. Ich kann ihn nicht mal wegtreten und beiße in die Hand, die sich auf meinen Mund presst.

»Hör auf zu beißen!«, brüllt Tom. »Wir wollen dir doch nur helfen!«

»Vergewaltigung!«, schreie ich aus Leibeskräften. Diese widerlichen Drecksekerle!

Meine Pearl-Hose löst sich von meinen Füßen und fliegt endgültig davon, das Brennen hört augenblicklich auf. Tom gibt mich frei. Ich rappele mich auf, taumele, muss noch nötiger pinkeln und breche in Tränen aus wie ein Baby, weil es immer noch stockfinster ist und ich nichts sehe.

»Du bist in einen Ameisenhaufen gefallen«, sagt David in der Dunkelheit. »Wir haben direkt daneben geparkt.«

»Ein Ameisenhaufen?!«, wiederhole ich blöd und viel zu laut, wie mir das Zischen der Jungs klarmacht. »Was macht der hier? Und wo ist meine Hose?«

»Bei den Ameisen«, sagt David. »Tom, hast du den Sender gefunden?«

Und damit ist die Sache für die beiden erledigt. Für mich aber nicht, denn ich muss dringender denn je und stehe halb nackt in einem Wald voller gefährlicher Ameisen, die teure Designerhosen klauen!

Es dauert eine ganze Weile, bis ich mich über den Verlust meiner Hose beruhigt habe. Die Jungs reden auf mich ein, bis ich mich endlich ins Gebüsch traue und es laufen lassen kann. Dabei höre ich sie aufgeregt über das Kästchen tuscheln, mit dem Tom sich zwei Fingernägel ruiniert hat. Das soll der Peilsender gewesen sein, mit dessen Hilfe die rote Russin uns gefunden hat. Hoffentlich war's das jetzt mit den unliebsamen Elektrospielzeugen! Den restlichen Aufruhr ertrage ich im Stillen auf dem Beifahrersitz in einer meiner neuen Jogginghosen aus Prag. Wer weiß schon, wer die entworfen hat!

David präsentiert zwei weitere unbekannte Fähigkeiten seinerseits. Die erste: Noch auf dem Waldparkplatz reserviert er telefonisch in gestochen scharfem Französisch ein Mehrbettzimmer für uns in einem Vier-Sterne-Hotel in Budapest. Und die zweite: Er setzt sich ans Steuer und fährt uns bis auf den Parkplatz des Hotels Intercontinental. Tom schläft derweil erschöpft auf der Rückbank. Ohne mich.

Menno.

Ich hänge wieder wie ein Schluck Wasser auf dem Beifahrersitz. Als ich mich einigermaßen aus dem Griff des Entsetzens und des Heimwehs nach Nova und Jorik befreit habe – ja, so dramatisch bin ich inzwischen drauf! –, kommt mir endlich in den Sinn, David nach seiner wundersamen Verwandlung zu befragen.

»Wieso kannst du eigentlich plötzlich Autofahren?«

»Ist gar nicht so plötzlich.«

David und seine kurzen Antworten gehen mir auf den Keks!

»Finde ich schon«, widerspreche ich müde. »Oder hast du das auch in der Bibliothek gelernt?«

Die Dunkelheit zwischen den slowakischen Städten ist echt heftig, aber nicht so heftig, dass ich David nicht lächeln sehen kann. Das verleiht ihm etwas Geheimnisvolles.

Ich nehme das als Bestätigung. »Also ja?«

David nickt.

»Lass mich raten, es gibt auch Comics übers richtige Autofahren?«

»Ja«, sagt er fröhlich.

Einerseits: uff! Eine unendliche Galerie aus Comics und Graphic Novels zieht an mir vorbei. Angenommen, David hat die alle intus — nein, ich frage lieber nicht weiter, ich fühle mich jetzt schon ganz dumm.

Andererseits: Oh yeah, wie geil, ein Comic! Ich träume schon lang von meinem Führerschein und habe mich gefragt, wie ich mich durch den trockenen Lernstoff hangeln kann, ohne die Lust zu verlieren.

Und trotzdem: »Sag mal, David, was nützen dir die ganzen Fahrschul-Comics eigentlich? Du wirst doch gar nicht offiziell zur Fahrschulprüfung zugelassen, oder?«

»Weil ich dumm bin, meinst du?« Er antwortet, als hätte ich ihn nach der Uhrzeit gefragt, und zuckt mit den Schultern. »Keine Ahnung. Aber ich fahre ja schon.«

Hinter mir fängt Tom an zu schnarchen.

Auch wieder wahr, denke ich. Momentan ist das vielleicht auch gar nicht so schlecht.

Schlag zwölf stolpern wir völlig fertig in die ziemlich noble Lobby des Intercontinental Budapest. David ist über 18 und unterschreibt alle nötigen Formulare. Und dann dürfen wir endlich in unsere Suite, die wir nur kriegen, weil alle anderen Zimmer belegt sind.

Oben falle ich rücklings aufs Bett und kann es kaum glauben. Ich bin in Budapest! Mit Tom, meinem persönlichen Prince Charming, der unmittelbar, nachdem er sein Bettzeug berührt hat, wieder einschlummert. Und mit David, seinem nervigen Bruder, der fitter ist als Tom und ich zusammen, wie seine nächste Frage beweist: »Hat einer von euch die Ladekabel eingepackt?«

Nein. Wir können froh sein, dass David und ich an unsere Handys gedacht haben.

Kurz taucht Tom aus dem Traumland auf. »Die Drecks-Handys brauchen wir sowieso nicht.« Ich kann ihn kaum verstehen, weil er vor Müdigkeit nuschelt.

»Doch. Ich habe auf meinem Handy die Route nach Rumänien gespeichert«, brumme ich. Aber das ist im Moment unwichtig, wenn man auf einem absolut gemütlichen Bett liegt und beschließt, dass man auch mal ohne Katzenwäsche einfach in seinen Klamotten schlafen kann.

»Du hast *was*?!«

Ich fühle Davids Hitze, bevor ich die Augen aufreiße.

Sein Gesicht hängt über mir. Und es sieht gar nicht nett aus.

»Ich habe die Reiseroute auf meinem Handy gespeichert«, wiederhole ich mühsam. »Ist ja nicht verboten, oder?«

»Wa-wa-warum schreibst du sie nicht wie jeder normale Mensch auf einen Zettel?!«

Seufzend schiebe ich David weg und setze mich auf. Ein aufgeregter David ist nämlich nie ein guter David. »Schrei bitte nicht so. Es ist alles in Ordnung, ja?« Das sage ich in erster Linie, um mich selbst zu beruhigen. »Ich mag ja blöd sein, aber ein bisschen Grips habe ich auch. So eine Reise muss man schließlich vorbereiten.«

»Du, du, du hast schon zu Hause ...«

»Klar habe ich mir die Route schon zu Hause angeschaut. Was ist denn daran so schlimm?«

»Weil, weil – ach!« Ohne Ankündigung wirft David sich auf den Boden und hämmert auf den Teppich. »Verbindungsdaten werden gespeichert! Sie können eine halbe Ewigkeit abgerufen werden! Von überall auf der Welt! Auch von der Gegenseite!«

Da fällt auch bei mir der Groschen. »Du meinst, es nützt nichts, dass ich meine SIM-Karte gegen eine Prepaid eingetauscht habe?«

David richtet sich auf. »Über deine alte SIM haben sie bestimmt längst die ursprüngliche Route herausbekommen. Sie können sich einen ungefähren Plan machen, wo wir wann sind.«

»Und deshalb hatten wir das Rendezvous in Prag?«

Mit einem Schlag verschwindet die hektische Röte aus Davids Gesicht. »Nein, das war wegen dem Peilsender. Aber den hat Tom ja abgemacht.«

»Wir sind ab Deutschland auch anders gefahren als geplant«, füge ich vorsichtig hinzu, aber mein Herz liefert bereits ein wahres Trommelfeuer. »Und die Aktualisierungen der Route habe ich über die neue SIM-Karte laufen lassen. Von der du gesagt hast, dass sie unregistriert ist.«

Plötzlich wird David wieder ganz ruhig. »Wie viel Guthaben hast du noch auf deiner Karte?«

Ich kann ihm zwar nicht mehr folgen, aber bevor er den nächsten Panikanfall bekommt, schaue ich lieber nach. »Um die zweihundert Kronen.«

»Und ich zweihundertsiebzig.« Erleichtert steckt David sein Handy in die Hosentasche. »Diese Karten dürfen wir auf keinen Fall wieder aufladen. Sonst finden sie uns.«

»Wie sieht es aus mit Barzahlung?«, schlage ich vor. »Wir haben doch noch genug Scheine, dachte ich. Und wer sind *sie*?«

»Die Ukrainer.« Plötzlich ist David ganz seltsam. Er steht auf. »Hier in der Nähe ist ein Supermarkt. Ich gehe noch mal los. Wir brauchen Ladekabel.«

Damit steht auch Davids nächste geheime Fähigkeit fest: Er kann andere so lang verwirren, bis sie am Rad drehen. Ich bin der schlotternde Beweis: »Ladekabel? Ich weiß nicht, ob ich das Handy überhaupt noch mal benutzen will! Und weißt du eigentlich, wie spät es ist?«

Stoisch zieht David seine Sandalen an. »Ja. Ich will zu einem Vierundzwanzig-Sieben-Markt.«

Das würde bedeuten: Tom und ich allein in einem Zimmer, ein Traum wird wahr! Wird er nicht, weil Tom schnarcht und ich von den Ameisen total zerbissen wurde. Mir tut alles weh. Ergeben quäle ich mich von der wunderbar weichen Matratze. »Ich komme mit.«

Erstaunter Blick. »Ich dachte, du könntest die Zeit mit meinem Bruder nutzen?«

»Was soll das denn heißen? Außerdem habe ich Hunger.«

Mein wütender Enthusiasmus verfliegt, sobald ich in der kühlen ungarischen Nachtluft ankomme. Die Wahrheit ist: Ich bin sogar zum Geradeauslaufen zu müde, aber ich reiße mich gewaltig zusammen, damit David nichts mitbekommt. Und David? Der tut so, als wäre es ganz normal, dass er nach meinem x-ten Stolperer meine Hand nimmt und mich fürsorglich weiterzieht. Fühlt sich in diesem wilden Land gar nicht so verkehrt an. Wir stolpern über unebene Bordsteine und überstehende Pflastersteine auf die Rückseite des Hotels und müssen einen riesigen Parkplatz überqueren, in dessen Mitte ein noch größeres Tesco-Einkaufszentrum thront. Vielleicht kommt es mir auch nur so riesig vor, weil ich fix und fertig bin und mir so viele Sachen im Kopf herumgehen.

Die Ladekabel für unsere Handys und ein paar Knabbereien sind schnell gefunden. Aber ich staune jedes Mal über die schiere Größe der Tesco-Läden, egal, in welchem Land ich bin. Die Regale scheinen hier kilometerlang zu sein. Ich muss sie einfach abschreiten und alles in die Hand nehmen, egal ob es Käse, Socken oder Fahrradschrauben sind. Meine Finger fahren über Mikrowellen in allen erdenklichen Formen. Kühlschränke. Handys. Ganz hinten in der Halle kann man sogar Autos kaufen und zum Friseur gehen, der natürlich auch nachts um eins noch geöffnet hat. Der Besuch einer Tesco-Filiale ist immer ein wenig wie der Spaziergang über den Bazar von Marrakesch.

»Du tust so, als hättest du zu Hause nicht schon alles.« Davids Pragmatismus reißt mich aus meinen Gedanken. »Das hier ist doch ganz normales Zeug und nicht mal besonders wertvoll.«

»Keine Ahnung, warum das so ist.« Ich schlage den Weg zur Fischabteilung ein. Hier steht ein Aquarium neben dem anderen. Darin schwimmen ungelogen fast nur Fischarten, die ich aus dem Fernsehen kenne. »Vielleicht ist es die Vorstellung, dass es auch ganz anders hätte kommen können. Wobei: So hätte es mir auch gefallen.«

David bleibt stehen. »Warum beschäftigt dich das eigentlich plötzlich?« Da lauert er wieder, mein Grund für diese bescheuerte Reise. »Weil, weil man ja«, stammele ich, »nicht vorher bestimmen kann, in was für Verhältnisse man hineingeboren wird.« Hastig schiebe ich den Wagen an den Aquarien entlang, in denen die Fische auch nachts ihre Mäuler auf- und zuklappen und uns blöd anglotzen. Und überhaupt wird mir David mit seiner Verwandlung zum Sprach-Ass allmählich unheimlich. »Was ist eigentlich mit dir? Du hast dich auch total verändert, seit wir unterwegs sind.«

»Hast du damit ein Problem?«, fragt David unschuldig.

»Nein. Ich glaube nur allmählich, dass du gar nicht der bist, der du vorgibst zu sein.«

»Möglich. Oder du hast dich zu intensiv mit Tom befasst, um zu merken, dass ich gar nicht so blöd bin.« Sein Grinsen ist ziemlich frei von der Dummheit, die ich sonst an ihm kenne.

Unsicher weiche ich seinem Blick aus und schaue mir lieber die Riesenkarpfen mit ihren Antennen an, die Barten heißen, wie David mir ungefragt erklärt, und warum das Fleisch von Salz- und Süßwasserfischen so unterschiedlich schmeckt. Ob wir uns einen Fisch kaufen sollen, damit er in der Hotelküche für uns zubereitet werden kann?

»Und jetzt mal ehrlich: Warum willst du eigentlich nach Rumänien?«, fragt David schließlich.

Hier zwischen den Fischen fällt mir die Entscheidung plötzlich leicht: »Ich zeig's dir im Hotel, okay?«

Kurz darauf herrscht an der Kasse Verwirrung, weil David Euroscheine aus der Tasche zieht. Der Kassierer kann kaum Englisch und hat auch keine Ahnung, wie er die Horrorsumme, die auf der Anzeige blinkt, von Forint in Euro umrechnen soll. Eine Kollegin kommt, deren Englischkenntnisse sich auf »Just a moment« beschränken. Immerhin ringt sie der Kasse mit ein paar Tastenkombinationen einen wesentlich geringeren Eurobetrag ab.

Bange Augenblicke vergehen. Natürlich bekommt David die Summe in Euro nicht zusammen, weil er trotz seiner Intelligenzsprünge zu wenig Geld mitgenommen hat.

»Und was jetzt?«, fragt er betreten. Im Portemonnaie steckt noch Novas verdammte Kreditkarte, die ich jetzt nur habe, weil Nelli sich mein Portemonnaie gekrallt hatte. Das sorgt für ein seltsam beklommenes, wohliges Gefühl in meinem Bauch. Die Versuchung ist da, die Karte zu benutzen. Aber hinterlassen wir damit nicht auch Spuren für *die*?

Die anderen Kunden werden unruhig.

»Manchmal muss man eben was riskieren. Visa?«, frage ich die Verkäuferin und zeige ihr die Karte.

Wortlos steckt David die Scheine wieder ein.

Ein paar Minuten später stolpern wir Hand in Hand den gleichen Weg zurück zum Hotel. Zu meiner Müdigkeit gesellen sich zwei riesige Plastiktüten voller Zeug, das wir toll fanden und nie brauchen werden, und die Angst, dass uns einer der anderen Kunden verfolgt und ausraubt. Aber natürlich passiert nichts.

Tom schläft so fest, dass wir ihn nicht wach kriegen. Ich könnte auch auf der Stelle einschlafen, aber der Hunger tut weh. Ich *muss* essen. Ich nehme eines von den riesigen Hotelbadetüchern und breite sie mitten im Wohnzimmer der Suite aus. Darauf verteile ich die gekauften Pappteller und das Plastikbesteck, Käse, Wurst, ein bisschen Brot, Milch und Rotwein, den David in der Minibar gefunden hat. Eine dicke Kerze thront auf einem dritten Pappteller und erhellt das dunkle Wohnzimmer.

»Eigentlich solltest du mit Tom hier sitzen«, murmelt David.

Ich winke genervt ab und lasse mich auf den Teppich plumpsen. »Der schläft. Und du denkst zu viel.«

»Ich habe ja auch den ganzen Tag Zeit, nachzudenken und euch zu beobachten.«

Als ob sich in den letzten vierundzwanzig Stunden etwas zwischen Tom und mir entwickelt hätte! »Red keinen Unsinn. Tom ist nur ein Freund.«

»Dein Dealer.«

»Das auch.« Ich häufe Brot und Käse auf meinen Teller. »Außerdem steht er gar nicht auf mich. Glaube ich. Ist mir aber egal.«

»Warum springst du dann wie wild um ihn herum?« Das Flackern der Kerze lässt die Schatten in Davids Gesicht tanzen.

»Weil *alle* um ihn herumtanzen«, sage ich und beiße in mein Brot. »Das ist bei uns Mädchen einfach so, der blondeste Wikinger wird angeschmachtet. Dabei spielt es keine Rolle, ob er wirklich so cool ist, wie uns die Hormone weismachen wollen.«

»Ganz schön dumm«, stellt David fest.

Das verunsichert mich. »Lästerst du gerade über mich?«

David zuckt mit den Schultern. »Du wolltest mir was zeigen.«
Ja, das wollte ich, und obwohl ich das Gefühl habe, damit nichts zu gewinnen, lege ich Ramonas Umschlag neben Davids Pappteller. »Da, du Sprach-Ass. Lies das.«

David gehorcht, nimmt sich Zeit, sagt: »Hm«, und schiebt den Brief zurück zu mir. Ich gebe ihm den zweiten Umschlag mit Novas Krankenakte. So, wie er gleich zum Abschlussbericht blättert, gibt es anscheinend auch medizinische Comics. Schließlich gibt er mir auch diesen Umschlag zurück und schmiert sich ein Brot.

»Ja, und was ist jetzt?«, frage ich verwirrt.

David nimmt einen riesigen Bissen. »Was soll sein?« Ein paar Bröckchen fliegen. »Ist es dir lieber, wenn ich dich ab jetzt Paraschiva nenne?« Er spricht das Wort, das ich für eine Stadt gehalten habe, »Paraskieva« aus. »So hättest du heißen sollen«, kommentiert er mein Stirnrunzeln mit vollem Mund.

Seine Reaktion ist unerwartet krass. »Ja, aber darum geht's mir doch gar nicht. Ich meine, ich bin nicht die, die du kennst. Macht dich das gar nicht fertig?«

»Nein. Möchtest du Milch?«

Mir ist eher nach Ausrasten zumute. »Meine Eltern haben mich beschissen!«

»Deine richtigen Eltern kennst du gar nicht, wenn das stimmt, was da drinsteht«, widerspricht David.

Ich weiß nicht, was mich mehr fertigmacht: dass es David hinnimmt, dass ich jemand ganz anderes bin, oder wozu ihn seine Inselbegabung befähigt.

»Ich meine doch Nova und Jorik«, sage ich mit wachsender Verzweiflung. »Ja, sie haben mir ein sorgenfreies Leben in einem reichen Land ermöglicht, und das meine ich auch gar nicht. Aber jetzt gibt's Probleme und sie wollen mich in die Klapse ab-

schieben«, würge ich an dem Tränenkloß vorbei, der in meinem Hals schwillt. »Weil dein herzallerliebster Bruder Tom ...«
»Tom ist nicht mein Bruder.« David nimmt sich die nächste Scheibe Brot. »Probier mal das Graubrot mit Salami.«
Mir klappt der Unterkiefer herunter. »Was?«
»Brauchst gar nicht so zu schauen. Tom wurde nach seiner Geburt im Krankenhaus verwechselt und ist so zu uns gekommen.« In einer unglaublichen Geschwindigkeit hat David bereits die Hälfte unseres Essens vertilgt. Ich sollte mich ranhalten. »Eigentlich sind seine Eltern Kanadier, die in Schweden Urlaub gemacht haben. Die Wehen setzten bei Toms richtiger Mutter früher ein, sie fuhr nach Malmö ins Krankenhaus. Tja. Jetzt lebt irgendwo ein kleiner Bergman, ohne zu wissen, dass er zu uns gehört.« David zwinkert mir zu. »Jetzt probier doch wenigstens mal, der Käse ist auch echt klasse.«
»Du verarscht mich doch«, flüstere ich. Darauf antwortet David mit einem fröhlichen: »Bitte, für dich. Käse auf ungarischem Graubrot und wunderbar salziger Butter.« Und legt beinahe zärtlich eine bestrichene Brotscheibe auf meinen Pappteller.
Mir ist eher nach Kotzen zumute. »Vergiss es.«
Ich verschwinde Türen knallend im Marmorbadezimmer. Kaum habe ich das Gefühl, dass David auch zwischenmenschlich der hellere von den beiden sein könnte, haut er mir so einen Blödsinn um die Ohren!
Ich stelle das Wasser im Waschbecken an, um mir den Schweiß vom Gesicht zu waschen. Das Mädchen im Spiegel frage ich, ob es sich mit den blau-rosa gefärbten Haaren nicht langsam dämlich vorkommt. Auffälliger geht es ja wohl nicht.
Es schweigt wie erwartet.
Ein paarmal schiebe ich meine Haare nach links und nach rechts. Sie schimmern mal mehr blau, mal mehr rosa im Wechsel. Nova würde sich darüber immer noch aufregen, obwohl ich hier nur eine Touristin mit ungewissem Ziel bin. Aber

nach wie vor ihre Tochter? — Mein Handy schlägt in der Tasche der Jogginghose gegen mein Bein. Ich ziehe es heraus. Da ich Novas Nummer auswendig kenne, wäre es kein Problem, sie einzutippen. Ich will doch nur Novas Stimme hören.

Sonntag

Nova

Nova hoffte inständig, dass Olofssons Anrufbeantworter ansprang, damit sie ihn an diesem herrlichen Sonntagmorgen nicht aus dem Bett klingelte. Schließlich schlief jeder rechtschaffene Bürger am Sonntag aus, um frisch und munter in die Kirche zu gehen, oder?

Wann habe ich denn das letzte Mal gebetet, bremste Nova ihre Euphorie aus, statt meinen Kontostand zu überprüfen? Sie kam nicht mehr dazu, darüber nachzudenken, denn die brummige Stimme des Hauptkommissars forderte sie auf, ihm eine Nachricht nach dem Signalton zu hinterlassen.

Artig wartete Nova das Piepen ab. »Guten Morgen, Herr Hauptkommissar, hier spricht Nova Eklund. Mein Mann hat mir gesagt, wie Sie zu der ganzen Geschichte stehen.« Nicht abschweifen, nicht abschweifen! »Wir werden für unsere Vergehen geradestehen.«

Das Herzwummern ließ nach. »Falls Sie immer noch nach Tuva suchen, ich hoffe, Sie lassen uns nicht im Stich. Also, ich habe gerade mein Konto überprüft und festgestellt, dass heute Nacht gegen zwölf mit einer meiner Kreditkarten in Budapest eine Zahlung getätigt wurde. Ich bin sicher, dass es Tuva war, weil ...« Nein, sie würde es nicht übers Herz bringen, dem Hauptkommissar den Verrat an ihrer Tochter zu gestehen! »Sie hat meine Karte für Notfälle bekommen. Nur sie kann damit im Tesco gewesen sein. Wiederhören.«

Sie beendete das Gespräch und legte das Handy zur Seite. Nachdenklich starrte sie auf die gewaltige Summe von

21.632,10 Forint. Auch wenn sie nach einem schrecklichen Moment des Umrechnens wusste, dass dieser Betrag geradezu lächerlichen 655 Kronen entsprach, hoffte sie, dass Tuva keine anderen bösen Überraschungen für sie vorbereitet hatte.

Der Cocktail aus Euphorie und Erleichterung verwandelte sich in dramatische Gelassenheit. Hätte sie gewusst, dass sie eine Ereigniskette in Bewegung gesetzt hatte, die sich nicht mehr aufhalten ließ, hätte Sie den Allmächtigen um Hilfe gebeten.

Tuva

»Ich fahre nicht.«

»Dein letztes Wort?«

Tom nickt.

David breitet die Arme in einer hilflosen Geste aus. »Tja, dann! Ich habe auch keinen Führerschein. Bleiben wir halt hier.«

Die beiden Jungs benehmen sich ja schlimmer als Divas! »Das hat doch bisher auch keine Rolle gespielt«, werfe ich nervös ein.

Gelassen stopft David seine schmutzige Wäsche in seinen Riesenkoffer. »Also, was machen wir heute? Schauen wir uns Budapest an?«

Aufgebracht pfeffere ich meinen neuen No-Name-Seidenschlafanzug zurück aufs Bett. »Ihr habt sie nicht mehr alle! Tom, was ist los mit dir? Lief doch bis jetzt ganz gut!«

»Sitz du doch mal acht Stunden am Steuer! Mir tun alle Knochen weh.« Mitleid heischend massiert er sich den Nacken. »Alles total verspannt! Wenn ich den Kopf drehe, wird mir schwindelig, wir fahren in den Graben und puff!«

»Ach, übertreib doch nicht so dämlich.« Mein Seidenschlafanzug liegt in einem traurigen Häufchen auf dem Bett und will noch mal zusammengelegt werden. Seide zusammenlegen: der Horror! »Wir kommen sowieso in ein paar Stunden an.«

»Und wenn nicht?«, unterbricht David mich. »Weil Tom und ich illegal Autofahren? Wenn sie uns an der Grenze festhalten?«

»Wenn das gar keine Zöllner sind, sondern die Mafia?«, fügt Tom überflüssigerweise hinzu. »Dann war das die letzte Schwarzfahrt unseres Lebens.«

»Unsinn! Was soll denn noch passieren? Niemand achtet auf uns. Wir fahren los, kommen an und dann ...«

»Ja, genau, was dann?«, fährt Tom mich an. »Dann freuen wir uns alle und klatschen in die Hände, ja?«

Darüber habe ich noch gar nicht nachgedacht. »Wir suchen meine richtige Mutter und ich lerne sie ein wenig kennen und dann, dann suchen wir uns eine Unterkunft für die Nacht.«

»Und weiter?« Eine von Davids Stofftaschen kippt vom Bett und geht auf. Pillendosen kullern über den weichen Teppich. »Was machen wir, wenn es dort, wo wir hinfahren, keine Unterkunft für die Nacht gibt? Schlafen wir im Volvo und hoffen, die echten Wölfe sind von der Karre so beeindruckt, dass sie uns in Ruhe lassen?«

»Bären«, ergänzt Tom trocken. »In Rumänien gibt es davon Hunderte, vielleicht sogar Tausende.«

David nickt heftig. »Ach was, Zehntausende in — wie heißt das Kaff, wo wir hinfahren?«

Fasziniert starre ich die Dosen an, die sich in eleganten Kreiseln vor Davids Bett ausbreiten. »Hast du die von zu Hause bis hierher mitgeschleppt?«

Endlich schneiden die beiden mit, dass sie gerade uninteressant sind. So schnell habe ich David und Tom noch nie auf den Knien gesehen! Sie raffen die Dosen zusammen, als könnten sie Löcher in den Teppich brennen.

Der nächste Gedanke trifft mich wie ein Schlag: »Sind die etwa alle voll?«

Ich bekomme keine Antwort. Okay, dann schaue ich eben selbst nach, denn die Gelegenheit ist günstig, eine oder zwei Portionen für mich abzuzweigen! Nach meiner aktuellen Stimmungslage ist eine Aufheiterung auch dringend nötig. Ich schnappe Tom eine Dose vor der Nase weg, drehe sie auf und stelle fest: Sie ist bis auf einen traurigen Pulverrest am Boden leer. Die nächste auch. Und die anderen neunzehn, die ich zusammenklaube, ebenfalls. Vor Enttäuschung könnte ich heulen. »Wieso schleppt ihr leere Pillendosen mit? Das hat doch überhaupt keinen Sinn, wenn ihr was verticken wollt.« Ich hoffe, dass ich meine Gesichtszüge einigermaßen unter Kontrolle habe.

David knotet den Stoffbeutel zu und stellt ihn auf sein Kopfkissen. Er und Tom fahren fort, so zu tun, als wären sie mordsbeschäftigt mit ihren Koffern, damit sie mir nicht antworten müssen.

»Ich habe euch was gefragt!«

Keine Reaktion. Mein Arm holt von allein aus und pfeffert David die Dose an den Kopf.

»Autsch! Spinnst du jetzt völlig?!«

»Redet mit mir! Warum habt ihr die Dosen dabei? Wieso ist nix drin?« Der Kloß droht mir Tränen aus den Augen zu drücken, ich schlucke heftig. »Und wisst ihr eigentlich, was die Polizei mit uns gemacht hätte, wenn wir geschnappt worden wären?«

»Das wäre erstens nicht passiert«, brummt Tom ärgerlich. »Und zweitens bist du bloß sauer, weil du dich nicht traust, uns zu fragen, ob wir dir was abgeben.«

So fühlt man sich also, wenn man ertappt wurde! Da ich jedoch nicht vorhabe, zerknirscht zu schweigen, gehe ich jetzt erst richtig in die Luft: »Das wirst du nicht erleben, dass ich euch wegen irgendwas anbettele. Oder glaubst du, ich traue mich nicht, mir was zu nehmen?« Unsere Blicke kreuzen sich über dem Stoffbeutel.

Ich springe. Rolle über das Bett. Bekomme den Beutel vor Tom zu fassen. Tauche unter Davids Armen durch und sprinte ins Bad. Die Tür ist so schnell abgesperrt, so schnell können die beiden gar nicht gucken!

»Tuva! Mach auf!« Von außen hämmert Tom dagegen.

Wenn die zwei tatsächlich einen kleinen Vorrat für den Eigenbedarf dabei hatten, ohne mir davon zu verraten, dann ist es nur gerecht, wenn ich mir selbst etwas nehme!

Zufrieden mache ich es mir auf den beheizten Marmorfliesen gemütlich und schnüre den Beutel auf. Fein säuberlich reihe ich die Dosen vor mir auf. Dabei ignoriere ich das lauter werdende Wummern an der Tür. Ein paar Minuten später strahle ich wie ein grenzdebiles Lama. Drei Viertel der Dosen sind leer, die restlichen enthalten das Pulver meiner Träume: Vor mir stehen gut und gerne fünfhunderttausend Schwedische Kronen in strahlend weißen Kristallen. Ich bin wahrhaftig ein glücklicher Mensch!

»Ich rufe jetzt die Polizei«, sagt Tom draußen.

»Mach doch!«, kichere ich. »Dann können sie uns gleich alle mitnehmen!« Ich lecke meinen Zeigefinger an, tauche ihn tief in die nächste offene Dose, ziehe ihn über und über mit Pulver bedeckt wieder heraus und – nein. Ich stecke ihn nicht in den Mund. Es könnte sein, dass das ein bisschen zu viel auf einmal ist, ich sollte mit weniger anfangen. Vorsichtig nehme ich ein paar Kristalle mit der Zungenspitze auf. Der Geschmack ist gewohnt süß und intensiv. Vorsichtshalber lege ich mich hin, damit es mich nicht umhaut, wenn die Wirkung einsetzt.

»Tuva?«

Trotzig schließe ich die Augen.

»Tuva, mach bitte auf. Wir sollten noch mal miteinander reden. Wegen der Dosen.«

Nix da, David und Tom hatten ihre Chance! Ich würde mir ja die Finger in die Ohren stecken, aber dann kann ich mich unmöglich entspannen.

»Ach, Mensch, Tuva.« Das ist Tom. Eigentlich ist es auf den Fliesen ganz gemütlich. Wenn die Jungs länger Theater machen, könnte ich es hier drin ein paar Stunden aushalten. Es gibt eine Toilette, genug Stoff habe ich auch und der Hunger verschwindet von allein, wenn ich genug nehme. Das Kribbeln in meinen Händen steigert die Vorfreude. Genauso fängt es an! Erst die Hände, dann die Arme, zum Schluss der ganze Körper und dann – Explosion! Willkommen auf dem Trip zu den Sternen!

»Tuva, falls du da drin gerade von dem Pulver gekostet hast: Eine Sache solltest du wissen.«

Und du, lieber Tom, denke ich, solltest wissen, dass mich das so kurz vor der Zündung definitiv nicht interessiert.

»Das Pulver ist nicht das, wofür du es hältst.«

Ja, ja.

»Das Zeug ist heftiger.«

Ach ja? Ich öffne ein Auge.

»Es kann ziemlich nach hinten losgehen, wenn du davon zu viel nimmst.«

Mein anderes Auge klappt auf. »Was meinst du damit?«, frage ich misstrauisch.

»Na ja, es könnte zu unerwünschten Reaktionen kommen.« Toms Stimme klingt plötzlich ernst. »Also mach bitte keinen Scheiß da drin, hörst du?«

Das Kribbeln in den Händen wird schwächer.

»Wie viel hast du genommen?« Auch David klingt besorgt.

»Nicht viel.« Wenn ich die Augen wieder zumache, müsste es doch eigentlich losgehen, oder?

»Sag schon!«
»Fingerspitze voll!«, antworte ich heftig.
Mein Blick klebt an der Decke. Die Augen kann ich beim besten Willen nicht mehr schließen. Draußen bleibt es still.
»Hallo? Seid ihr noch da?« Plötzlich kommt mir der hässliche Gedanke, dass dies schon der Trip sein könnte, nur leider nicht so, wie ich ihn mir gewünscht habe. Mit einem Ruck richte ich mich auf und muss mich abstützen, weil mir auf einmal total schwindelig ist. »Tom? David? Nur eine Fingerspitze! Habt ihr gehört?« Keine Antwort!
Wie gebannt starre ich die aufgeschraubte Dose an, die für mich gerade noch der Inbegriff der Glückseligkeit war. Es kann doch nicht sein, dass ich mir eine Überdosis genehmigt habe? Die Fliesen an meinen Waden werden heiß, ich springe auf. Hier kann ich nicht bleiben! Meine Finger zittern so stark, dass ich ein paar Versuche brauche, bis ich den Türknebel herumgedreht habe. Die Tür schwingt auf und knallt Tom an den Kopf.
»Da bist du ja wieder!« Grinsend reibt er sich die Stirn. Das lässt ihn noch dämlicher aussehen als David.
Am liebsten würde ich ihm eine ballern! »Was gibt's da zu grinsen?«
»Eigentlich nix. Wir müssen dir nur eine Kleinigkeit gestehen.«
»Falsch, *du* musst ihr was gestehen«, sagt David fröhlich.
»Ich habe nichts falsch gemacht.«
»Das würde ich so nicht sagen«, murmelt Tom. »Aber darüber reden wir später.«
Dass die beiden grinsen wie Honigkuchenpferde, sollte mich eigentlich beruhigen, richtig? Blöd, dass das Gegenteil der Fall ist!
»Okay. Also?«
»Das da in den Dosen ist kein Speed«, sagt Tom ruhig.
»Auch kein Crystal Meth«, ergänzt David.

Nachdenklich nickt Tom. »Und kein H.«

Wenn meine Knie nicht schon weich wären, würden sie es spätestens jetzt werden.

»Sondern?« Für das jämmerliche Zittern in der Stimme hasse ich mich jetzt schon.

Tom spitzt die Lippen. »Backpulver und Süßstoff.«

David schnieft. »Und ein Klecks Blaubeersaft. Die Kombi kann bei zu hohem Konsum zu Durchfall führen. Macht übrigens Mordsbauchschmerzen. Solltest du also merken, dass du ...«

»Nicht euer Ernst.«

»Doch. Leider hat Tom, der Idiot, die Pillenpresse zu Hause gelassen. Sonst könnten wir unseren Trip länger finanzieren. Tja.«

Backpulver und Süßstoff. Süßstoff und Backpulver. Und die zwei grinsen mich an, als hätten sie die Heldentat des Jahrhunderts begangen!

Allmählich sickert durch, dass ich noch nicht alles überrissen habe. »Pillenpresse? Heißt das, du hast mir *die ganze Zeit* Backpulver und Süßstoff verkauft?«

Tom zuckt mit den Schultern. »Jep. War auf die Dauer günstiger. Ich habe rein ökonomisch gedacht, weißt du?«

Backpulver. Süßstoff. Für knappe zehntausend Kronen Taschengeld. *Mein* Taschengeld!

»Kann sein, dass da mal was vom Dope reingerutscht ist«, meint David. »War also nicht ganz so billig, wie du vielleicht denkst.«

»Aber ich hatte doch genau die Entzugserscheinungen, die man auf Amphetamine bekommt.« Nein, ich bin nicht verzweifelt und ich bestehe auch nicht darauf, dass ich *doch* Speed genommen habe! Ich verstehe es nur nicht.

Tom feixt. »Gut gegoogelt und ein bisschen Fantasie, das reicht manchmal.«

Damit ist meine persönliche Alarmstufe Rot erreicht. Meine Faust landet einen satten Punch in Toms fettem Grinsen. Er taumelt, holt aus und schlägt zurück! David schafft es irgendwie, Tom und mich auseinanderzudrängen und uns festzuhalten. Schade, ich habe noch ein paar extraharte Schwinger für Tom übrig! Die hätten beim Aufprall auf seinem Kinn bestimmt cool geklungen.

Begleitet von vielen »Stopp jetzt!« und »Hört aufs!« brüllt David, dass er und Tom nie vorhatten, andere abhängig zu machen, sondern sich nur ihren Traum erfüllen wollten.

»Was denn für einen Traum?!« Ich ramme David meine Schulter gegen den Brustkorb, was ihn nicht beeindruckt.

Geschickt bringt Tom David zwischen sich und meine Schienbeintritte. »Ein roter Buick! Amerika! Monatelang auf der Route 66 unterwegs!«

»Das kostet«, ächzt David. Ehe sich Tom und ich versehen, packt er uns an den Haaren und zerrt uns ins Wohnzimmer. »Ist jetzt endlich Ruhe hier!«

Er wartet, bis wir eingesehen haben, dass uns eher die Haare ausgehen, als dass er uns loslässt, wenn wir uns weiter prügeln. »Und eure Eltern haben davon nix mitbekommen?« Selbst das Atmen fällt mir schwer. Ich fühle es genau, meine Kopfhaut löst sich vom Schädel. »Lasst mich raten: Sie dealen auch nicht mit Drogen?«

»Nein«, antworten die Jungs unisono.

»Sie verticken Russenkinder«, gesteht Tom.

Endlich komme ich frei, David hat mich vor Schreck losgelassen. Fassungslosigkeit ist nicht das richtige Wort für das, was in seinem Gesicht abläuft. »Bitte?«

»Unsere Eltern verticken Russenkinder«, wiederholt Tom. »Ich hab's letzte Woche zufällig mitbekommen.«

»Und das ist nicht zufällig ein anderes Wort für Drogen?«, hake ich vorsichtig nach.

Ernst schüttelt Tom den Kopf. »Nein.«

»Das stimmt doch gar nicht!« Davids Stimme zittert. »Mama und Papa sind keine Kinderhändler. Sie arbeiten undercover für die Polizei. Und sie waschen Geld für die Russenmafia. Aber sie verkaufen bestimmt keine Kinder an Superreiche, die nicht wissen, wohin mit ihrem Geld!«

Tom und David starren sich an. Reglos. Hoffentlich ist das nicht der Auftakt zur nächsten Schlägerei, von wegen Familienehre wiederherstellen und so weiter.

»Das erscheint mir nicht unbedingt legaler.« Oh Mann, meine Kopfhaut brennt wie Zunder!

»Wir müssen hier weg«, stellt Tom nach gefühlten Stunden fest. »Und zwar schnell. Bevor die rothaarige Russin uns findet.«

»Waren das nicht die Iren mit den roten Haaren?«, werfe ich zaghaft ein, aber die Jungs hören mal wieder nicht zu.

Eine knappe halbe Stunde später haben wir Budapest mit seinen Heilbädern und dem riesigen Regierungspalast verlassen. Die Frage von gestern, ob wir lieber umdrehen sollten, hat sich wohl erübrigt. Der einzige für uns mögliche Weg führt nach Osten.

Ich erweitere meine Playlist um den Song »Flucht aus Budapest, diesmal stylisch, dafür mit Verfolgern auf den Fersen«.

Modersson

Manchmal lohnte es sich wirklich, mit Männern wie Olofsson zusammenzuarbeiten. Zwar dauerte es eine Weile, bis sie verstanden hatten, wie das staatliche Sicherheits-Business tickte, aber dann!

»Mivel szolgálhatok hölgyem?«

Weil Brigitta diese erfreuliche Frage des Oberkellners stets fließend in der Landessprache beantwortete, bekam sie im Grand Hotel Glorius in Makó jederzeit einen Kaffee serviert, wie man ihn in Wien nicht besser hätte brühen können. Zehn

Minuten, drei Telefonate und eine Wiener Melange später hatte sie auch den repräsentativen Teil des Frühstücks absolviert.

Ihre Gegner sollten nicht nur wissen, sondern auch sehen, dass sie noch lebte. Unversehrt, im Vollbesitz ihrer körperlichen und geistigen Kräfte.

Sie erhob sich geschmeidig von ihrem Platz, als käme sie frisch von der Offiziersakademie, und schritt zu dem unscheinbaren, etwas verbraucht wirkenden Herrn am Fenster hinüber. Auch er sah aus, als kannte er das Business aus dem Effeff, und tat nun nicht mehr so, als wäre er gedanklich im satten Grün der Golfanlage versunken.

»Genosse KGB«, sprach Modersson ihn auf Russisch an, wissend, dass ihre ganz speziellen Freunde diese Anrede nicht leiden konnten. »Sagen Sie Ihrem Boss, dass die Route Nadlac–Crăciuneşti überwacht werden soll.«

Der ehemalige KGB-Offizier, der sich mit diesem Auftrag seine karge Rente aufbesserte, richtete sich empört auf. »Was erlauben Sie sich?«

Damit konnte er vielleicht jemanden im Olofsson-Format beeindrucken, aber nicht die rote Brigitta. »Sagen Sie ihm, dass Ewgenij Kropidlow Mode ist.«

Schweißtropfen erschienen auf seiner gelblichen Stirn. »Nicht so laut, bitte«, flüsterte er und beugte sich vertraulich vor. »Sie übernehmen das wohl?«

»Was denken Sie?«

Er nahm sich Zeit, um sie ausgiebig zu mustern. Seinem Blick nach eignete sich eine Frau mit ihren Ausmaßen eher für eine Tätigkeit bei Rent-a-Babuschka als für die Observation und Erlegung eines Schwerverbrechers. Neckisch lüftete Modersson ihre Sommerjacke. Heute war der Tag, an dem sie betont lässig eine Halbautomatische mit Schalldämpfer unter dem Arm ausführte. Das war ihrer Meinung nach die einzige Waffe, die zu dieser Jahreszeit passte.

»Nadlac–Crăciuneşti, ich habe verstanden«, bestätigte er auf Deutsch, eine Sprache, die Modersson zwar beherrschte, aber verabscheute, weil sie sie unnötig kompliziert fand. Damit war auch sein Einsatzort während des Kalten Krieges klar. »Wünschen Sie eine Eskorte?«

Modersson gestattete sich ein spöttisches Lächeln. Welche Ehre dieses Angebot darstellte! Aber die Blöße, sich von den russischen Kollegen beschützen zu lassen, wollte sie sich nicht geben. Bedächtig schüttelte sie den Kopf. »Achten Sie auf die drei Jugendlichen. Sie sind gerade vom Parkplatz des Intercontinental in Budapest abgefahren.«

»Wieso drei?«

»Eine Altlast von Uta Pieters.« In solchen Momenten konnte sie sich selbst nicht ausstehen. Menschen waren keine Altlasten. »Dem Mädchen darf nichts passieren. Wir brauchen sie vielleicht noch.«

»Warum fahren Sie ihnen nicht entgegen?«

Die Frage des KGB-Rentners brachte sich endlich auf die Palme. »Wenn Ihr Boss will, dass wir Kropidlow festsetzen, dann geben Sie jetzt Gas! Haben Sie verstanden?«

»J-ja, Herr Gener... Frau Kom...« Hilflos irrten seine Augen auf Moderssons Schultern herum, als würde irgendetwas an ihr auf ihren Dienstrang hinweisen.

»Modersson«, entgegnete sie kühl. »Einfach nur Brigitta Modersson. Dezernat Osteuropa.« Höflich neigte sie den Kopf, wie man es von einer gesitteten Dame erwartete, die sie nie gewesen war. Dann verließ sie den Frühstückssaal mit schwingenden Hüften und wehenden roten Locken.

Ihr persönlicher Page, der ihr bereits bei ihrem letzten Aufenthalt im Hotel Glorius zur Verfügung gestanden hatte, hatte ihre gepackte Reisetasche bereits in ihrem Wagen verstaut und ihn vorgefahren. Es war kein Mercedes und auch kein BMW. Jedoch hielt Modersson das Überraschungsmoment für ungleich größer, wenn sie ihre Gegner aus einem Lada wie diesem mit Kleinraketen beschoss. Manche Hollywood-Anleihen hatten sich in der Praxis schlichtweg bewährt.

Die Tür des Ladas fiel zu, sie lehnte sich gemütlich im abgewetzten Fahrersitz zurück. Die Verbrecherjagd in Osteuropa barg nach wie vor einen gewissen Charme. Hier hatte sie es noch nie eilig gehabt, ob sie nun Jägerin oder Gejagte war, denn die lokalen Netzwerke funktionierten tadellos. Modersson nahm sich die Zeit, die passende Sonnenbrille aus dem Handschuhfach herauszusuchen, und war auch nur ein bisschen überrascht, als sie einen Stich im Nacken spürte. Nun konnte sie es zwar noch nie leiden, von plötzlicher Bewusstlosigkeit überrascht zu werden. Jedoch war das auch der große Vorteil der temporären Dunkelheit: Man bekam nichts mehr mit und konnte deshalb getrost die Verantwortung für alles, was in der Zeit des künstlichen Schlafes geschah, anderen anlasten.

Elsa und Lasse

»Der Typ von der Mietwagenfirma wäre alles andere als begeistert, wenn er wüsste, dass wir mit seiner Kiste nach Russland gefahren sind.«

»Deshalb haben wir es ihm ja auch nicht verraten.«

»Aber ich hasse Sapoljarni.«

»Es ist ja nur ein kurzer Ausflug.«

Lasse stand kurz davor, aufs Armaturenbrett einzuschlagen. Die Straffreiheit der Bergmans gegen Kropidlows Kopf! Wer hätte gedacht, dass dieser Deal mit Modersson so schwierig zu erfüllen sein würde?

»Wir haben zwei Fluggesellschaften bemüht, um zweitausend Kilometer in zwölf Stunden zu überwinden. Ich weiß nicht, ob das wirklich ein kurzer Ausflug ist, dem ich übrigens nur zugestimmt habe, damit Brigitta uns nicht jagt, weil ihr

Ewgenij durch die Lappen gegangen ist! Und dann einen SUV zu mieten und über die Grenze nach Russland zu fahren, finde ich ganz schön dekadent. Hoffentlich ist das *nicht* unser letzter Ausflug überhaupt!«

»Könntest du jetzt bitte schweigen?«

Wütend starrte Lasse Bergman aus dem Beifahrerfenster.

»Ich mache mir Sorgen um die Jungs.«

Elsas Kieferknochen mahlten. Sie ließ den finnischen Mietwagen durch ein paar Schlaglöcher rumpeln, um ihrer Aufgebrachtheit Ausdruck zu verleihen. Kropidlow hatte dem spontanen Treffen erstaunlich schnell zugesagt. Er schien zu ahnen, dass eine Entscheidung anstand. Erst war er dran, weil er sie, die Bergmans, in den Drogenhandel verwickelt hatte. Und später dann die Jungs, weil sie die Gelegenheit genutzt hatten, selbst damit zu dealen, statt die Finger von dem Zeug zu lassen.

»Weißt du was? *Ich* werde es tun.«

»Nein.«

»Doch.«

»Warum?«

»Weil ich ihre Mutter bin. Mütter rächen sich in der Regel härter. Brutaler. Endgültiger.«

»In Ordnung.« Lasse klang ein wenig eingeschnappt.

Schweigend rollten sie immer tiefer in den Kiefernwald hinein, bis der Trampelpfad vor den Bäumen kapitulierte. Jetzt kamen die Vorzüge des Geländewagens zum Einsatz. Breitreifig rollte der Hummer über Ranken und Büsche hinweg, überwand mühelos vermoderte Baumstämme, Tierhügel, durchfuhr sogar einen knietiefen Bach, ohne dass Elsa und Lasse sich in ihrem Komfort beeinträchtigt fühlten. Die gepolsterten Ledersitze machten viel aus.

Und dann durchbrachen sie die Baumgrenze und fuhren in die russische Polarzone. Zur Begrüßung schickte der Murmansker Himmel dunkelrote Schlieren über das widerwärtig saubere Blau, eine deutliche Warnung, dass sie geradezu teuflisch gut aufpassen sollten, wenn sie sich mit den Mächten der Hölle anlegten. Die Sicht war klar wie vor der letzten Schlacht. Felsen, Flechten, lockere Sandflächen und hartes Trockengras machten sich gar nicht erst die Mühe, sie aufzuhalten; am Ende gewann sowieso immer die Natur. *Immer.*

Stumm rollten sie dahin. Elsa und Lasse hatten einen geradezu unerträglich guten Blick auf den Bohrturm. Gleich daneben sollte das Treffen also stattfinden, quasi am Einstieg zur Hölle.

Lasse fröstelte. »Wieso gibt Gegenden, in denen es im Sommer nicht wärmer als fünfzehn Grad wird?«

Elsa seufzte. »Damit du was zu kritisieren hast.«

»Mir ist kalt.«

»Dann dreh die Heizung höher.«

Schweigen.

»Ich konnte SG 3 noch nie leiden«, murmelte Lasse.

»Kannst du dich jetzt bitte endlich auf unsere Aufgabe konzentrieren?«

»Aber es stimmt doch«, begehrte Lasse auf. »Solche Gegenden provozieren doch geradezu Lager für ausgebrannte Atombrennstäbe.«

»Ja. In Ordnung. Und jetzt halt die Klappe, sonst steigst du aus.« Verbissen hielt Elsa auf ein Fahrzeug am Rand des tiefsten Bohrloches der Welt zu. Sie überlegte, welche Höchstgeschwindigkeit angemessen war, um den Hummer jederzeit in ihrer Gewalt zu haben.

»Die Umweltverschmutzung, die hier betrieben wird«, fuhr Lasse anklagend fort. »Einfach unverantwortlich! Was sollen wir unseren Jungs später sagen, wenn sie uns fragen, warum es hier oben nur noch mutierte Monster gibt?«

Am Rand des Bohrlochs stand ein Fahrzeug, daneben eine Person. Das musste Kropidlow sein. Lustig, er war auch mit dem Hummer gekommen, dachte Elsa. Ohne darüber nachzudenken, schaltete sie einen Gang herunter. Hoffentlich hatte er seine Gorillas zu Hause gelassen.

»Stell dir mal vor, jemand setzt einen Trend wie, sagen wir, Polarzonentourismus.« Wenn Lasse ein Thema an der Angel hatte, war er unerbittlich. Er würde so lange darüber reden, bis es nichts mehr zu sagen gab. Kein Problem, überlegte Elsa. Bis wir auf den Cayman-Inseln sind, vergehen mindestens noch sechsunddreißig Stunden.

»Die Leute würden jede Menge Geld in diese Region bringen.«

»Noch dreihundert Meter, kann das sein?«

»Ja. Und die indigene Bevölkerung könnte sich endlich von Murmansk und dem totalitären russischen System freimachen und so unabhängig leben wie einst ihre Großeltern.«

»Du meinst, völlig verarmt und dem Hungertod ausgeliefert? Greif bitte mal ins Handschuhfach.« Vor Aufregung klemmte Elsa die Zungenspitze zwischen die Lippen.

»Nein. Ich meine doch, na ja, ganz ursprünglich.« Nachdenklich steckte Lasse das Magazin in die Kleinwaffe. »Schalldämpfer?«

Elsa gestattete sich einen raschen Rundblick. »Niemand zu sehen außer Ewgenij. Also jeden Tag Stockfisch? Klingt nicht besonders romantisch.« Sie streckte die Hand aus.

Lasse bewegte sich nicht. »Schießen und Fahren gleichzeitig wird von der Polizei nicht gern gesehen.«

»Halt mir keine Predigten, gib mir die Waffe!«

»Glaubst du, du bist der einzige Mensch auf der Welt, der sich amüsieren darf?«

Ein handfester Ehekrach lag in der Luft.

Angespannt schaltete Elsa noch einen Gang runter.

Lasse lächelte zufrieden. »Die Natur hat überhaupt nichts mit Romantik zu tun«, belehrte er sie. »Bitte etwas langsamer, ich krieg ihn nicht ins Visier.« Er stützte die Mündung der Waffe gegen die Windschutzscheibe und zielte.

»Denk dran, dass wir die Windschutzscheibe für die Rückfahrt brauchen!« Es war nicht nötig, Lasse so anzublaffen. Elsa sah auch keinen Grund mehr, weiterhin höflich zu bleiben, wenn ihr Göttergatte so hartnäckig auf seinem Amüsement bestand.

»Ich höre immer Windschutzscheibe«, maulte Lasse. »Wenn ich das Seitenfenster aufmache, dann wird es eiskalt hier drin, und du weißt doch, meine Halswirbelsäule—«

»LASSE BERGMAN!«

Beleidigt drückte Lasse auf den Fensterheber. Der Murmansker Polarwind fuhr herein und drohte ihnen die Mützen von den Köpfen zu reißen. Augenblicklich erhob sich geradezu dämonisches Geheul im Wagen.

Lasse richtete die Waffe aus dem Fenster, zielte, drückte ab.

Keine fünfzig Meter weiter stürzte eine mittelgroße Gestalt rücklings ins tiefste Bohrloch der Welt.

Elsa riss das Steuer herum. »FENSTER ZU! Es zieht!«

»Sag ich doch!«, verteidigte Lasse sich beleidigt. »Jetzt ras doch nicht so!«

Das Fenster fuhr wieder hoch. Im nächsten Moment kam das einzige Geräusch wieder von der voll aufgedrehten Heizung. Gegen die Echos aus der unheimlichen Tiefe klang sie wie das Schnurren einer zufriedenen Katze.

Ohne Lasse eines Blickes zu würdigen, vollendete Elsa die scharfe Wende auf dem kargen Boden und gab Gas. »So, das war's mit Kropidlow. Was steht noch auf unserer Liste?«

»Der Flieger nach Uppsala, dann Owen Roberts International.« Abschätzig schaute Lasse sich um. »Cayman Islands, wir kommen.«

Elsa schniefte. »Leg die Waffe weg, bevor noch jemand verletzt wird. Hast du unsere neuen Pässe?«

»Alles hier drin.« Gedankenverloren klopfte Lasse auf seine Brusttasche. »Ich fürchte, ich werde das alles hier trotzdem vermissen.«

Elsa seufzte ergeben.

Der Hummer tauchte in den Wald ein und verschwand.

Tuva

Von der Rückbank habe ich einen guten Blick auf den verschwitzten Kragen von Toms Polo-Shirt. Er hockt verkrampft auf dem Beifahrersitz, weil er sich immer noch weigert, weiterzufahren. Auch mein graues, ungelabeltes T-Shirt ist klatschnass, weil mich der Gedanke panisch macht, dass die Zöllner unseren Trip endgültig beenden könnten. Hier, zwischen den Tütenbergen, habe ich wenigstens die Möglichkeit, im letzten Moment etwas Sauberes herauszuziehen und mir überzuwerfen. Wer will bei einem Verhör schon wie ein Assi aussehen?

»Vierunddreißig Grad. Das hält doch keiner aus.« Immer wieder wischt David seine Hände an seiner Hose ab. Das Lenkrad glänzt von seinem Schweiß. »Noch zehn Kilometer bis zur rumänischen Grenze. Holt schon mal eure Pässe heraus.«

Mir wird noch heißer. »Der ist in meinem Rucksack. Und der Rucksack ist im Kofferraum. Du musst anhalten.«

Seine Augen versuchen mich im Rückspiegel tödlich zu treffen. »Witzig. Wo soll ich denn bitte schön hier anhalten? Hast du dich schon mal umgeschaut?«

Gehorsam blicke ich nach links und rechts. Um uns herum: vereinzelte Hausruinen, breite Feldwege, die ins Nirgendwo abzweigen, nicht mal Gegenverkehr. Wir sind quasi allein auf der weiten, sonnendurchglühten, ungarischen Puszta, in der der befahrbare Straßenrand bis zum Horizont reicht. Fehlt nur noch das durchrollende Präriekraut.

»Wo ist das Problem?«, frage ich verwirrt.

»Wenn ich anhalte, springt jemand aus dem Gebüsch und raubt uns aus«, erklärt David todernst. »Oder wir werden von Wölfen angefallen und in den Wald gezerrt.«

»Hier gibt's kein Gebüsch«, schnarrt Tom auf dem Beifahrersitz, »und die Wölfe leben im Wald, den es hier auch nicht gibt. Ungarn ist so flach und leer wie, wie ...«

»Wie Toms Kopf, wenn's drum geht, einen Plan zu fassen.«

Na gut, das war unfair von mir.

Prompt funkeln mich Toms Augen im Rückspiegel böse an. Ich schweige lieber, was zur Folge hat, dass ich darüber nachdenke, wie es hinter der Grenze weitergehen soll. Aber ich habe absolut keinen Plan! Dieser Teil der Erde wird mir außerdem mit jedem Kilometer unsympathischer. Die Hitze – okay. Ruinen: na ja! Aber dass hier wirklich niemand zu leben scheint, ist beängstigend.

Ich ringe mit mir, bis das nächste Hinweisschild auf die Grenze kommt. Fünf Kilometer, um darüber zu entscheiden, ob ich die ganze Sache vergesse und Nova und Jorik als meine Eltern akzeptiere. Nein, nur noch viereinhalb, da ist das nächste Schild, und da hinten am leider deutlich erkennbaren Horizont, da kann ich schon die Wachhäuschen ausmachen.

Im nächsten Augenblick werde ich nach vorn geschleudert, es regnet Tüten und Klamotten. Bremsen quietschen und ich glaube, jemand brüllt ein paar nicht besonders nette Sachen. Schockiert ziehe ich mir den Samtrock vom Kopf, den ich abends in einer coolen Bar in Prag tragen wollte. Tom war's, der geschrien hat, weil David wie ein Verrückter in die Eisen steigen musste.

Weiter vorn rast ein goldener Porsche aus einer Kurve in unsere Richtung. Viel zu schnell. Auf unserer Spur. Kollision in zehn – neun – acht ...

»Rückwärtsgang!«, brüllt Tom.

»Sofort aussteigen!« Kopflos reiße ich am Türhebel herum. Ich muss hier raus! David sitzt ganz still da, als müsste er jede Sekunde analysieren, die wir noch haben, bevor uns der Idiot von der Straße rammt.

Der Goldporsche schlittert weiter, gerät endlich auf die Gegenfahrbahn, schleudert, bricht mit dem Heck aus. Fängt sich. Selbst wenn ich wollte, könnte ich jetzt nicht blinzeln. Die Sonne verwandelt den Porsche in einen gleißenden Blitz. Er rauscht so dicht an uns vorbei, dass ich das Weiße in den Augen des Fahrers erkenne.

Ächzend erbebt der Volvo im Fahrtwind des Porsches.

Stille.

Niemand rührt sich.

»Das war knapp«, flüstert Tom. »Lass uns weiterf...«

Kreischende Bremsen reißen uns aus der Starre. Unsere Köpfe fliegen herum. Schockiert und fasziniert zugleich beobachten wir die kreiselnde Wende des Goldenen. Von null auf hundert in drei Sekunden nähert sich der Porsche, diesmal von hinten! Plötzlich sind da wieder die Augen, die Haare, schließlich die Erkenntnis, die so unmöglich ist, dass ich nur noch eins tun kann. Ich brülle: »Gas! Gib doch endlich Gas!!!«

Davids Körper reagiert. Wir schießen davon. Felder und Ruinen fliegen vorbei. Der Volvo ist trotzdem zu langsam.

RUMMS!!!

Der erste Stoß des goldenen Flitzers schleudert mich in den Sicherheitsgurt. Ich schreie vor Schmerz. Das gibt einen fetten blauen Fleck!

RUMMS!!!

Der zweite Anlauf rammt eine beachtliche Delle in die Motorhaube des Porsches. Er fällt zurück. Ich schnappe nach Luft wie die Fische in Budapest.

Beim dritten Anlauf des Horrorflitzers schreit Tom wie ein Wahnsinniger: »Wer ist das, zum Teufel?!«

»Uta! Meine Tante!« Ich erkenne meine eigene Stimme nicht mehr.

»Aber ich dachte, die ist tot?!«

»Das dachte ich doch auch!«

RUMMS!!!

Plötzlich rast die Ebene auf die Kühlerhaube zu. Mich hebt es so heftig von der Bank, dass ich mit dem Kopf in den Autohimmel krache. Es wird kurz dunkel. Tom schreit. Meine Augen klappen auf. Ich schreie.

Die Ebene rotiert um uns herum, die Straße ist nur noch ein graues Band am anderen Ende der Wahrnehmung.

Der Volvo setzt auf.

Wieder donnert mein Kopf von innen gegen das Autodach. Ich kapituliere wie die Achsen, die das Wagengehäuse krachend abfedern. Irgendwas wimmert hier. Bin ich das?

David kurbelt wie besessen am Lenkrad herum und bringt den Volvo endlich wieder auf die richtige Straßenseite.

»Deine Tante ist die Hölle!«, schreit er. Dann konzentriert er sich wieder auf die Straße, als wäre nichts passiert. Richtig unheimlich!

Mein Nacken tut verdammt weh, aber ich muss mich mit eigenen Augen versichern, dass sie es ist, weil ich es trotz allem nicht glauben kann.

Doch. Sie sitzt am Steuer des Goldporsches. Und sie gibt schon wieder Gas.

Der zerbeulte Porsche glitzert und blendet wie ein Gruß von Satan persönlich und beschleunigt, dass es allen Heiligen angst und bange wird. Ich bin sicher, dass er sich beim nächsten Aufprall in den Kofferraum bohren und den Rücksitz durchschlagen wird. Von mir bleibt dann nur noch ein trauriger roter Fleck auf der Rückseite des Fahrersitzes übrig.

»Was für ein abartiger Höllentrip«, flüstere ich.

»Mann, tritt das Gaspedal durch, verdammt noch mal!« Es ist das erste Mal, das Tom seinen Bruder vor mir anbrüllt. Aber David kann nichts mehr tun, sein Fuß drückt sich schon fast durchs Bodenblech. Die Räder des Volvos berühren die Straße kaum noch.

Mein nächster Gedanke manifestiert sich beim Auftauchen der überdachten Grenzanlagen. Vor uns ordnen sich zwei, drei Laster träge auf der Spur für Großfahrzeuge ein. Die kurze Schlange der PKW zuckelt etwas schneller auf die Zollhäuschen zu und bremst brav vor dem winkenden Zöllner. Sonst: minimaler Gegenverkehr aus Rumänien. Dafür: Barrikaden.

Verdammt, ich habe ein Déjà-vu! Wenn David bremst, werden wir von Utas Porsche auf die Hörner genommen. Wenn er weiterrast, gibt es eine Massenkarambolage. Diese Sache hier ist von Anfang an nicht zum Überleben gedacht gewesen, ohne dass wir wissen, was das Ganze überhaupt soll. Irgendwie ungerecht, finde ich.

In diesem Augenblick heult etwas Khakifarbenes mit militärischem Abzeichen auf der Motorhaube auf uns zu. Diesmal reagiert David am schnellsten auf das Unausweichliche: »Habt ihr eure Ausweise?«

Im letzten Augenblick verliert David die Nerven und reißt das Steuer herum. Der Jeep mit den Soldaten rast an uns vorbei. Wir schleudern in die Pampa, wo es nicht mal mehr Ruinen gibt, geschweige denn irgendetwas anderes bis auf Senken und Steine und Schlaglöcher und den vier Meter hohen Grenzzaun, Stacheldrahtbewehrung inklusive. Der Volvo buckelt wie ein Rodeopferd. David bleibt nichts anderes übrig, als wie ein Irrer auf den Grenzzaun zuzuhalten. Es ist soweit.

Plötzlich dreht Tom sich zu mir um. Seine blauen Augen sind dunkler als jemals zuvor. Er beugt sich zwischen die Sitze, zieht mich aus dem ganzen Chaos heraus und küsst mich.

Mitten auf den Mund.

Lässt mich wieder los.

»War das jetzt deine Entschuldigung für den Süßstoff oder was?«, frage ich irritiert.

Er antwortet nicht, weil der Volvo in eine Senke kracht und wir herumgeschleudert werden.

»Habt ihr sie noch alle?«, schnauzt David. »Hebt euch das Geknutsche für nachher auf!«

»Es gibt kein Nachher! Wir werden alle sterben!«, heult Tom.

»Quatsch«, sagt David relativ normal. »Mach mal die Augen auf, du Idiot!«

Der nächste Schlag schmettert mich zurück auf die Rückbank und sendet unmissverständliche Signale durch meine Wirbelsäule. Mein unterer Rücken wird taub. Das ermöglicht mir, endlich mitzuschneiden, dass der Grenzzaun sich vor uns teilt wie einst das Rote Meer vor Moses. Bin ich irre? Oder hab ich mir nicht nur das Steißbein verstaucht?

Ein Uniformierter winkt uns mit einer Waffe zu, die sich beim Näherkommen als Maschinenpistole entpuppt. Sein Kollege rudert so heftig mit den Armen, dass auch ich endlich kapiere, dass wir uns beeilen sollen.

»Die lassen uns rein! Die lassen uns wirklich rein!«

Dann sind wir durch. Hinter uns schließt sich der Zaun wieder, als wäre nichts geschehen.

Wir legen ein paar hundert Meter durch einen staubigen Korridor in einem Streifen Niemandsland zurück, an dessen Ende das nächste offene Tor im Zaun wartet. Eine röhrende Staubwolke begrüßt uns und fährt vor uns her, bis David den Volvo endlich auf die Straße zurückgelenkt hat. Die Wolke verschwindet in dem Nichts, aus dem sie gekommen ist.

»War das zufällig eine göttliche Feuersäule?«, fragt Tom verdattert.

Ich habe keine Ahnung. Aber das ist jetzt auch nicht so wichtig. »Wo ist der Porsche?«

»Weg!« Haltlos fängt David an zu kichern.

Ich muss ein paarmal schlucken, so trocken ist mein Hals. »Wenn wir angekommen sind, kaufst du dir am besten eine neue Zahnbürste«, wende ich mich an Tom. Das Schlucken hat nichts genützt, ich krächze wie eine rostige Gießkanne.

»Warum?«

»Du hast Mundgeruch.«

Der zärtliche Funke in Toms Augen erlischt nicht, sondern verreckt regelrecht. Abrupt wendet er sich von mir ab, zieht David das Handy aus der Hosentasche und fängt an, darauf herumzudrücken.

David kichert immer blöder.

Super, denke ich. Damit können wir das Erreichen des Tiefpunkts auf unserer To-do-Liste für heute auch abhaken. Ich könnte mich bei Tom entschuldigen, sehe es aber irgendwie nicht ein. Mich im unpassendsten aller Augenblicke zu küssen, nachdem er mich so oft weggeschoben hat, nur weil er plötzlich Schiss kriegt! Und dann auch noch mit seiner Kaffeezunge. Außerdem bin ich zu fertig, um noch irgendetwas anderes zu tun, als die Navi-App auf meinem Handy anzustarren und zu hoffen, dass wir endlich ankommen.

»Ich will ja keine Panik verbreiten.« Das Handy in Toms Hand zittert.

»Zu spät«, murmelt David.

Toms Blick trifft mich im Rückspiegel. »Hast du dich eigentlich mal genauer über diesen Dingsda-Ort erkundigt?«

»Warum?« In die Tröpfchen auf meiner Oberlippe mischt sich Angstschweiß.

»Ich meine ja nur.«

»*Was* meinst du nur?« David spricht so ruhig wie der Kapitän der Titanic kurz vor dem Untergang. »Gibt's dort etwa keine Tankstellen?«

»Das auch.«

»Also, falls du auf die Wölfe und die Bären anspielst, das war mir klar«, sagt David ziemlich gelangweilt. »Aber solang wir im Auto sitzen und der Allradantrieb funktioniert, kriegen wir das hin.«

Tom zögert. »Ich bin nicht sicher, ob sich das Problem mit 'nem Allradantrieb lösen lässt.« Er wischt auf dem Display herum und hält David das Handy hin.

»Was ist denn?« Nervös beuge ich mich zu den Jungs vor. Und sehe, was Tom meint.

David fängt wieder an zu kichern wie ein Irrer. Erst schlappe fünfzehn Kilometer später beruhigt er sich endlich.

Modersson

Es war heiß. Sehr heiß. Und staubig. Langsam steuerte Brigitta Modersson den Wagen über die unbefestigte schmale Straße. Die Klimaanlage gab alles und saugte eimerweise Staub in den Innenraum.

So sah es also heute aus, das Örtchen Crăciuneşti, das Dorf des Weihnachtsmannes bei Hunedoara, Eisenmarkt, nach dem diese Aktion benannt war! Es hatte sich in den letzten zwölf Monaten nicht verändert. Die Häuser standen immer noch mitten im Nichts auf Felsen, denen die Bewohner mühsam alles zum Leben abtrotzten. Nicht einmal eine Kirche gab es. Es versteckte sich im Urwald mit seinen Bären und Wölfen und Füchsen, die die Menschen bei lebendigem Leib zerfleischen würden, wenn sie gekonnt hätten! Lächelnd erinnerte Modersson sich an alles Gute, das ihr hier widerfahren war. Und sie würde niemals vergessen, was dieses gottverlassene Karpatenkaff ihr angetan hatte!

Modersson war von Uta Pieters auf offener Straße niedergeschossen worden. Einfach so. Na gut, eigentlich hatte Uta Pieters nur entkommen wollen, nachdem Modersson sie bei einem ihrer Geschäfte überrascht hatte. Und da Modersson auf der Seite des Gesetzes stand, hatte Uta so gehandelt. Schwerverbrecherlogik eben. Aber heute würde sie das Unternehmen *Weihnachtsmann*, eigentlich Uta Pieters und Ewgenij Kropidlow, endlich zur Strecke bringen. Etwas, das Utas Mann Magnus leider nicht geschafft hatte, weil er mit der falschen Frau abgehauen war. So war das, wenn zwei Gauner den Bund fürs Leben eingingen. Ha! Ha!

Weil es keine Schilder als Hinweis auf funktionierende Verkehrsgesetze gab, parkte Modersson vor dem nächsten Hoftor und stieg aus. Irgendwer würde schon auf die Straße treten, etwas Unverständliches fragen und es mit »Dumneavoastră?« beenden. Sie würde in der Sprache des großen Bruders antworten, so dass man nach dem uralten Dorflehrer schickte. Bis er sie auf seinen rachitischen Beinen in sein halb verfallenes Haus gelotst, ihr einen Palinka hingestellt und seine ganze Familie herbeigeholt hatte, war Pavel hoffentlich auch zur Stelle. Er hätte längst da sein müssen.

Auch ihn verdanke ich dir, Uta Pieters, du miese falsche Schlange, dachte Modersson. Hätten die Polen früher verraten, dass sie dich bei Katowice gesehen haben, hätte ich keine Zeit verloren.

»Doamna?«

Sie drehte sich um und lächelte. Lächelte stärker, als die ältliche Frau mit dem Kopftuch, offensichtlich eine verbrauchte Bäuerin, plötzlich Deutsch mit ihr sprach. Sie hat Modersson wahrscheinlich wiedererkannt, weil sich außer ihr und Uta Pieters in den letzten Monaten niemand hierher verirrt hatte, der nicht hier leben musste. Ob es denn wieder so eine schlimme Schießerei geben würde wie beim letzten Mal, fragte sie.

Das wäre dumm, weil nämlich die Krankenstation in Fizeş aufgelöst worden sei und es nun noch ein bisschen länger dauern könnte, bis ein Arzt käme.

»Nein, nein«, beruhigte Modersson sie. »Ich werde mich heute nicht duellieren.« Mehr war eigentlich nicht zu sagen. Jedoch besagte das Gesetz der Einsamkeit, dass der Fremde zwischen Ankunft und Abschied erzählen musste, warum das Leben ihn hergetrieben hatte. Er sollte zumindest einen Teil der Wahrheit dalassen, wenn er nicht riskieren wollte, dass die Kettenhunde losgelassen wurden, um ihn aus dem Dorf zu hetzen.

Die Bäuerin lächelte aufmunternd.

Modersson verzog das Gesicht zu einem müden Lächeln, beugte sich dem Gesetz und zu der Bäuerin hinunter und entschied sich für den freundlicheren Teil der Realität. »Ich soll mich heute hier mit zwei Herren aus Schweden treffen, die eine junge Dame dabeihaben. Sind diese drei vielleicht schon hier angekommen?«

Die Bäuerin machte große Augen. »Nein.«

Modersson glaubte ihr, hoffte aber auf weitere Informationen. Schließlich war Brigitta auf der Hauptstraße des Ortes, in dem die Frau ihr Leben fristete, vor ein paar Monaten fast verblutet. So was verband, auch wenn Modersson sich nicht mehr an die Frau erinnern konnte. »Es hat auch niemand erzählt, dass drei Fremde durchgefahren sind?«

Vehement schüttelte die Bäuerin den Kopf. »Was ist denn mit den dreien? Sind sie auf Sommerfrische?«

Rasselnde Kettenglieder aktivierten Moderssons Erinnerung. Ja, es waren auch Hunde dabei gewesen, die ihre blutenden Wunden beschnüffelt hatten, bevor sie mit Stöcken vertrieben werden mussten. Und der Begriff »Sommerfrische« kennzeichnete die längst vergangene, österreich-ungarische Ära des Landes. Wer wusste, wie archaisch die Bräuche hier noch waren!

»Ja, so ungefähr.«

»Wie heißen sie denn? Ich kann die Nachbarn gern nach ihnen fragen.«

Erschrocken winkte Modersson ab. »Nein, das ist vielleicht nicht so gut.« Die langen Jahre im Geheimdienst hatten sie gelehrt, dass man die Intelligenz scheinbar unzivilisierter Individuen niemals unterschätzen durfte. Man erzählte verschiedenen Leuten etwas, eine Information führte zur anderen und plötzlich kannten alle das Geheimnis, von dem niemand etwas erfahren sollte. Außerdem hatten diese Orte überall Ohren. Der Name Bergman mochte unbekannt sein, doch unbedacht weitergetragen, konnte er am falschen Küchentisch landen und die Söhne der Kronzeugen Elsa und Lasse gefährden.

Und wo blieb eigentlich Pavel?

Unzufrieden musterte die Bäuerin die Agentin. »Kommen Sie ins Haus. Ich habe frische Buchteln gemacht. Möchten Sie welche? Und einen Palinka?«

»Nein, vielen Dank, ich warte lieber hier draußen.«

»Dann setzen Sie sich an den Tisch da. Ich bringe es Ihnen heraus.«

Palinka und Buchteln, Schnaps und Gebäck. Was für eine Mischung. Aber Modersson gehorchte, weil sie nicht sicher war, ob es ihr Magen war, der knurrte, oder doch ein Bär, Wolf oder Kettenhund. Tisch und Bank erwiesen sich als überraschend stabil, der Schatten in der Mittagshitze war angenehm.

Die Bäuerin wandte sich ab und ging zurück in ihr Bauernhaus, um das Versprochene zu holen.

Und dann noch diese Kopfschmerzen. Modersson rieb sich die Stirn. Was immer Uta Pieters ihr gespritzt hatte, die Hitze verstärkte die Wirkung.

Eine Bewegung ließ sie aufschauen. Am anderen Ende der unbefestigten Straße wurden Fensterläden aufgeklappt. Eine schmale Tür öffnete sich, dann trat der erste Mensch auf die Straße. Modersson seufzte, als weitere Fenster und Türen aufgingen, Leute auf die Dorfstraße traten und auf sie zukamen. Hier verbreiteten sich Geheimnisse anscheinend durch die Luft!

Moderssons Handy klingelte. Ohne die Leute aus den Augen zu lassen, nahm sie das Gespräch an. »Ja?«

»Pavel hier. Ich habe gerade die Nachricht vom Grenzübertritt bei Petea erhalten.«

Grenzübertritt. Das klang gar nicht gut. »Ich hatte doch Anweisung gegeben, dass die Jugendlichen aufgehalten werden.«

»Anscheinend war der Grenzzaun wichtiger«, meinte Pavel unbeeindruckt.

»Das bedeutet im Klartext?«

»Der Volvo näherte sich der Grenze mit hoher Geschwindigkeit. Um größeren Schaden von den Grenzanlagen abzuwenden, wurde er auf die grüne Wiese umgelenkt und die Tore im Zaun laut dem diensthabenden Grenzbeamten geöffnet.«

»So ein Blödsinn!«

»Nein, das ist gelebte Loyalität. Der Soldat meinte, er wollte sparsam mit Staatsgeldern umgehen, und hat deshalb die Zerstörung vermieden.«

Selbst im Schatten wurde es Modersson jetzt unangenehm heiß. »Wieso hat der Grenzübertritt in Petea stattgefunden? Das ist doch viel zu weit im Norden.«

»Ist es nicht. Hat dein Informant denn keine genaueren Angaben zu Crăciunești gemacht?«

»Willst du mich auf den Arm nehmen?« Modersson wandte sich an die Bäuerin, die ihr stumm Schnaps und Gebäck hingestellt hatte. »Sind wir hier in Crăciunești oder nicht?«

Sie nickte höflich. »Bineînțeles.«

»Na also.« Zufrieden lehnte Modersson sich auf der Bank zurück. »Petea ist weit, weit weg!«

»Doamna, Sie meinen sicher Crăciunești in der Maramureș, nicht wahr? Oder in Mureș?« Die Bäuerin fragte so unterwürfig, als wäre Brigitta die Frau des Woiwoden und sie ihre Leibeigene. Brigitta hatte nicht mal an ihrem Schnapsglas gerochen und fühlte sich schon nicht mehr wohl. »Was?«

»Weil es im Norden im Bezirk Maramureş an der Grenze zur Ukraine auch ein Dorf namens Crăciuneşti gibt, gleich hinter Sighetu Marmaţiei. Und in den Kreisen Mureş und Dâmboviţa. Und Vaslui. Überall brauchte man früher ein Christendorf voller gestandener Gläubiger gegen die Osmanen, nicht wahr?«

Modersson fühlte sich plötzlich schwindelig. Natürlich wusste sie das. Sie kannte den ehemaligen Ostblock doch wie ihre Westentasche! Aber der letzte Showdown hatte hier, in Crăciuneşti bei Eisenmarkt, mit Uta Pieters stattgefunden. Und Brigitta war gar nicht auf den Gedanken gekommen, es könnte sich um eines der anderen Crăciuneştis handeln. Weil hier die Geschichte angefangen hatte. Und hier sollte sie auch enden. Oder doch nicht?

»Da hat mir der Weihnachtsmann aber ein schönes Geschenk gemacht«, murmelte Modersson niedergeschlagen.

Verwundert runzelte die Bäuerin die Stirn. »Wieso Weihnachtsmann?«

»Heißt Crăciun etwa nicht Weihnachtsmann?«

Jetzt musste die Bäuerin herzlich lachen, die anderen Dörfler fielen fröhlich ein. »Aber Doamna Modersson. Crăciun ist doch das rumänische Wort für Christfest! Der Weihnachtsmann heißt Moşul Crăciun!«

»Wart mal kurz«, sagte Modersson zu Pavel, setzte das Glas an und trank. Er brannte heißer als alle Höllenfeuer. Ein gutes Dutzend Dörfler hatte plötzlich auch Schnapsgläser in der Hand und prostete Modersson zu. Moderssons Gedanken befreiten sich aus den Höllenfeuern des Selbstgebrannten. Wie viel Zeit blieb ihr noch, um zu verhindern, dass diese Sache für die Bergman-Söhne und die kleine Eklund tödlich endete?

Sie griff nach einer Buchtel und murmelte hastig: »Vergelt's Gott.« Ins Handy brüllte sie: »Komm nach Maramureș!«, und sprintete zu ihrem Wagen. Jetzt hatte sie wirklich keine Zeit mehr zu verlieren!

Olofsson

»Anything else?«, fragte die Stewardess höflich. Fremdsprachen waren in der Schule für Olofsson der tägliche Horror gewesen. Nicht mal das in Schweden alltagsübliche Englisch beherrschte er richtig. Dafür rettete ihm sein akustisches und visuelles Gedächtnis ein ums andere Mal den Hals.

Das englische *anything else* galt in der TAROM-Maschine nach Baia Mare für Olofsson nicht etwa dem doppelten Scotch, einem zweistöckigen Whiskey oder einem herben Gin Tonic, sondern dem geradezu verboten guten rumänischen Eistee. Genau richtig temperiert, entwickelte er sein blumiges Bouquet kurz nach der Meldung des Piloten, dass die Maschine nun in den Sinkflug übergehen würde. Vernachlässigbare Spuren von Polyethylen rundeten das Pfirsich-Erdbeer-Kunstaroma ab und sorgten für einen fast süß-sauren Abgang.

»Tack! Ja!« Fröhlich hielt Olofsson der Stewardess seinen Plastikbecher hin. Sie schenkte nach, er freute sich, so einfach konnte es sein.

Ächzend brachte der Vordermann seine Sitzlehne wieder in die Senkrechte. An die Knie des Hintermannes in seinem Rücken hatte Olofsson sich fast gewöhnt. Herzlich war es vor und hinter ihm auf dem vierstündigen Flug zugegangen, den er vorsichtshalber nicht mit seinem Chef abgesprochen hatte. Der hätte ihm den Abstecher garantiert nicht genehmigt, von wegen Fallrelevanz und so weiter und so fort. Dabei war sein Chef, soweit er wusste, noch nie in Rumänien gewesen und konnte folglich auch nicht beurteilen, ob der Besuch Relevanz hatte oder nicht!

Korrekt betrachtet, hätte Olofsson auch nicht seinem Chef, sondern Modersson melden müssen, was er am vergangenen Abend herausgefunden hatte. All die kleinen schmutzigen Details, die mit der Causa Eklund zusammenhingen und die die schrecklich-schönen Vergehen der Menschheit dokumentierten, wären hinaus in die Welt gegangen. Aber wofür? Damit noch eine Familie auseinandergerissen wurde, während jemand anders Geld scheffelte?

Nun mal langsam mit den jungen Pferden, bremste Olofsson sich. Wenn du ehrlich bist, hast du die Nase voll von dem Pseudo-Agenten-Getue. Du wolltest Modersson eins auswischen. Das könnte ins Auge gehen, wenn du den Arglosen nicht überzeugend spielst.

Zuerst hatte er geglaubt, dass früheren Dorfgründern schlichtweg keine neuen Ortsbezeichnungen mehr eingefallen waren. Erst zu später Stunde war er von einem befreundeten Journalisten bei Kaffee und Cognac mit der Nase darauf gestoßen worden, dass der Name eines Wohnfleckens mitunter eine starke symbolische Bedeutung hatte. Er wurde wie ein Abwehrzauber mehrfach verwendet, um eine Art Bannkreis zu ziehen. Nach einem Anruf bei der Nachtschicht des Stockholmer Dezernats Osteuropa plagten Olofsson Gewissensbisse. Laut Aussage eines griesgrämigen Kommissars steuerte Modersson das falsche Christendorf an. Weil Olofsson nicht gesagt hatte, welches der insgesamt sechs Christendörfer er meinte.

Dann hatte Olofsson beschlossen, zu handeln.

Der Kopf seines Vordermanns tauchte über der Lehne auf. Mit dröhnender Stimme verkündete er etwas, das Olofsson nicht verstand, und überreichte ihm anschließend ein winziges Glas mit zwei noch kleineren eingelegten Gurken. Olofsson stutzte. Wie hatte der Rumäne *das* ins Flugzeug geschmuggelt? Dankend wollte er ablehnen.

»Tun Sie das nicht.«

Olofsson errötete. Seine Begleiterin war zurück. Es war nicht ihre erste Belehrung. »Na gut.« Hastig stopfte er das Gurkenglas in die Vordersitztasche zu den Kotztüten.

»Und vergessen Sie es beim Aussteigen nicht«, ermahnte sie ihn. »Eine bessere *carte de vizită* werden Sie bei uns nicht kriegen. Aus dieser Einladung könnte später eine Freundschaft werden.«

»Die man irgendwann noch mal bitter nötig haben könnte, richtig? Mulţumesc.«

Der Vordermann strahlte. »Cu placere.«

Olofsson war sich nicht sicher, ob der Rumäne ihn nicht doch verstanden hatte. »Schade, dass wir keine Zeit haben, uns in Baia Mare umzuschauen.«

»Niemand hindert Sie daran, zu einem späteren Zeitpunkt als echter Tourist zurückzukommen.« Die Blässe ließ das Muttermal auf ihrer Wange heute stärker hervortreten. »Im Gegensatz zu mir.«

Olofsson schluckte eine Bemerkung hinunter. Letzten Besuchen und halblegalen Deals haftete stets Bitterkeit an.

Modersson

Die Sonne brannte in den Lada, als hätte Brigitta einen Vertrag für eine Sommer-Flatrate abgeschlossen. Die Hitze schmälerte ihre Freude, wieder durch dieses wilde Land fahren zu können, in dem Europa vor der Haustür und trotzdem wohltuend weit weg lag.

Brigitta schielte immer wieder auf ihr Handy, das mal Empfang hatte und mal nicht. Nach dem ganzen Schlamassel durfte sie keinen Anruf mehr verpassen. Wäre Pavel wie verabredet in Crăciuneşti bei Eisenmarkt erschienen, hätte sie die Telefonüberwachung auf ihn abwälzen können. Außerdem hätte sie ihn von Herzen gern mit ihrer Lieblingsrache für seine Dummheit bedacht. Heimlich hätte sie die Luft aus den Reifen seines

Wagens gelassen, ihm dann angeboten, ihn in ihrem intakten Lada mitzunehmen. Und bei der ersten Rast hätte sie ihn am Straßenrand »vergessen«. Hier in den Karpaten konnte das zwar schlecht ausgehen, aber das wäre nicht mehr ihr Problem gewesen.

Nach der Meldung, dass die Bergman-Söhne die Grenze bei Petea überschritten hatten, hieß das nächste Ziel entweder Crăciuneşti bei Târgu Mureş oder im Landkreis Maramureş. Und so cruiste Brigitta seit einer knappen Stunde in der sengenden Julihitze über die löchrige Asphaltdecke. Immerhin hatte es einen Vorteil, dass sie die Strecke durchs Nirwana zurücklegen musste: Außer ihr wollte niemand nach Norden, die Straße vor ihr war frei, Brigitta konnte Gas geben. Die Kilometer schmolzen nur so dahin.

Die Gegenfahrbahn Richtung Hunedoara schien leer. Aber schon sieben sanfte Kurven Richtung Horizont später war die Silhouette eines Pferdewägelchens mit Blechkarawane im Schlepptau auszumachen. Schläfrig von der Wärme, dachte Brigitta über die Biobilanz dieses Vorzeigemodells der Fortbewegung nach, das der Europäischen Union sicher den einen oder anderen Ökogasmus bescherte. Der Motor wurde ganz natürlich nach der Zeugung auf die Welt gepresst. Für die Herstellung der Zellulosekomponente benötigte man nach dem Holzeinschlag keine fünfzig Liter Wasser. Alles war voll recycelbar! Und das Bio-Vehikel verfügte über vier Räder, zwei Achsen und sogar eine Pferde-, Esel- oder Mulistärke, die mit je einer roten Quaste links und rechts am Kopf gespoilert wurde. Diese bunten Wägelchen waren also eine rundum zufriedenstellende Abwechslung auf den Hauptverkehrsadern des Landes. Verkehrsadern war vielleicht ein bisschen übertrieben. So, wie es da hinten klumpte, bestand die Landstraße aus einer einzigen zähen Pferdethrombose.

Die Lücke, die diesem Exemplar der Quastentechnologie vorausging, inspirierte Brigitta zu einem wagemutigen Gedanken. Sie konnte ausscheren und überholen wie Decebal. Aber da war noch die geheimnisumwobene Poliția, die stets zur Stelle war, wenn man beherzt den Blinker setzte. Der ansässige Club war schlimmer als der schwedische Heimatverein. Allein der Verdacht der Geschwindigkeitsübertretung genügte, um einen arglosen Touristen auszubremsen und herauszuwinken. Wenn einmal Führerschein und Fahrzeugpapiere eingezogen waren, sah man sie mindestens vierundzwanzig Stunden nicht wieder.

Brigitta schüttelte den Kopf. Nein, sie würde die Chance nutzen und sich ein wenig entspannen, bevor es hinter Sighetu Marmației wieder stressig wurde. Links und rechts zogen die prallen Felder vorbei. Die Klimaanlage kühlte eisern gegen die Sonne am dunkelblauen Sommerhimmel an. Ja, genau: dunkelblau, als wären die Grenzen zwischen Tag und Nacht, Realität und Traumland aufgehoben. Nur noch die Hügel und Brigitta und die Felder und die Aussicht auf einen Showdown an der Grenze zur Ukraine. Sie hätte Dichterin werden sollen, nicht Agentin. Und sie war sooo müde.

Der Gestank schwappte wie eine Welle durch das wohltemperierte Lüftchen der Klimaanlage. Unmittelbar darauf manifestierten sie sich blökend und kuschelig, vor allem aber langsam einen nahen Hügel hinabziehend und den nächsten wieder hinauf. Haha, Schafe. Das bedeutete Glück! Sie gingen seltener durch als die nervösen schwarzen Büffel, bei denen Brigitta definitiv den Rahm bevorzugte. Sie grinste in sich hinein. Ihre Einstellung zu Tieren definierte sich über deren Genießbarkeit. Alles, was auf einen Teller passte, war für sie in Ordnung.

Brigitta blinzelte verwirrt. Sie konnte nicht sofort etwas mit diesem Gedanken anfangen. Aber sie war der Auffassung, dass man sich auch als Agentin auf seine gut trainierten Instinkte verlassen konnte. Und die rieten ihr, genauer hinzuschauen. Im nächsten Moment stand Brigitta mit beiden Füßen auf der Bremse. Trotzdem haute es sie in den Straßengraben.

PENG! PENG! PENG! PENG!

Alle vier Reifen – explodiert! Die letzten Meter humpelte der Turbo-Lada wie ein fußlahmes Lama und blieb Millimeter vor einem Felsbrocken stehen, den die letzte Eiszeit hier vergessen hatte.

Auf die Straße ergoss sich das wollige Inferno. Paarhufig nahm die Hölle Kurs auf Brigitta in ihrer unbeweglich gewordenen Blechkiste, begleitet von dem kehligen Blöken der panischen Schafherde. Sie galoppierte direkt auf sie zu. Angeführt von dem mächtigen Geweih eines Widders.

»Himmelherrgott!«

Plötzlich prallten von allen Seiten Schafe gegen den Lada. Schleudergang war nichts dagegen! Erst klappte ihre Sonnenblende herunter, dann die über dem Beifahrersitz. Als das erste Schaf über die Motorhaube setzte, begann der Rückspiegel, rhythmisch in seiner Halterung zu klirren.

Das nächste Schaf war dicker und schwerer, schaffte es aber auf die Haube und hopste sofort wieder hinunter. War wohl doch ein bisschen zu warm für die Hufe. Und dann regnete es Schafe. Schafe! Von links und rechts versuchten sie, den Wagen zu erklimmen, einen Atemzug lang sah Brigitta nur Beine und Hufe.

Bis ein markerschütternder Schrei die Tiere davonfegte.

Und der Himmel sich verdunkelte.

Ja, doch, wirklich, in diesem ganzen Geschüttel und Geblöke und Gestampfe wurde es noch dunkler, merkte Brigitta. Was war das? Köttelregen? Sonnenfinsternis? Die sieben Plagen Gottes? Schlimmer!

Zwei mächtige gedrehte Hörner ragten aus dem Meer der wogenden Leiber. Der König der Herde stieß sich mit seiner gewaltigen Stirn den Weg frei zu Brigittas Turbo-Lada, die Menge teilte sich. Nervös scharrte er mit den Hufen und riss Teerbröckchen aus der Straße. Verstört tastete Brigitta nach ihrer Halbautomatischen.

Da stieß der Widder einen markerschütternden Schrei aus. Irre starrte er Brigitta aus blutunterlaufenen Augen an. Keine zwei Meter trennten seinen mächtigen Schädel von der Stoßstange.

Er senkte den Kopf und sprang. Auf die Motorhaube. In die Frontscheibe des Ladas.

Brigittas Welt zersprang in einer Explosion aus spitzen Hörnern und Glassplittern, Schafsdreck, Blöken und ihrem erbärmlichen Quieken.

Tuva

Die letzten Kilometer vergehen wie im Flug. Der Himmel wird *noch* blauer, die Landschaft *noch* verwunschener. Präriekraut sucht man hier vergebens. Dafür kann man links bis zum Horizont sehen, und rechts sind die Karpaten. Behauptet David.

Schließlich fahren wir an dem Schild »Sighetu Marmației« vorbei. In mir keimt schon wieder das unstillbare Verlangen, einfach zu wenden und den ganzen Weg wieder zurückzufahren. Aber David fährt und fährt, lässt schließlich die orthodoxe Kirche und den Bahnhof rechts liegen, tuckert weiter ins Zentrum des Städtchens Crăciunești und wieder hinaus. Erst am Ende des Ortes dreht er den Zündschlüssel in die Ausgangsstellung.

Niemand steigt aus.

»Willkommen im Land der Vampire und Werwölfe.« So richtig prickelnd finde ich es nicht, dass der erste Gedanke, der mir bei Rumänien in den Sinn kommt, mit einem Blutsauger zu tun hat. Entsprechend dürftig kommt es heraus.

»Ich stelle fest: Die Straßen sind asphaltiert.« Das ist der erste Satz, den Tom nach meiner Bemerkung mit der Zahnbürste äußert.

»Das waren sie doch schon die ganze Zeit«, meine ich verwundert. Will er jetzt hier rumätzen?

»Aber so richtig toll sieht's hier trotzdem nicht aus«, fährt Tom mit Blick auf die heruntergekommenen Hoftore fort. »Also, für diese Gammelhütten hätte ich freiwillig keine tausenddreihundert Kilometer runtergerissen. Bist du wirklich sicher, dass du mit Nova und Jorik nicht doch die besseren Eltern hast?«

»Du hast den Brief doch selbst gelesen.« Ich bin beleidigt und frustriert, weil ich Toms Geschmack nicht aus dem Mund kriege. »David hat ihn mir sogar übersetzt.«

»Wir können uns ja mal umschauen«, gibt Tom sich etwas versöhnlicher. »Wenn's nicht besser wird, fahren wir in die nächste Stadt.«

»Mach jetzt keine bösen Witze. Das sind keine Städte, sondern bessere Campingplätze mit Zufahrtsstraßen voller Schlaglöcher.« David muss es wissen, er ist jedem einzelnen zwischen Petea und diesem Dorf ausgewichen. Wohl oder übel muss ich ihm recht geben. Durch wie viele Orte mit verfallenen Häusern sind wir gekommen? Und die Bauruinen erst! Ich kann es immer noch nicht fassen, dass jemand inmitten dieser Traumlandschaft anfängt, einen Palast zu bauen, und kurz vor dem Dach einfach aufhört, als wäre ihm das Geld oder die Lust ausgegangen.

»Mich würde sowieso interessieren, was du dir hiervon erwartest.« Tom gibt weiter den aufgeklärten Entdecker, um sich für die fehlende Zahnbürste zu revanchieren. »Ich meine, du hast ja nicht mal richtig danach gegoogelt. Dass wir hier richtig sind, ist bei der Auswahl an Dörfern mit dem gleichen Namen reine Glückssache.«

»Es stand doch in dem Brief: Crăciuneşti bei Sighetu Marmaţiei. Das ist hier.« Ich weise über die Tütenberge um mich herum aus den Fenstern. »Jetzt will ich lediglich meine richtigen Eltern finden, einen Kaffee mit ihnen trinken und dann sehen wir, was passiert.«

»Na, dann mach mal. Aber was sollen sie denn deiner Meinung nach tun? Sie werden sich freuen, dass sie dich jetzt auch kennen, und dich dann höflich hinausbitten.«

»Aber es sind doch meine Eltern«, widerspreche ich empört. »Die können mich doch nicht einfach ...« Ich breche ab. Natürlich können sie mich wieder wegschicken. Sie haben es ja schon mal getan, weil sie sich nicht um das Baby Paraschiva kümmern wollten oder konnten. Und fremder als jetzt könnte ich ihnen gar nicht sein.

»Durst«, unterbricht David uns. »Gibt's hier keinen Laden?«

Wie auf Stichwort klebt meine Zunge am Gaumen fest. »Ich habe am Ortseingang so was Ähnliches gesehen. Geh doch mal nachschauen.«

»Und du kommst nicht mit? Vielleicht läufst du deinen Eltern über den Weg«, frotzelt Tom.

Ein Bus röhrt ziemlich dicht an unserem Volvo vorbei und hält zwanzig Meter weiter an einem riesigen Bushaltestellenschild. Leute steigen aus, andere steigen ein.

»Ich begleite dich«, meint David plötzlich. Wie auf Kommando steigen die Jungs aus. Sie lassen mich tatsächlich allein im Wagen zurück!

»He, was ist mit mir? Und dem Auto?«

»Pass drauf auf!« David schaut sich nicht mal um. »Damit es niemand klaut!« Trotz des gepflasterten Weges wirbelt er bei jedem Schritt Staub auf.

Wie versteinert bleibe ich sitzen. Ohne Tom und David fühle ich mich verloren. Aber wenn ich ihnen nachlaufe und der

Volvo geklaut wird, sind wir aufgeschmissen. Er darf uns um keinen Preis abhandenkommen.

Ich lasse die Fensterscheibe hinunterfahren. »Ihr Arschlöcher!«, brülle ich ihnen nach. Wütend schaue ich mich nach etwas um, das ich ihnen hinterherwerfen kann, aber das erzielt mit Sicherheit keine bessere Wirkung als in Malmö. »Hiergeblieben!«

Die einzige Erwiderung ist das Klicken der automatischen Türverriegelung, als David den Knopf für die Fernsteuerung auf dem Schlüssel betätigt.

»So eine supergroße Riesenscheiße!« Vor Zorn trete ich gegen den Vordersitz. Da stehe ich am Rande der Zivilisation zwischen windschiefen, abgeblätterten, morschen Hoftoren, die die Straße, immerhin asphaltiert, auf beiden Seiten säumen. Erst jetzt wird mir klar, dass auch die Häuser dahinter definitiv schon bessere Zeiten erlebt haben! Könnte Crăciuneşti eventuell ein Geisterdorf sein, das von seinen Bewohnern schon vor Jahren im Stich gelassen wurde? Andererseits: Gäbe es dann im Zentrum eine Bushaltestelle mit so einem Riesenschild?

Ich kneife die Augen zusammen und versuche zu entziffern, was auf dem Schild steht. »Ci-mi-tir«, buchstabiere ich leise. Klingt wie das englische Wort »cemetery«. Und wie meine Übersetzungs-App bestätigt, bedeutet es das auch: Friedhof.

Oh. Mein. Gott. Hier haben die Toten sogar eine eigene Bushaltestelle. Wo bin ich bloß gelandet?!

Das Klopfen an der Scheibe lässt mich zusammenfahren.

Eine uralte, ausgemergelte Frau steht vor dem Volvo und mustert mich verwundert. »Domnişoara?«

Ich lasse das hintere Fenster herunterfahren. Ein Schwall heiße Luft schwappt herein, als käme sie direkt aus der Hölle.

Der beinahe zahnlose Mund der Alten wiederholt, was sie gesagt hat, und fügt noch eine ganze Menge an. Hilflos zucke ich mit den Schultern. Aber immerhin, die Bewohner von Crăciuneşti drohen Fremden nicht gleich Schläge an. Oder?

Sie verschwindet hinter dem grünen Hoftor, das aussieht, als hätte es mindestens die Hälfte der Landesgeschichte miterlebt. Kurz darauf kehrt die Alte mit einem Tablett zurück. Darauf stehen vier Gläser mit Wasser und ein großer Teller mit – ich fasse es nicht! – Blätterteiggebäck. Einfach so! Anscheinend hat sie uns beobachtet.

Beim Anblick des Tabletts wachsen neben Hunger und Durst auch die Gedanken im Kopf: Wenn ich jetzt aussteige, öffne ich die Zentralverriegelung. Jemand könnte von der anderen Seite ins Auto springen, den Wagen kurzschließen und davonbrausen. Wir wären verloren. Oder ich bleibe im Wagen sitzen und nehme das Wasser durch das Fenster an. Die Frau wird böse, weil sie sich beleidigt fühlt, und verflucht mich, weil man das in Rumänien vielleicht so macht. Der Volvo geht in Flammen auf, alles verbrennt, wir wären also wieder verloren, besonders ich.

Ich fahre das Fenster hoch und tue so, als stünde die Alte gar nicht vor dem Wagen. Sie stößt eine Verwünschung aus, die Erde tut sich auf und verschluckt mich und den Volvo, ich bin ...

»Tuva! Da hinten sieht's besser aus!«

Ich beuge mich aus dem Fenster und muss die Hand gegen die Sonne über die Augen legen. Tom und David kommen zurück. Ein schmutziges Kind springt schreiend um sie herum.

Die Alte lacht und hält mir das Tablett hin. Ich habe Hunger. Und Angst. Also greife ich zu. Beiße in das Blätterteiggebäck. Es ist sehr krümelig, süß und einfach köstlich. Der Unterschied zwischen dem Zustand des Ortes und diesem *Geschenk* ist fast nicht auszuhalten. Im Übrigen tut sich weder die Erde auf, noch bricht ein Höllenfeuer aus.

»Suedez?«, nuschelt sie.

Es ist mir peinlich, dass ich sie im Gegensatz zu David nicht verstehe, der sich breit grinsend auch eins von den Blätterteigdingern nimmt. Tom zögert noch. Einer der Torflügel gleitet nach innen. Der heraustretende Gnom entpuppt sich als ebenso alter, zahnloser Mann. Trotz der Hitze trägt er einen eleganten schwarzen Hut und ein Jackett, das er, so mein erster Gedanke, nur zu besonderen Gelegenheiten anzieht. Und er hat eine Flasche mit einer verdächtig klaren Flüssigkeit dabei.

»Noroc! Sănătate!«, ruft er fröhlich.

Seine Frau flüstert ihm etwas zu.

»Ah, suedez«, sagt er. »Skål!« Ohne Umstände drückt er Tom ein Schnapsglas in die Hand und schenkt ihm ein. Ich glaube, es wird Zeit für mich, auszusteigen und Schlimmeres zu unterbinden. Aber Tom nippt, ohne darüber nachzudenken. Läuft feuerrot an. Verdreht die Augen. Keucht: »Gott, ist das scharf!« Er kann nur flüstern. Das schmutzige Kind kriegt sich nicht mehr ein vor Lachen. Ist doch eigentlich alles ganz normal, oder?

»Palinka«, sagt der Alte stolz.

»Ich glaube, mit dem Zeug heißt man hier Fremde willkommen«, sage ich.

»Quatsch, damit kann man Pestepidemien ausrotten«, röchelt Tom. »Oh Mann. Tut das gut, wenn der Schmerz nachlässt.«

Auch David und ich müssen je ein Gläschen leeren, mit den gleichen Folgen wie für Tom. Als wir unser Gleichgewicht wiedergefunden haben, werden wir umständlich durchs Tor in den Hof gebeten. Der Alte schiebt beide Flügel auf und macht David mit vielen unverständlichen Worten und Hin- und Herdeutereien klar, dass er den Volvo lieber drin parken soll. Ob das wirklich so eine gute Idee ist? Auf seinen Wink hin rennt das schmutzige Kind schreiend davon. Ich vermute, dass es das halbe Dorf darüber informieren wird, dass drei Fremde mit einem dicken Auto angekommen sind. Andererseits entfaltet der

Schnaps gerade seine Wirkung und Reisegrund, Räuber und andere Unannehmlichkeiten werden mir herzlich egal. Wenn Nova das wüsste. Und Jorik erst! Die Alte zieht Tom und mich über den engen Hof ins Haus, das von innen besser aussieht als von außen. Wir landen in der winzigen Küche und werden von dort in einen Raum gelotst, den man wohl als Wohnzimmer bezeichnen könnte. Alle Wände sind bunt angemalt. Gleich unter der Decke hat jemand Zierleisten aufgepinselt. Überhaupt wirkt alles hier wie aus einem anderen Jahrhundert, so plastikfrei und in Würde gealtert. Möbel, Boden und Gebrauchsgegenstände sind aus Holz. Es gibt einen alten Kanonenofen, vor dem sich Aschereste gesammelt haben, und es ist angenehm kühl, während draußen die Sonne auf die staubige Straße knallt.

Aber der Schocker sitzt mitten auf dem uralten Sofa unter einem großen, gestickten Tuch. Selbst die Heilige darauf kann das nicht ändern.

»Hallo, Tuva.«

Ich reiße meinen Kopf herum.

»H-hallo, Herr Kommissar. Auch auf Urlaub hier?«

Hauptkommissar Olofsson rückt wortlos zur Seite.

Die Alte schiebt uns energisch weiter und weist uns umständlich unsere Plätze neben Olofsson an. Tom quetscht sich in die andere Ecke, die Sprungfedern ächzen beim Zurechtsetzen. Prompt kippen zwei der rot-weißen Sofakissen mit den sorgfältig bestickten Bezügen um. Ich stelle ich sie wieder auf und ärgere mich, dass ich mich nur zwischen Tom und den Kommissar setzen kann.

Olofsson lässt mich nicht aus den Augen. Ich ihn auch nicht. Wie kann ich mich möglichst würdevoll hinsetzen, ohne die große Decke zu zerknautschen, die den Sofabezug schützt? Schließlich hänge ich wie ein Schluck Wasser vorn auf der Kante und wage kaum zu atmen. Zufrieden faltet die Alte die Hände und grinst ihr zahnloses Grinsen.

Olofsson stiert abwechselnd mich und Tom an.

»Woher wussten Sie, dass wir hier sind?«, frage ich.

»Später«, meint der Kommissar.

Zu allem Überfluss begreife ich plötzlich, dass unter den Stickereien die Armut lauert, in der diese beiden Alten leben müssen. Jetzt habe ich auch noch ein schlechtes Gewissen wegen der Blätterteigteilchen. Das Wort Verlegenheit beschreibt bei weitem nicht, was in mir vorgeht.

Olofsson schnieft beiläufig.

Die Alte verschwindet. Ich traue mich kaum, die rot und blau bestickten Tücher an den Wänden zu betrachten, weil ich dann Gefahr laufe, dem Blick des Hauptkommissars zu begegnen. Wie viele Stunden Arbeit stecken da wohl drin?

»Schau mal, eine Jahreszahl.« Tom geht ganz dicht an das Sticktuch über dem Sofa heran. »Wow. Das ist von 1928.«

»Ein echtes Stück Familiengeschichte«, meint der Kommissar. »Vielleicht von der Mutter unserer Gastgeberin in jungen Jahren angefertigt. Oder war es die Großmutter?«

Mein Herz fängt an zu galoppieren. Ob meine richtige Mutter auch so was an der Wand hängen hat?

Aufgeregte Stimmen vermischen sich in der Küche. Die Alte redet mit jemandem, den wir nicht sehen können. Davids Stimme und die des Alten kommen dazu.

»Da seid ihr ja endlich.« Eine schlanke Gestalt bückt sich unter dem niedrigen Türstock durch und kommt herein. Mein Herz kriegt sich nicht mehr ein vor Aufregung. Das kann doch nicht sein! Das heißt, es kann wohl sein, aber ich glaube es nicht, weil es mir noch absurder erscheint als die ganze Reise.

»Herzlich willkommen in Crăciuneşti.« Ramona lächelt ihr herzliches Lächeln. Ich werde von Heimweh schier überwältigt und schluchze los. Nichts erscheint mir in diesem Moment normaler, als dass Ramona sich zu mir auf das uralte Sofa setzt und mich in die Arme nimmt.

Olofsson

Die Rolle des stummen Dieners konnte auch ganz angenehm sein. Einen Vorteil schätzte Olofsson besonders. Man konnte sich aus den anstrengenden Sachen heraushalten und wurde eventuell hinterher fürs Aufräumen benötigt. Dieser Umstand war noch nicht bis zum letzten Punkt geklärt, aber da verließ Olofsson sich auf sein Bauchgefühl. Und das sagte laut und deutlich: Hunger.

Nach ein paar Minuten war das Schluchzen der kleinen Eklund versiegt. Ramona und die Nachbarin Aurelia hatten einen Tisch mit einer »kleinen Mahlzeit«, wie Ramona betonte, ins Wohnzimmer gebracht. Nun saß man und aß schweigend das, was Küche und Vorratskammer der Alten hergaben. Wenn Gäste kamen, wurde gegessen, basta!

»Would you like some more mămăligă cu smântână?« Aurelia Unghulescus Englisch war für diese abgeschiedene Ecke, in der außer Rumänisch nur noch Russisch gesprochen wurde, ganz passabel. Nur beim Essen kam sie ins Schleudern.

Olofsson nickte. Eine weitere Portion Maisbrei mit Büffelrahm wurde auf seinen Teller gehievt. »You mean grits and cream.«

Er hätte nicht gedacht, dass Grütze mit fettem Rahm so lecker war. Seine Cholesterinwerte mochten in den Himmel schießen, aber das bekam sein Arzt in Malmö ja nicht mit. Nur den Selbstgebrannten, den der Alte ihm anbot, musste er dankend ablehnen. Ein schnapsgetränkter Verstand war eher hinderlich, wenn man einen klaren Kopf behalten wollte.

Aurelia und die Alte freuten sich über den Appetit der unverhofften Gäste. »Nehmen Sie noch, Herr Kommissar?« Ramona hielt ihm die Schüssel mit dem Rahm hin.

»Danke, nein, ich habe noch.« Er deutete auf seine Portion. »Aber ihr vielleicht? Ihr müsst nach der langen Fahrt fix und fertig sein.«

»Ich hätte gern noch von dem Gelben da.« Tom reichte Ramona seinen Teller. »Die Strecke war nicht ganz einfach, stimmt schon.«

»Sie war die Hölle«, murmelte David.

Tuva senkte den Kopf noch tiefer über ihren Teller. Verstohlen wechselte Olofsson mit Ramona einen Blick. Sie schüttelte leicht den Kopf. Also hatte sie mit Tuva noch nicht über die familiären Verhältnisse gesprochen.

»Ihr könnt euch nach dem Essen bei Aurelia ausruhen.« Beiläufig stellte Ramona die Flasche Murfatlar neben Olofssons Teller. »Sie freut sich, euch heute Nacht zu beherbergen.«

»Danke schön.« Hastig trank Tom einen Schluck Wasser. »Ich weiß nicht, ob es nicht besser ist, wenn wir uns schon heute auf den Rückweg machen.«

Erstaunt wandte David den Kopf. »Wo willst du denn hin?«

»Nach Hause.«

»Ganz schlechte Idee.«

»Warum?«, hakte Olofsson nach. Er erntete verbissenes Schweigen.

»Sie wollen nicht umziehen«, platzte Tuva heraus. »Das heißt ...«

»Das heißt, dass wir schön blöd wären, wenn wir dem Assistent entgegenfahren.« Wütend starrte David seinen Bruder an, der blass geworden war. Bedächtig legte Olofsson sein Besteck neben den Teller. »Wer ist der Assistent?« Tuva schluckte. Der Hunger war ihr vergangen. »Er wollte uns beseitigen.«

»Das wissen wir nicht«, widersprach Tom heftig.

»Er hat uns verfolgt«, fuhr David seinen Bruder an. »Er wollte uns sicher töten. Bestimmt arbeitet er mit der roten Russin zusammen!«

»Rote Russin?« Ramona runzelte die Stirn. »Ja, sie hat rote Haare und stand in Prag plötzlich in unserem Hotelzimmer«, erklärte Tom. »Sie hat uns ihre Knarre vorgehalten und gebrüllt, dass wir uns nicht bewegen sollen.«

Alarmiert hob Olofsson die Augenbrauen. »Und weiter?«

»Dann wurde sie von so einem Lauch niedergeschlagen.« Davids Stimme war immer leiser geworden, als wäre ihm aufgegangen, dass er besser geschwiegen hätte.

»Umziehen solltet ihr also.« Mit großer Geste griff Olofsson zu seinem Weinglas und lehnte sich auf dem Sofa zurück. »Und weil ihr keine Lust habt, die Weltstadt Malmö zu verlassen und ins Nirgendwo zu ziehen, habt ihr die Gelegenheit genutzt und seid mit Tuva abgehauen. Oder?«

»Ja«, antworteten Tom und David unisono.

Die Alte hob den Teller mit dem Mămăligă. »Altceva?«

»Nu, mulțumesc«, murmelten alle.

Bei Speise und Trank lernte sich eine Fremdsprache immer noch am leichtesten. Olofsson gönnte sich einen großen Schluck Wein. »Ich glaube, es ist an der Zeit, hier noch ein paar andere Dinge klarzustellen. Erstens: Wenn ich umziehe, dann helfen mir in der Regel dabei Leute, bei denen ich sicher bin, dass sie mir nicht anschließend im Urlaub auflauern.«

Klappernd landete Tuvas Löffel im Teller.

»Wenn ich denke, dass diese Umzugshelfer eine Waffe auf mich richten könnten«, fuhr Olofsson fort, »habe ich entweder was ausgefressen oder ich hänge irgendwo drin, wo ich besser nicht hineingeraten wäre.«

David und Tom reagierten nicht.

»Drittens: Ich weiß etwas über eure Eltern, das euch anscheinend auch nicht ganz unbekannt ist.« Stumm dankte Olofsson Modersson für diesen Hinweis. »Sonst hättet ihr ja nicht im entscheidenden Moment die Flucht ergriffen.«

»Unsere Eltern wollten die Kinder retten«, platzte Tom heraus. »Deshalb haben sie die Kinder – haben sie die Adoptionen der Kinder beschleunigt.«

»Sie haben mit ihnen gehandelt«, präsizierte Olofsson. »Und das ist strafbar.« Er schaute Tuva an, die mit gesenktem Kopf auf dem Sofa zwischen den bunten Kissen hockte. »Unter anderem deshalb seid ihr hier.«

Tuva begann zu zittern.

Elegant prostete Olofsson Ramona zu. »Ihr Einsatz, Ramona.« Sie musterte ihn abschätzig. »Europenii sunt barbari«, brummte sie. »Hätten Sie das nicht etwas feinfühliger angehen können?«

»Ich gehe davon aus, dass der Fakt allgemein bekannt ist.«

»Schon in Ordnung«, meinte Tuva müde. »Bringen wir es hinter uns. Du bist meine Mutter, nicht wahr?«

Durch Ramonas Arm lief ein fast unmerkliches Zittern. »Wie kommst du darauf?«

»Weil du hier bist. Und du hast auch ein Muttermal auf der linken Wange wie ich.« Vorsichtig berührte Tuva ihr Gesicht. »Es hat sogar eine ähnliche Form.« Davids Kauen stoppte mitten in der Bewegung. Langsam schüttelte Ramona den Kopf. »Nein.«

»Aber wer dann? Milva? Sie hat auch so eins.«

»Milva war meine Schwester.« Ramona musste ein paarmal schlucken. »Du und ich, wir sind Cousinen.«

Flüsternd erhob Aurelia sich und zog die Alte hinter sich her. Auch so verstanden sie, dass sie die Besucher jetzt besser allein ließen. Der Alte folgte schlurfend.

»Sie *war* es?«

Einen Augenblick schien es, als würde Ramona um ihre Fassung ringen. »Sie ist vor kurzem von uns gegangen.«

»Das tut mir so leid. Sie hatte sich so auf ihren Urlaub gefreut!« Erschüttert ergriff Tuva Ramonas Hände. »Erst Uta und dann Milva. Weiß Mama schon Bescheid? Sie hat Milva so sehr gemocht!«

Ramona suchte sichtlich nach Worten. Ihr Mund öffnete und schloss sich wie bei einem Fisch, als müsste sie für die nächsten Sätze besonders viel Sauerstoff aufnehmen. »Ich hatte noch keine Gelegenheit, sie ...«

Die Tür zur guten Stube flog auf. Schwäche überkam Tuva. Ramonas kalte Hände entglitten ihr.

Tuva

Quicklebendig und offensichtlich stinksauer steht Uta, meine Tante, die vor ein paar Tagen in der Leichenhalle von Malmö identifiziert wurde, in der Tür!

»Întinde-o strigoiule!« Ramona fackelt nicht lange. Das Geschirr klirrt, als sie mit einem Satz über den gedeckten Tisch hechtet und auf Uta losgeht. Faust links, Faust rechts, Uppercut! Uta strauchelt, fängt sich, holt aus, schlägt zurück, aber nicht halb so fest wie Ramona.

Plötzlich drängen sich Olofssons Shorts dazwischen, seine dicken Arme wirbeln herum. Das Knäuel rumpelt durch die Tür, Schreie, Krachen und das satte Klatschen von Fäusten auf Körpern entfernen sich.

»Uta lebt also wirklich«, stelle ich überflüssigerweise fest.

»Warum?«

Eine Antwort bekomme ich natürlich nicht. Die Jungs sind verschwunden, bevor ich meine Frage formuliert habe. Vielleicht sollte ich auch hinausgehen, um mich davon zu überzeugen, dass es wirklich Uta ist, die sich gerade mit Ramona und Olofsson prügelt. Und eventuell bekomme ich dann auch heraus, *warum* es geschieht. Ja, ich weiß, mir sollten die Haare zu Berge stehen vor Schreck, weil Uta von den Toten auferstanden ist. Ich sollte heulen und schreien und weiß der Geier was noch alles machen, um die Welt an meiner Verzweiflung teilhaben zu lassen. Je länger hier jedoch Statements mit den Fäusten ausgetauscht werden, desto mehr erhärtet sich meine Ahnung, dass Utas letztlich vorgetäuschter Tod, die Sache mit Mamas Krankenunterlagen und Milvas Urlaub mehr miteinander zu tun haben. Es ist einfach zu viel passiert, um nicht so zu denken, dazu die wenigen Fakten, die David und Tom haben durchsickern lassen, vor allem das mit den verkauften Kindern.

Meine Füße berühren kaum den Boden, so schnell bin ich in der warmen Abendsonne, doch die Sensation spielt sich vor dem Hoftor ab. Die Schlägerei ist bereits ein ganzes Stück die Straße hinunter auf den Ortsausgang zugewandert. Hätte es nennenswerten Verkehr gegeben, wäre der sicher längst zum Erliegen gekommen. Meine dünne Tante ist nicht so leicht zu bändigen, wie man meinen könnte, obwohl Tom und David kräftig mitmischen. Immer wieder entgleitet sie den harten Händen der anderen und teilt umso kräftiger aus. Es ist gar nicht so einfach, zu verfolgen, wer wen gerade an den Haaren reißt oder in welche Augen Staub geworfen wird.

Offene Fenster und Hoftore säumen den Weg. Traurige, alte, verbrauchte Dorfbewohner sind herausgekommen und feuern die Kämpfenden an. Vokabeln fliegen durch die Luft, die ich zwar nicht verstehe, die aber rein klanglich einen saumäßigen Eindruck hinterlassen. Mama würde mich rauswerfen, wenn ich sie benutzen würde! Eingreifen will jedoch keiner der Dörfler, was mich wundert, denn ein paar mehr würden genügen, um Uta zu überwältigen.

Plötzlich steht Aurelia neben mir. Ihr Gesicht drückt Hass und gleichzeitig tiefe Genugtuung aus. »Listen, girl. Uta Pieters is the witch who bought you. You knew that?«

Ihre Worte liefern den Schauder, auf den ich die ganze Zeit warte. Uta hat mich also gekauft, nicht Nova und Jorik! »From whom?«

Aurelia lacht leise. »Lasse. He is the *răufăcător* and her partner.« Ich verstehe sie nicht gleich. »Bergman is a villain! Very bad man. I was there then.« Sie lacht schrill und läuft davon. Sie will dabei sein, wenn der finale Schlag Uta endlich niederstreckt.

Lasse Bergman. Toms und Davids Vater, der mit Kindern handelt. Mir wird schwindelig.

Ein Aufschrei hallt über die Dorfstraße.

Uta hat sich losgerissen und rennt davon. Tom und Ramona überschlagen sich und Olofsson ist nach dem vielen Maisbrei mit Büffelrahm zu langsam. David macht einen halbherzigen Satz, verfehlt sie jedoch und landet im Straßenstaub.

Mit einem Mal formiert sich eine dunkle Mauer aus Leibern am Ortsende. Sie schreien, als kämen sie direkt aus der Hölle, die Männer mit den Schrotflinten und den Heu- und Mistgabeln. In geschlossener Linie marschieren sie auf Uta zu.

Sie stoppt. Hektisch fliegen ihre Haare, als sie nach einem Ausweg zwischen den Häusern sucht. Aber dieses rumänische Dorf ist klein, zwischen den Häusern sind keine Gassen und die Dorfstraße ist die einzige. Es gibt keine Nebenstraßen und keinen Ausweg.

Uta wirbelt herum und will in die andere Richtung fliehen. Doch dort stehen die Alten und brüllen sie mit ihren zahnlosen Mündern an. Es muss Zauberei sein, dass sie plötzlich Eggen, Harken und Gabeln in den Himmel recken. Ramona steht mit geballten Fäusten zwischen ihnen. Wie auf Kommando dringen sie auf Uta ein.

Ein entsetzlicher Schrei kommt aus ihrem aufgerissenen Mund. Tom, David und ich können nur zuschauen und hoffen, dass es schnell vorbei ist.

»Heilige Scheiße!« Ein Schuss kracht.

Olofssons Waffe blitzt in den letzten Strahlen der untergehenden Sonne. Aber er lässt den Arm nicht sinken, führt die Waffe nicht an den Mund und bläst auch die Rauchfahne nicht weg, weil es keine gibt.

Trotzdem erstarren alle: ich, Uta, Tom, David, Ramona und Aurelia, die Alten und die Mauer aus Leibern.

»Wir sind doch hier nicht bei den Hottentotten!«, brüllt Olofsson und nimmt endlich den Arm herunter. »Oder bei den Barbaren!« Der Zusatz bringt ihm einen seltsamen Blick von Ramona ein. »Uta Pieters, ich verhafte Sie wegen Menschenhandels!« Energisch schiebt er die wütenden Alten beiseite, bevor Schlimmeres mit Uta passiert. Ramona übersetzt laut. Gemurmel und Gelächter erheben sich. Ich habe das Gefühl, dass wir gerade haarscharf an einer Hexenjagd mit ungutem Ende vorbeigeschrappt sind. Aber echte Freude fühlt sich anders an.

Ein paar starke Männer helfen Olofsson, meine Tante abzuführen. Der mit dem besonders grimmigen Gesicht hindert die aufgebrachte Meute halbherzig daran, weiter nach Uta zu treten und zu schlagen. Er täte lieber etwas anderes mit ihr, weil sie mitgeholfen hat, die Kinder des Ortes zu verkaufen.

Tom und David stehen auf und klopfen sich die Klamotten ab, erste Schnapsflaschen werden aus Jackeninnentaschen gezogen und herumgereicht. David nimmt einen tiefen Schluck. »Jo Bro!«, röchelt er. »Tod und Pestilenz.«

Ein Schatten wächst aus der Abenddämmerung. Erst auf den zweiten Blick erkenne ich Ramona. Plötzlich weiß ich, wie es aussieht, wenn Hass in den Augen des anderen blitzt.

»Milva ist neben Magnus Pieters im Auto gestorben. Nicht Uta. Sie hat meine Schwester auf dem Gewissen.«

Sie spricht mich so unvermittelt an, dass ich fröstele. »A-aber das st-steht doch noch gar nicht fest«, stottere ich.

Ramona lächelt grimmig. »Milva hat mir erzählt, dass sie mit Magnus ein neues Leben anfangen will. Ich hatte gleich ein blödes Gefühl, als sie meinte, dass sie einen Unfall fingieren und sich ins Ausland absetzen, damit Uta ihnen nicht auf die Schliche kommt. Dabei haben die beiden Milva nur benutzt, um unauffällig verschwinden zu können. Sie wollten aussteigen.«

Das Zittern setzt wieder ein. »Und warum ist Magnus dann auch tot?«

»Mieses Karma. So sagt man doch bei euch, oder?«

Das klingt nicht mehr ganz so selbstsicher. Ist Ramona aber egal, ihr Hass scheint ungebrochen.

Aurelias Worte kehren zurück. Etwas zwingt mich, Ramona genau in diesem Augenblick danach zu fragen, obwohl ich die Antwort fürchte: »Und ich? Hat Uta mich auch – gekauft?«

Aus Ramonas Lächeln wird eine schreckliche Fratze. »Ja. Im Namen deiner Eltern hat sie mit den Bergmans Kontakt aufgenommen. Aber das solltest du besser direkt mit Nova und Jorik klären. Oder du bleibst bei uns.«

Hierbleiben? Ich? »Hast du mir deshalb die Kopie des rumänischen Briefes zugesteckt?«

»Nein. Du bist zwar eine von uns.« Ramona mustert mich von oben bis unten. »Aber du hast dich verändert. Du bist ein Mädchen des Westens. Milva hat sich immer gefragt, wie das sein kann, weil sie doch in deiner Nähe war. Und dann hast du mit den Drogen angefangen.« Ihr Blick wird hart wie Stahl. »Ich wollte dir einen Schreck versetzen, damit du dich entscheiden musst. Entweder kokst du dich zu Tode oder du hörst ein für allemal auf! Aber dann bist du abgehauen.«

»Du wolltest mich umbringen?«, frage ich verdattert.

Ganz nah tritt Ramona an mich heran. Ihre Augen blitzen. »Ich wollte dir den Teufel austreiben, der deine Familie verrückt gemacht hat. Întinde-o strigoiule! Hoffentlich war nicht alles umsonst.«

Teufel. Austreiben. Ich befinde mich in einem Land, in dem schon von Amtswegen mehr Vampire siedeln als anderswo. Mulmig ist gar kein Ausdruck für das Gefühl, das mich überfällt! »Äh, ich glaube, das hast du vorhin auch zu Uta gesagt. Was bedeutet das?«

Die Schatten in Ramonas Gesicht werden scharf. »Întinde-o strigoiule. Verschwinde, Untoter.«

Das hat gesessen! »Äh, ich glaube, ich will's gar nicht so genau wissen«, stammele ich.

Ramona mustert mich von oben bis unten. Anscheinend amüsiert sie sich gerade köstlich über mich.

Mein Blick irrt über die Dorfstraße. Nicht mehr ganz so viele Alte sind auf der Straße. Wahrscheinlich sind sie wieder in ihre morschen Häuser zurückgekehrt und begießen die Ereignisse. Von Olofsson und seinen Helfern ist nichts mehr zu sehen. Ich nehme an, dass sie Uta irgendwo festsetzen, bis die Polizei aus Baia Mare hier ist. Den nächsten Gedanke spreche ich aus, ohne darüber nachzudenken: »Was meinst du, warum ist Uta hergekommen?«

Aus der Tasche hat Ramona ein Päckchen Zigaretten gezogen und zündet sich eine an. »Ich nehme an, sie wollte verhindern, dass du und die Jungs plaudern und damit ihr neues Leben gefährden.« Sie hält mir das Päckchen hin. »Deine Tante ist eine schlechte Frau.«

Ich schüttele den Kopf. »Ich rauche nicht. Meine Tante Uta kann keine schlechte Frau sein. Sie hat mich doch zu meinen Eltern gebracht.« Unsicher schaue ich mich um. Hätte sie es nicht getan, wäre ich in dieser seltsamen Abgeschiedenheit aufgewachsen. »Außerdem hatte ich keine Ahnung, womit sie ihr Geld verdient. Was hätte ich da ausplaudern sollen?«

»Hm. Ja, vielleicht hast du recht.« Unzufrieden schnippt Ramona die Asche von ihrer Zigarette. »Uta hat dich vor dem Waisenhaus bewahrt. Aber wir hätten dich hier gebraucht.« Mit einem Kopfnicken deutet sie auf die anderen, die ihren Triumph lieber unter freiem Himmel feiern. Nur eine Handvoll scheint jünger als dreißig zu sein, bis auf das schmutzige Kind, das zwischen ihnen herumspringt.

»Die Jungen gehen weg, die Alten sterben. Bald wird es dieses Dorf nicht mehr geben. Willst du es dir nicht doch mal überlegen, ob du bei uns bleibst?«

Olofsson tritt aus einem Tor auf die Straße. Jemand drückt ihm eine Schnapsflasche in die Hand. Er nippt höflich und gibt die Flasche zurück. Wenn ich bleiben würde, wäre es nur eine höfliche Geste und würde dem Dorf nicht weiterhelfen. Denn wer höflich ist, geht irgendwann trotzdem, weil er aus Höflichkeit anderen gegenüber nicht bleiben kann. Er wird auch an anderer Stelle gebraucht.

Verlegen trete ich von einem Fuß auf den anderen. »Ich könnte irgendwann wiederkommen. Mit meinen Eltern. Also mit Mama und Papa.« Zum ersten Mal fällt mir auf, dass ich seit meiner Ankunft in Crăciuneşti nicht die Vornamen verwende, wenn von Nova und Jorik die Rede ist. »Ist denn schon mal jemand zurückgekommen?«

Ramonas nächster Zug an der Zigarette ist sehr lang. »Milva und ich. Wir wollten unsere richtige Mutter kennenlernen. Aber sie ist wie deine bei der Geburt gestorben.« Ihr Lächeln gerinnt zum Zähnefletschen. »Ist es nicht seltsam, wie hoch die sogenannte Sterblichkeit in diesem Christendorf ist?«

»Verstehe ich nicht.«

»Laut Kirchenregister ist in diesem Dorf nach der Revolution kein Kind mehr auf die Welt gekommen«, erklärt Ramona ungeduldig. »Es heißt, die Kinder sterben wegen der schlechten medizinischen Versorgung schon im Mutterleib. Andersherum erzählt man den Kindern, dass ihre Mütter bei der Geburt gestorben sind und sie deshalb zur Adoption freigegeben wurden. So sieht niemand einen Anlass, jemals genauer nachzufragen, weil der jeweils andere als verstorben gilt.«

»Heftig«, stimme ich zu.

»Und das alles für ein bisschen Geld, das die Menschen hier für ein Kind bekommen.« In Ramonas Augen stehen Tränen.

»Und wenn das Dorf von den Händlern einfach wegen der Nähe zur ukrainischen Grenze ausgewählt wurde und die Bewohner gar nichts dafür können?« Ich weiß nicht, warum mir die Alten so leidtun. Ich müsste sie doch genauso hassen, wie Ramona es tut, oder?« »Wenn ihr Dorf nur Umschlagplatz geworden ist, ohne dass sie es verhindern konnten.«

»Vielleicht hast du recht.« Die halb gerauchte Zigarette fliegt im hohen Bogen in den Straßendreck. »Vielleicht kommt der Tag noch, an dem sie den scheiß Verbrechern in die fetten Ärsche treten und dieses Dorf endlich wieder Ruhe hat.« Ramonas Hass macht mir Angst.

»He, Junge!« Eiskalt winkt sie Tom zu sich. »Warum handeln deine Eltern noch mal mit Kindern?«

»Keine Ahnung.«

Ramona ist das als Antwort zu wenig. »Hatten sie keine Wahl?«

»Was weiß denn ich!«

»Seid ihr am Ende gar nicht ihre Söhne, sondern auch nur zusammengeklaubte Russenkinder?« Ramona scheint Gefallen an ihrem Spiel zu finden. »Wollten sie ...«

»Ramona, es reicht jetzt.« Plötzlich ist Olofsson da, legt Ramona die Hände auf die Schultern und führt sie weg.

Ich bleibe zitternd zurück. Wenn ich einen Wunsch frei hätte, würde ich mich zurück nach Malmö katapultieren.

Meine Finger greifen automatisch in meine Hosentasche. Das Handy liegt besser denn je in meiner Hand. Ich ändere die Einträge von Nova und Jorik in »Mama« und »Papa«.

»Was machst du?«

Erschrocken schaue ich auf. Die kurze Zeit hat gereicht, um die Nacht hereinbrechen zu lassen. Wusste gar nicht, dass das so schnell gehen kann. Das Handy beleuchtet Davids Gesicht von unten. Die Schatten machen ihn den Menschen hier ähnlicher. »Ich hab was zu erledigen.«

»Ruf jetzt bloß niemanden zu Hause an«, warnt David mich.

Ich frage mich, warum er das sagt. Das Schlimmste haben wir doch schon hinter uns.

Ich komme morgen nach Hause.

Bevor ich die SMS abschicke, schaue ich mich noch einmal um. Außer David, Tom und mir sind alle verschwunden. Die Flügeltore vor den Häusern sind geschlossen. Nur der matte Schein hinter einem Fenster zeichnet einen Lichtfleck am anderen Ende der Straße. Niemand weiß, dass wir hier sind. Ich fürchte, es interessiert außer uns auch niemanden. Genauso wie sich niemand für dieses Dorf interessiert, das nur ein Warenumschlagplatz ist. Ich frage mich, was die Gründer dieses Dorfes sagen würden, wenn sie es wüssten.

»Wir haben uns noch gar nicht umgeschaut«, meint Tom. »Sollen wir noch eine Runde drehen?«

Es ist inzwischen so dunkel, dass ich mich mit dem Gehör orientieren muss. David schnieft, bis ich ihm ein Taschentuch hinhalte. »Klar, warum nicht. Eine Einkaufsmeile gibt's ja offensichtlich nicht. Ob die hier einen Friedhof haben?«

Eigentlich bin ich davon ausgegangen, dass mich heute nichts mehr schockieren kann. »Bist du bescheuert?! Ich gehe doch nicht auf den Friedhof. Und schon gar nicht bei Nacht!«

»Wieso? Dort sind eh alle tot.«

»Ja, eben!

»Außer uns traut sich bestimmt niemand hin. Also ist das momentan der sicherste Ort im Umkreis von mehreren Kilometern.«

»Ohne mich.« Ich verschränke entschlossen die Arme vor der Brust und verdecke damit mein Handy, die einzige Lichtquelle. Von einem Augenblick auf den nächsten ist es zappenduster.

Zweifaches Seufzen. Davids Handy flammt auf.

»Dann eben nicht.« Das war Tom.

Der Lichtfleck von Davids Handy wandert weg von mir.

»Ihr könnt mich doch hier nicht allein lassen!«

»Wieso nicht?« Das war David. »Interessiert doch sowieso niemanden, was mit uns ist.«

»Aber der Friedhof ...«

»Der Friedhof ist sicher«, schnauzt Tom. »Jedenfalls sicherer als die Dorfstr...«

Gepolter. Geschrei.

Abrupt hält der Lichtfleck an.

Ein Schuss.

Kurz darauf öffnen sich die ersten Tore. Lichtkegel aus Taschenlampen tanzen über den Straßenstaub. Jemand brüllt. Im Dunkeln klingt Rumänisch erst richtig gruselig!

»Boys! Come in! Bring the girl with you!«

Aurelias hartes Englisch bricht den Bann, der über uns gekommen ist. Ich renne auf die Funzel in Aurelias Hand zu und stolpere an ihr vorbei in den finsteren Hof. Hinter David und Tom poltert das Tor zu.

»Do not go out at night«, flüstert Aurelia. »It is no good!«

Gellende Schreie fliegen draußen vorbei. Drei Schüsse fallen kurz hintereinander, Aurelia reißt mich zu Boden und drückt meinen Kopf in den Staub.

Es knallt. Holzsplitter prasseln auf uns herunter.

Ich kann nicht anders, ich muss schreien, bis mir die Luft ausgeht, und bekomme eine ganze Ladung Dreck in den Mund. Dann wieder: Stille.

Neben mir zittert David wie Espenlaub.

Ganz deutlich ist das Keuchen vor dem Tor zu hören.

»Aurelia?«

»Mulțumesc lui Dumnezeu.« Aurelia bekreuzigt sich heftig und springt auf. »Domnul comisar!«

Eine Staubwolke legt sich auf mich wie eine Decke. Die Reste des Tors tun sich auf. Undeutlich sind Olofssons Umrisse im schwachen Lichtschein einer Taschenlampe zu erkennen.

»Ist bei euch alles in Ordnung?«

»Jaja.« David klingt ziemlich kläglich. »Was ist denn schon wieder passiert?«

Schwankend komme ich auf die Beine. Allmählich habe ich echt die Schnauze voll vom hiesigen Actionprogramm.

Nachdenklich wiegt Olofsson die uralte, aufgeklappte Schrotflinte in den Händen, mit der er Aurelias Hoftor den Rest gegeben hat. »Ramona hat sich Uta geschnappt und ist mit ihr abgehauen. Wir konnten sie nicht aufhalten.«

Tom hört auf, sich den Dreck abzuklopfen. »Ich dachte, Ramona wollte Uta ans Leder. Machen die beiden doch gemeinsame Sache?«

»Wer weiß das schon.« Olofsson schüttelt den Kopf. Er hätte auch sagen können: Wen interessiert das nach dem ganzen Mist noch? »Ihr geht am besten mit Aurelia ins Haus und bleibt dort, bis ich euch abhole.«

»Wann?«, rutscht es mir heraus.

»Morgen.« Beiläufig drückt er Aurelia die Schrotflinte in die Hand. »It's Radu's.«

»I know.« Wie selbstverständlich lässt sie die Flinte zuschnappen.

»You know how to use it?«

»Sure, domnul comisar. We have bears here, and wolves.«

Olofsson nickt uns zu, eine Geste, die nach der letzten Schießerei nichts Gutes mehr zu verheißen scheint, und verlässt uns. Es bleibt nur noch eine Sache, die ich erledigen muss, bevor ich mit den anderen ins Haus gehe. Ich muss ein paarmal auf den Einschaltknopf drücken, bis die SMS an Mama im Display aufleuchtet. Ich drücke auf den Senden-Button. Erst dann folge ich den anderen.

Montag

Tuva

Wenn ich ehrlich bin, habe ich immer noch nicht ganz verstanden, wie alles zusammenhängt. Dabei hat sich Hauptkommissar Olofsson gestern Abend noch ewig mit mir hingesetzt und mich vernommen. Und ein paar Antworten herausgerückt. Soweit sind nur Bruchstücke klar, aber die reichen mir eigentlich auch: Ich bin nicht abhängig von Speed, weil Tom mir fast nur Backpulver und Süßstoff angedreht hat. Für viel, viel Geld. Bei jeder zweiten bis dritten Lieferung hat er Marihuana hineingemischt, bei der letzten ein bisschen mehr. Und ich bin angeblich nur abgedreht, weil ich auf die Symptome gewartet habe. Danke auch! Andererseits ist das vielleicht ein Argument gegen eine Therapie, wenn ich es beweisen kann.

Mist.

Ramona ist mit Uta auf der Flucht, keiner weiß, warum. Man hat dem weiblichen Unfallopfer Knochenmark entnehmen können, das noch nicht zu stark geschädigt war. Die Analyse brachte das eindeutige Ergebnis: Nicht Uta ist im Wagen verbrannt, sondern Milva. Meine Eltern sind meine Eltern, weil Uta mich für sie gekauft hat. Unter anderem. Insgesamt ist Uta das Geschäft wohl zu heiß geworden, weshalb sie aussteigen und untertauchen wollte.

Crăciuneşti in Maramureş ist nur ein Ort von sechs in Rumänien, die zufällig den gleichen Namen tragen.

Und Hauptkommissar Olofsson hat wirklich nur Cargo-Shorts mit großen aufgenähten Taschen dabei. In einer davon versenkt er sein Handy. »Die Kuriere brauchen noch zehn Minuten für die Formalitäten.«

»Kuriere für die Luftfracht«, witzelt David.

Olofsson verzieht den Mund zu etwas, das nicht mal mit viel gutem Willen als Grinsen durchgeht.

Tom wirft einen Blick auf die Abflugtafel. »Ein bisschen Zeit haben wir ja noch.«

Mir geht es zum ersten Mal seit Tagen wieder gut, weil ich endlich weiß, wo ich hingehöre. Das reicht nicht zum Glücklichsein, denn ich habe trotz der Hitze ein verdächtiges Kratzen im Hals.

»Bin schon gespannt, wo sie uns hinbringen.« Davids gute Laune nervt.

»Weit weg«, brummt Olofsson. »Habe ich doch schon gesagt.«

»Ich hätte aber gern gewusst, wo genau Weitweg liegt.«

»In ein paar Stunden weißt du es.«

Olofsson bringt so leicht nichts aus der Ruhe. Hätten wir die Fahrt nach Rumänien mit ihm gemeinsam gemacht, wäre manches sicher glatter gelaufen. Und langweiliger.

Tom weiß anscheinend nicht, was er sagen soll. Da haben wir ausnahmsweise mal was gemeinsam! Wir starren uns an wie zwei Hunde an der kurzen Leine, die sooo gern miteinander spielen würden, aber nicht dürfen.

»Aurelia hat mir eine Zahnbürste geschenkt«, sagt Tom schließlich. »Weil sie meinte, dass man als zivilisierter Europäer immer eine dabeihaben sollte.«

Ich muss grinsen. »Hast du sie denn schon benutzt?«

Zögernd nickt er. »Ich fürchte nur, es hat nichts genützt. Dieser Selbstgebrannte ätzt sich dauerhaft in die Mundschleimhaut ein.«

»Hauch mich mal an.«

Er tut es. Ich muss ihm recht geben: Sein Atem riecht immer noch scharf nach Schnaps.

»Kommt aber besser als die Wolke von gestern.« Ich verziehe die Lippen zu etwas, das ich für einen Kussmund halte, und blicke ihm tief in die Augen. Eigentlich mache ich das nur wegen Nelli. Ich habe mir vorgestellt, wie ich in der Schule auf sie zugehe und sage: »Er hat mich zum Abschied geküsst.« Das wird sie aus den Socken hauen!

Tom reagiert prompt. Er lässt sogar seine tiefblauen Augen für mich blitzen. Die Spannung steigt, jedenfalls bei ihm. »Jetzt mach endlich«, sagt David. »Ich schau auch woanders hin.« Tom gehorcht. Technisch gesehen macht er alles richtig: Er tritt ganz dicht an mich heran. Beugt sich zu mir herunter. Dann Blick – Blick. Kopf schief legen. Augen schließen. Seine Lippen auf meine drücken. Knutsch. Einundzwanzig. Zweiundzwanzig. Dreiundzwanzig. Einen Schritt zurücktreten und mich erwartungsvoll anstarren.

Ich könnte so tun, als hätte er mich aus einer tiefen Ohnmacht geholt. Aber dazu hätte ich vorher die Augen schließen müssen. Und dass ich automatisch die Sekunden mitgezählt habe, kommt mir auch nicht ganz astrein vor. Also warum sollte ich ihm was vorspielen?

»Danke«, sage ich. Der Frosch im Hals zeugt nicht von Leidenschaft, sondern von der beginnenden Erkältung und meiner Blödheit, wie Toms verwirrter Blick mir signalisiert.

»Wieso danke?«

»Na, für den Kuss«, sage ich hastig. Bescheuert. Das werde ich Nelli garantiert nicht auf die Nase binden!

Olofsson schüttelt den Kopf.

»Oh Gott!«

Davids Ausruf katapultiert uns zurück in die winzige Abflughalle von Baia Mare. »Die Russin! Der Muskelmann! Alarmstufe Rot!«

Wie gut, wenn man einen Polizisten dabeihat, der bei Gefahr automatisch zur Waffe greift, die er aber nicht im Halfter unter dem Arm trägt, wie sich im nächsten Moment herausstellt. Personen mit Waffen am Körper werden auch hier nachdrücklich aufgefordert, sie beim Sicherheitspersonal abzugeben. Weglaufen hat keinen Sinn, weil hinter uns das gut bewachte Flugfeld beginnt und die Russin nebst Muskelmann schon zu nah sind, um auszuweichen.

Im Laufen greift die Russin in ihren Mantel. Zieht ihren Ausweis aus der Innentasche. Richtet ihn gnadenlos auf uns. Knapp vor meiner Nase stoppt sie.

»Brigitta«, lese ich laut. »Hallo, ich bin ...«

»Modersson, Fachabteilung Osteuropa!« Ihre knallroten Locken springen wie Kugelschreiberfedern.

»*Sie* sind Modersson?« Ich hätte nicht gedacht, dass man Olofsson überhaupt noch in Erstaunen versetzen kann.

»Ja. Was haben Sie denn erwartet?« Ihre Stimme ist schrill und unangenehm wie ihre Haare. Mit dem Kinn, an dem wider Erwarten keine dicken schwarzen Haare sprießen, deutet sie auf David und Tom. »Pavel, schnappen wir sie uns.«

»Mitkommen«, verkündet der Muskelmann namens Pavel fröhlich.

Toms verdatterter Ausdruck ist zum Schreien! Ich fürchte, ich werde ihn genau so in Erinnerung behalten.

»Dann mal gute Reise.« Jetzt wird er auch noch knallrot wie so ein Erstklässler. Meine Güte, Tom! Ich gebe ihm die Hand, weil mir nichts anderes einfällt. Geküsst haben wir uns ja schon. »Auch so.« Dann ist David dran. »Es gibt übrigens auch Comics übers Küssen«, sagt er beiläufig.

Er meint doch nicht ... Er wird doch nicht etwa ...! »Ihr hattet eine seltsame Bibliothek in der Schule«, meine ich.

Da passiert etwas, das ich an David noch nie gesehen habe. Er errötet verlegen. »Na ja, ich meine ja nur. Falls du ...«

»Nein. Ich glaube dir auch so, dass du besser küsst als dein Brüderchen. Vielleicht das nächste Mal.« Wir wissen beide, dass es das nicht geben wird. Aber das ist auch ganz gut so. Was soll ich denn mit David? »Kannst mir ja einen Comic für Rumänisch mitbringen«, schlage ich vor.

David schaut mich eine Weile an. »Okay. Dann bis zum nächsten Mal.«

»Man sieht sich.«

Hand geben. Schütteln. Dann ein paar Schritte zurück. Taschentuch zücken. Warten, bis die beiden mit den Polizisten hinter der Absperrung zum Transitbereich verschwunden sind. Ein bisschen heulen.

Na bitte, geht doch.

Olofsson hat genug Anstand, mich fertig heulen zu lassen.

Der Kommissar wippt auf den Fußballen langsam vor und zurück. »Hatte deine Mutter zufällig eine Rubinbrosche?«

»Ja. Warum?«

»Die wird sie wohl nicht wiedersehen. Milva hat sie verhökert und Ramona das Geld zukommen lassen.«

Das ist ja ein Ding. »Und warum sagen Sie mir das?« In der Kamera-App überprüfe ich mein Aussehen. Ich bin verheult, wie es sich für ein fünfzehnjähriges Teenagermädchen in No-Name-Klamotten gehört. Und ich finde es alles andere als cool.

Olofsson schmunzelt. »Damit ihr nicht auf die Idee kommt, Ramona noch mal einzustellen.«

»Die ist doch sowieso unterwegs nach nirgendwo.«

»Deine Mutter sollte Anzeige gegen sie erstatten, damit wir nach ihr fahnden können.«

»Wozu ist das gut?«

Olofssons Schmunzeln wird zum Grinsen. »Es würde das justiziable Gleichgewicht wieder ein bisschen mehr herstellen.«

Ganz verstehe ich nicht, was er damit sagen will, weil ich zu begreifen versuche, dass Tom und David endgültig weg sind. »Ramona hat doch mit der Sache gar nichts zu tun. Ich dachte, das ist eher Utas Ding.« Ich runzele die Stirn. »Wieso haben Sie Ramona gestern eigentlich nicht auch festgenommen? Haben Sie einen Deal mit ihr?«

Unser Flug wird aufgerufen. Es scheint Olofsson ganz recht zu sein, dass er mir darauf nicht antworten muss. Schweigend lassen wir die diversen Kontrollen über uns ergehen, laufen als Letzte über das Flugfeld, steigen die Stufen hoch zum Flugzeug. Die anderen Fluggäste sitzen schon und nehmen uns gar nicht wahr. Olofsson überlässt mir den Fensterplatz. Ich überlege, welche Schlüsse ich aus diesem Trip durch Osteuropa ziehen soll. Vielleicht den, dass David der bessere Held war, weil er aus sich herausgegangen ist? Oder hatte Tom einfach nur Pech?

»Wir kommen gegen Mittag an«, sagt Olofsson. »Ruh dich aus, damit du deinen Eltern gewachsen bist.«

Stumm nicke ich, schnalle mich an und schließe die Augen.

Der Unbekannte

Also gut. Du willst mir nicht sagen, wo Uta ist und was du mit ihr gemacht hast. Damit kann ich leben. Sie ist sowieso überflüssig geworden.

Dann sag mir, wo die Bergman-Söhne sind. – Das weißt du nicht? Aurelia behauptet, du wüsstest es, weil sie es dir gesagt haben. – Nicht? Und die Eltern? – Schade. Hättest ein paar Punkte gutmachen können. – Das heißt konkret, dass du etwas verbrochen hast, von dem du gar nicht weißt, dass du es getan hast. – Das ist nicht unfair, so läuft das im Leben.

Kann sein, dass es für dich gut ausgeht. Kommt drauf an, wie die Gegenseite spielt. Wenn du meinen Vorschlag akzeptierst, kommst du noch mal mit einem blauen Auge davon.

Spar dir deine Flüche und hör mir zu, verdammt!

Meinen Berechnungen nach müsstest du ungefähr in Minsk sein. Das ist eine ganz schöne Strecke. Ruh dich in Minsk ein paar Stunden aus. Dann fährst du weiter nach St. Petersburg. Krieg heraus, was mit Kropidlow ist. Er soll dir sagen, was bei dem Gespräch mit den Bergmans herausgekommen ist. Dann rufst du mich an. Erst danach fährst du weiter bis Sapoljarni. – Ich weiß, dass das weit weg ist. Dreitausendzweihundert Kilometer ab Maramureş, wenn du es genau wissen willst. – Dort suchst du den Bohrturm von Kola SG3 auf. Oder das, was noch davon da ist. – Ja, das meine ich ernst. – Wenn du es nicht tust, bist du auf jeden Fall tot.

Auf dem Gesicht der TAROM-Stewardess zeichneten sich erste Sorgenfalten ab. Das regelte er am schnellsten mit einem charmanten Lächeln und einem ausgeschalteten Handy.

»Bin schon fertig. Wie viel Zeit habe ich noch?«

»Der Flug ist für 10.37 Uhr gescheduled.«

Na, wenn der Flug schon gescheduled war, dann hielt er sich auch daran.

Die Sache mit der Bordkarte brachte er lässig hinter sich, bevor er die Gangway nahm. An den Ersten und den Letzten erinnerten sich alle, der Erste war der Streber, der Letzte der Verzögerer. — Die Stewardess zog den Vorhang zur ersten Klasse zur Seite. Mit einem Kopfnicken bedankte er sich.

Olofsson, ich habe dich und die kleine Eklund im Blick. Ihr seid drei Reihen vor mir. Glaub ja nicht, dass der Fall schon abgeschlossen ist!

Aufmerksam scannte er die anderen Reisenden und ließ sich schließlich auf seinen Einzelsitz sinken.

Ich hätte das Strandhaus in Göteborg mit Uta Pieters drin abfackeln sollen, bevor sie auch nur hätte daran denken können, Ramona nachzufahren. Offensichtlich glaubte sie, mich im Land der Bären und Wölfe zur Strecke bringen zu können, genauso wie die Bergman-Eltern, die einfach abhauen. Und diese Walküre, diese Modersson, ist mir schon lange ein Dorn im Auge, aber für die braucht man ja ein Betäubungsgewehr wie für einen Elefanten, und eine Pershing! Pech für sie, dass sie mich alle gesehen haben und so oder so demnächst sterben müssen.

Dienstag

Olofsson

Alltag. Der Eistee war alle. Olofsson hatte vergessen, neuen mitzubringen. Nun ja. Der Raum miefte. Kein Wunder, er hatte drei Tage nicht gelüftet. Es nützte nichts, die Fenster aufzureißen; warme Sommerluft wehte herein und trieb ihm den Schweiß aus den Poren. Seufzend ließ er die Jalousie herunter in der Hoffnung, den Raum wenigstens nicht noch mehr aufzuheizen. — Brigitta Modersson hatte ihm eine letzte heisere Nachricht auf der Mailbox hinterlassen. Mehrfach spielte er die Nachricht ab, ohne Anhaltspunkte dafür zu finden, dass es sich um eine Frauenstimme handelte. Egal! Hauptsache, der Fall war abgeschlossen.

Olofsson holte sich einen Kaffee und schüttete viel Milch hinein. Heute musste er den Bericht tippen und seinem Chef erklären, warum er einen Abstecher nach Osteuropa gemacht hatte. Möglich, dass er dafür einen Rüffel bekam. Wahrscheinlicher war, dass die Akte danach ins Archiv wanderte. Zwei Stunden beschäftigte Olofsson sich bei zunehmender Hitze damit, dass Magnus' Tod felsenfest stand und Utas Tod nun widerlegt war, da Olofsson, die kleine Eklund und ein halbes Dorf sie lebend gesehen hatten.

Die Familie Bergman war ebenfalls in Kropidlows Kinderhandel- und Drogennetzwerk verwickelt, aber leider abgetaucht. Und wie sein Chef die hoch angesehenen Eklunds vor einem Skandal bewahren wollte, war Olofsson nach wie vor ein Rätsel. Es war doch immer dasselbe Konstrukt. Jemand machte viel Geld mit seiner Firma, dann kam eine Talfahrt und es musste neues Geld beschafft werden. Im Fall der Eklunds war Geld aus einer nicht gänzlich zu identifizierenden Quelle geflossen, die ihren Ursprung in Spanien hatte. Fest stand, dass Yuri Iwanow diese Konten für ein Joint Venture mit Magnus

Pieters angelegt hatte. Interessanterweise war Uta Pieters die Hauptbevollmächtigte dieses Kontos. Die schlauen Köpfe der Steuerfahndung hatten relativ schnell herausgefunden, dass in den letzten Monaten mehrere Tranchen von hier über diverse internationale Finanzkanäle in Joriks Firma geflossen waren.

Warum nahm jemand das Risiko der Geldwäsche auf sich?, hatte Olofsson sich gefragt. Vielleicht hatte Jorik von Utas Geschäften mit Kropidlow gewusst. Als die Luft für sie zu dünn wurde, hatte er seiner Schwester angeboten, ihr beim Ausstieg zu helfen, wenn sie ihm das nötige Kleingeld zur Abfederung des Bankrotts verschaffte. Wie immer gab es dafür noch keine Beweise, außer dass der Umsatz des Eklundschen Saatgroßhandels erst eingebrochen und dank belegter Investitionen wieder ausgeglichen worden war. Aber Modersson arbeitete bereits mit Hochdruck daran und suchte nebenbei nach der verschollenen Uta Pieters. Und Yuri Iwanow. Nachdenklich schaute Olofsson aus dem Fenster. Wurde auch höchste Zeit, dass sich die rote Brigitta endlich um diesen Knaller kümmerte.

Eine Vermisstenmeldung für Milva Popescu würde es nicht mehr geben. Sobald Olofsson das endgültige Ergebnis des DNA-Abgleichs schriftlich vorlag, würde er sich um die Formalitäten der Überführung ihrer Leiche nach Crăciuneşti kümmern. Hier hatte sie ihren letzten bekannten Wohnort, bevor sie in Malmö ihre Stellung bei den Eklunds angetreten hatte.

Und Ramona Popescu? Schade, dass ihm die attraktive Dunkelhaarige am Ende doch noch in die Suppe gespuckt hatte. Befreite einfach Uta und stellte sonst was mit ihr an. Ts, ts, ts.

Nur die Sache mit dem Geld gefiel ihm richtig gut. Ramona hatte ihm während des Flugs nach Baia Mare erzählt, dass Milva ihr vor dem Urlaub einen Schlüssel zu einem Schließfach am Göteborger Flughafen geschickt hatte. Darin lag eine Rubinbrosche, die sie verkaufen sollte, falls Milva etwas zustieße. Als Milva nicht wie vereinbart am Mittwoch eine SMS geschickt hatte, dass sie mit Magnus Pieters dort angekommen war, wo sie hinwollten, hatte Ramona die Brosche verkauft. Anschließend war sie zusammen mit Olofsson mit einigen Tagen Verspätung nach Crăciuneşti geflogen.

Hoffentlich ließ Nova Eklund die Sache mit Milva und der Brosche ruhen! Natürlich war es illegal, seiner Arbeitgeberin eine wertvolle Brosche zu mopsen und sie beim Hehler zu versetzen. Aber das Geld lag bei Aurelia Unghulescu sicher in einer Schatulle und wartete darauf, an fleißige Handwerker ausgezahlt zu werden. Die Häuser von Crăciuneşti brauchten Schindeln, Fensterglas, Holzbohlen. Die Wasserleitungen würde man vielleicht auch sanieren können. Nicht zu reden von den Reparationen an der Dorfstraße, die mit dem Geld zumindest angegangen werden konnten. Darin kam unter anderem Olofssons ganz private Meinung zum Ausdruck, dass man Geld nicht als Schmuck am Revers tragen, sondern der Gemeinschaft zur Verfügung stellen sollte.

Noch einmal hörte er Moderssons Nachricht auf der Mailbox ab: »Der Unfallhergang konnte mit Ihren Erkenntnissen und den Untersuchungsergebnissen fast lückenlos rekonstruiert werden. Milva Popescu hat sich mit Magnus Pieters in Göteborg am Flughafen getroffen. Der Flug in die Dominikanische Republik war auf Magnus und Uta Pieters gebucht. Milva Popescu brauchte also falsche Papiere, mit denen sie, wie ich herausgefunden habe, noch nicht eingecheckt hatte. Dann ist irgendetwas passiert, das ihre Meinung dem ganzen Unternehmen gegenüber geändert hat, sie aber trotzdem nicht hat aussteigen lassen. Vielleicht hat Pieters ihr K.-o.-Tropfen verabreicht, was an der verkohlten Leiche jedoch nicht mehr nachweisbar ist, es bleibt also reine Spekulation.«

Moderssons Bericht wollte kein Ende nehmen. Diese Frau atmete anscheinend durch die Haut.

»Das Messer, mit dem Pieters die rechte Schulter fast abgetrennt wurde, hat man auch nicht gefunden. Die KTU geht davon aus, dass es während der Fahrt aus dem Fenster geworfen wurde und in irgendeinem Feld darauf wartet, entdeckt zu werden. Fest steht jedoch, dass nur Milva Popescu es geführt haben kann, weil *sie* laut ihrer Schwester Ramona Popescu auf dem Beifahrersitz gesessen haben muss. Tja. Dem Kopf des Kinderhändlerrings sind wir immer noch nicht nähergekommen und Uta Pieters ist auch weg. Ich melde mich bei Gelegenheit bei Ihnen.« Ende. Kein Gruß, keine kollegialen Floskeln. Kein »Danke schön« dafür, dass er die Kids eingesammelt hatte. Allmählich gewöhnte Olofsson sich daran.

Das Telefon klingelte. Unterbrechungen beim Protokollschreiben waren immer willkommen. »Hallo, Zentrale hier. Eine aggressive Jugendliche ist bei einem Ladendiebstahl aufgegriffen worden, aber in der zuständigen Abteilung ist gerade niemand verfügbar. Würden Sie das übernehmen?«

»Was ist denn so schlimm daran, dass sie nicht warten kann, bis jemand von den Zuständigen Zeit hat?«, fragte Olofsson verärgert. So dringend wollte er die Protokollschreiberei nun auch nicht abbrechen.

»Sie ist sternhagelvoll und erst dreizehn.«

»Das ist trotzdem nicht mein Problem.«

»Bitte. Sie haben doch erst bewiesen, dass Sie ein Händchen für Jugendliche haben.«

Olofsson seufzte. »Na gut. Ich komme.« Er klatschte den Hörer aufs Telefon. Diese Jugend! Gestern hatte er vor Rührung einen dicken Kloß hinunterschlucken müssen, als er Tuva Eklund bei ihren Eltern abgeliefert hatte und sich alle drei kaum einkriegten vor Freude, wieder zusammen zu sein. Heute stand die Welt schon wieder am Abgrund.

Bei der Übergabe werde ich den Kollegen hoffentlich nicht allzu viel erzählen können, dachte er. An solche Geschichten würde Olofsson sich nie gewöhnen.

Es war wirklich kein schöner Anblick, wie sie da ziemlich abgefüllt am Schreibtisch des Kollegen hockte und aus glasigen Augen in die Welt starrte.

Olofsson gab sich einen Ruck. Polternd ließ er sich auf den freien Stuhl des Kollegen fallen. »Hallo, ich bin Hauptkommissar Olofsson und eigentlich im Morddezernat tätig. Ich mache das hier nur, weil ich ein guter Polizist bin und dich ganz schnell wieder zu deiner Mami schicken will, ja?«

Das Mädchen starrte ihn ausdruckslos an.

Dann eben nicht, dachte Olofsson und legte die Hände auf die Tastatur. »Wie heißt du?«

»Nelli Larsson.« Sie sprach mit schwerer Zunge.

Olofsson tippte den Namen in die Maske ein. Dann hielt er inne. »Mensch, Nelli. Hast du wirklich geklaut?«

»Ja.«

»Warum denn?«

Schulterzucken.

»Wohnst du bei deinen Eltern?«

»Bei meiner Mutter Stina Larsson, der ehemaligen Solotänzerin. Ihr gehört die große Tanzschule im Zentrum.«

Das war ziemlich ausführlich für jemanden, der einen im Tee hatte und angeblich auf Krawall gebürstet war. Olofsson warf einen Blick auf den Notizzettel, den der Kollege ihm hingelegt hatte.

»Wenn wir schon so gesprächig sind, verrätst du mir auch, warum du«, er runzelte die Stirn, »ausgerechnet Bier und Schnaps klaust? Warum nicht Bonbons oder eine Pferdezeitschrift?«

Du hast ja keine Ahnung, sagte Nellis Blick.

Olofsson seufzte. Der Malmöer Alltag hatte ihn wieder. Aber gut. Immerhin hatte er in diesem Fall vor Morden, Entführungen, weiten Reisen und dem Zusammenstoß mit großen gefährlichen Gangstern seine Ruhe. Vorerst.

Tuva

Wie ein kleines Mädchen sitze ich im Sprechzimmer von Dr. Hoglund auf dem Besucherstuhl und schlenkere mit den Beinen. Mama hockt so angespannt neben mir, dass mir das, was passiert ist, noch mehr leidtut. Alles, was es zu sagen gab, haben wir gestern Abend schon besprochen. Deshalb schweigen wir.

Papa findet es seltsam, dass ich auf einmal nicht mehr Jorik zu ihm sage. »Willst du damit was vertuschen?«, hat er gefragt. Und ich dachte mir: Bingo. Da weiß ich endlich, wo ich hingehöre und will mich auch wirklich bessern, und dann macht er mir Vorwürfe. Hätte ich mir ja denken können. Und natürlich glauben sie mir die Sache mit den Tabletten aus Süßstoff und Backpulver nicht. Weil die Testergebnisse nach meinem Zusammenbruch ja etwas anderes belegen.

Dr. Hoglund kommt herein und strahlt mit ihrem Grinsen den Rest meiner eigentlich ganz passablen Laune weg. »Schön, dich wiederzusehen, Tuva.« Ganz Ihrerseits, denke ich. Artig lasse ich meine Hand von ihr schütteln. Mamas Begrüßung fällt ebenso knapp, aber herzlicher aus. Ihre Stellung in der Malmöer Gesellschaft hat aus ihr einen Handschüttelprofi gemacht. Ich sollte echt lernen, wie man wem die Hand schüttelt und welche Miene am besten dazu passt. Ja, ich will mich wirklich ändern, verdammt noch mal!

»Nun.« Dr. Hoglund raschelt mit den Unterlagen auf ihrem Klemmbrett. »Das Schnellscreening ist ähnlich ausgefallen wie das von letzter Woche. Es wurde eine geringere Dosis von THC im Urin nachgewiesen. Immerhin, aber es gibt sie.« Sie

schaut auf, endlich, ohne zu lächeln. Seit ich Ramona begegnet bin, hege ich Lächlern gegenüber ein gewisses Misstrauen.
»Ich sehe, dass du den Fragebogen schon ausgefüllt hast«, fährt Dr. Hoglund fort. »Darf ich ihn mir mal anschauen?« Wortlos nimmt Mama ihn mir aus der Hand und reicht ihn über den Tisch. Mehrere Stunden scheinen zu vergehen, bis Frau Doktor ihre erquickliche Lektüre beendet hat. Erquicklich. So hätte David es ausgedrückt. Mir kommen die Tränen.
»Alles okay?«, fragt Frau Dr. Hoglund, der es natürlich nicht entgeht. Ich nicke hastig. »Bin ein bisschen aufgeregt.«
»Verständlich.« Sie klingt eigentlich immer noch ganz nett. »Frau Eklund, ich halte nichts davon, um den heißen Brei herumzureden. Wir sollten das Problem so schnell wie möglich in den Griff bekommen. Tuva, egal, wie oft oder wie viel Marihuana du in letzter Zeit konsumiert hast: Ich rate dir immer noch zu einer Verhaltenstherapie in einer speziellen Einrichtung.« Mama schluckt. Ich schlucke. Goodbye, nette Frau Dr. Hoglund. Hallo, Psychiatrie-Monster!

Dr. Hoglund nutzt die Gelegenheit und erklärt, dass sie in mir schon genug kriminelle Energie vermutet, um mir notfalls mit Gewalt meinen Stoff zu besorgen. Deshalb wäre eine ambulante Therapie in ihren Augen vergebliche Liebesmüh. Sie will verhindern, dass ich noch weiter abrutsche, in die falschen Kreise gerate und am Ende blabla.

Vorsichtig werfe ich einen Blick zu Mama hinüber. Ihre Miene ist im wahrsten Sinne des Wortes versteinert. Wie meine Laune auch.

Aus einer Schublade zieht Dr. Hoglund eine Broschüre über Suchtkliniken in Schweden. »In allen Einrichtungen wird Diskretion natürlich großgeschrieben. Schließlich soll die Rückkehr in den Alltag nach erfolgreicher Genesung so glatt wie möglich verlaufen.« Kurz gleitet ihr Blick über Mamas teures

Sommer-Outfit.»Tuva, unsere Psychologin hatte dir bereits ein sehr gutes Sanatorium für Jugendliche in Växjö empfohlen.« Sie blättert eine Seite in der Broschüre auf. Wenn das keine gestellten Bilder wären, könnte man meinen, es ginge um einen All-inclusive-Urlaub in Südwestschweden. Richtig krank sieht hier niemand aus.

»Aber bin ich denn wirklich so gefährdet, dass ich mir das antun muss?«, frage ich leise.

»Aus medizinischer Sicht: ja«, sagt Dr. Hoglund ernst. Wenigstens grinst sie jetzt nicht mehr.

»Aber ich habe doch nur ...« Ach, was soll's. Ja, ich habe gehascht, obwohl ich was anderes nehmen wollte. Und Entzugserscheinungen hatte ich anscheinend auch. Toll war's! Und 'nen Dreck habe ich jetzt davon.»Na gut. Es bleibt mir ja sowieso nichts anderes übrig.«

Mama atmet hörbar auf.

»Das ist sehr, sehr mutig von dir, Tuva.« Die Worte der Ärztin klingen aufrichtig.»Darüber hinaus«, fährt sie fort,»rate ich Ihnen und Ihrem Mann während Tuvas Aufenthalt im Sanatorium zu einer Paartherapie, Frau Eklund, und im Anschluss zu einer Familientherapie, falls nötig.«

Wie vom Donner gerührt setzt Mama sich auf.»Wir? Aber aber wir sind doch ...«

Ich kann es ihr an der Nasenspitze ablesen. Sie will sagen: Wir sind doch gar nicht Tuvas richtige Eltern! Zum ersten Mal seit meiner Rückkehr werde ich wütend.»Anscheinend ist das ein Familiendings. Da müssen wir gemeinsam durch.« Sie starrt mich eine Ewigkeit an, bevor sie den Kopf abwendet.

Langsam schiebt Dr. Hoglund Mama die Broschüre zu.»Nehmen Sie sich ein paar Tage Zeit, Frau Eklund. Sprechen Sie mit Ihrem Mann darüber. Wenn Sie denken, dass es besser ist, können wir Tuva bis zur Überweisung in ein Sanatorium hier als Privatpatientin aufnehmen. Andernfalls gebe ich Ihnen die

Adresse eines ambulant niedergelassenen Psychologen, der sie bis zur Aufnahme behandelt. Er ist auf Suchtproblematiken spezialisiert.«

Was Dr. Hoglund sonst noch sagt, höre ich schon gar nicht mehr. Dass ich wegen ein bisschen Hasch in eine Entzugsklinik soll, mag ja noch irgendwie angehen. Aber dass Mama mich nun, da die ganze Geschichte aufgeflogen ist, nicht mehr als ihre Tochter anerkennt, ist wirklich harter Scheiß! Ich verstehe es einfach nicht. Selbst David und Tom haben mich nicht im Stich gelassen, obwohl sie es hätten tun können. Ich beschließe, dass ich die SIM-Karte behalte, die ich von David auf der Fähre nach Rostock bekommen habe. Vielleicht ruft er ja mal an. Gedanklich gehe ich die Telefonnummern auf meinem Handy durch. Ich werde ja sehen, wer von denen mich auch hängen lässt.

»Eine Frage habe ich noch an dich«, sagt Dr. Hoglund unvermittelt. »Deine Blutzuckerwerte waren erhöht. Hast du in letzter Zeit mehr gegessen als sonst, viel Zucker oder Fett oder andere Sachen?« Weil ich nicht sofort antworte, fügt sie hinzu: »Ich will ausschließen, dass bei dir Diabetes vorliegt.«

»Unsinn. Sie wollen wissen, ob ich wegen der vielen Joints einen Fressflash hatte«, brummele ich. »Nein, hatte ich nicht! Unsere Haushaltshilfe kommt aus Rumänien. Sie kocht manchmal etwas deftig.« Erneut versteinert Mamas Gesicht.

Wohl oder übel muss Dr. Hoglund sich mit dieser Erklärung zufriedengeben. Es werden noch ein paar Floskeln und Adressen ausgetauscht, Hände geschüttelt und alles Gute gewünscht. Ich bekomme den Auftrag von Dr. Hoglund, ihr bis Ende der Woche persönlich Bescheid zu geben, für welches Sanatorium ich mich entschieden habe.

Ziemlich ernüchtert laufen Mama und ich schließlich hinaus zum Parkplatz. Die Sonne knallt vom wolkenlosen Himmel, über dem heißen Asphalt flirrt die Luft. Es könnte ein Sommertag wie jeder andere sein, aber das ist er nicht.

Ich ziehe die Beifahrertür des SUV zu und drücke sofort auf den Knopf für die Klimaanlage. Technik tut gut. Keine Ahnung, ob ich mich im SUV auf einer staubigen Straße in der Maramureş genauso sicher fühlen könnte.

Mama hat den Zündschlüssel schon ins Schloss gesteckt. Sie muss ihn nur noch umdrehen. »Danke, Kind.« Das leise Rauschen der Klimaanlage untermalt die beiden unscheinbaren Worte.

»Wofür?«

Mama schweigt.

»Du weißt doch noch gar nicht, wie ich mich entscheide und was mit Papa wird.« Welche Strafe Jorik bekommt, weil er wahrscheinlich seine Schwester, einer Schwerverbrecherin, gedeckt hat, wird sich erst in den kommenden Monaten entscheiden. Olofsson meinte, ich solle mir bloß keine Vorwürfe machen, dass ich die Ehe meiner Eltern zerstört hätte. Für den Mist wäre Jorik nämlich ganz allein verantwortlich. Gute Taten wie meine Adoption könnten Straftaten niemals aufwiegen.

»Das ist egal.« Sie schaut mich an, greift nach der Sonnenbrille auf ihrem Kopf und setzt sie auf ihre Nase. Ihre erste Träne habe ich trotzdem gesehen. »Hauptsache, du bist erst mal wieder da.« Dann dreht sie endlich den Zündschlüssel.

Wir fahren los.

Schweig still

Ein Schweden-Krimi von Mikaela Sandberg

Als die 14-jährige Nelli Larsson auf der Polizeiwache im schwedischen Ystad erscheint, ist sie verwirrt, leicht angetrunken und völlig am Ende. Sie meldet ihre Mutter Stina als vermisst, die sie kurz zuvor in einer großen Blutlache in der heimischen Küche gefunden hat. Kommissarin Hannah Lundqvist nimmt gemeinsam mit ihrem Kollegen Gunnar Nyberg sofort die Ermittlungen auf. Bald schon finden die beiden heraus, dass Stina Larsson sich verfolgt gefühlt hat, ja sogar vor einem Stalker nach Ystad geflohen war. Ist der Mann wieder da und hat Stina entführt? Die Polizisten fischen in einem Sumpf aus Lügen, nichts ist, wie es scheint. Und dann ist plötzlich auch Nelli verschwunden ...

*

»Ein Samstag ohne Alkohol ist sinnlos«, hat Anka mal gesagt. Heute wäre ich trotzdem lieber ohne Bierfahne hergekommen, und normalerweise meide ich diese Ecke auch. Aber weil ich so bin, wie ich bin, stehe ich an diesem nebeligen Samstagmorgen wieder vor dem Polizeirevier.

Allein. Übermüdet. Tot im Kopf.

Ich habe Schwierigkeiten, halbwegs gerade die Treppe hinaufzugehen und die Schwingtür aufzuschieben. Das blöde Ding hat mich mal böse am Kopf erwischt. Ich hasse es, daran erinnert zu werden. Ich war definitiv schon zu oft hier. Als ob ich kein Zuhause hätte!

Irgendwie überwinde ich die Strecke vom Eingang zum Empfangsschalter. Hier drin besteht die Welt aus dem Geruch nach altem Linoleum und dem Schweiß der übermüdeten Männer im Wartebereich. Sie tragen alle schwarze Trainingsjacken mit den charakteristischen Streifen. Anscheinend haben sie an die Runde Wodka eine Tracht Prügel angehängt … Noch kann ich umkehren. Doch Mamas Stimme, die unaufhörlich in meinem Kopf dröhnt, hält mich zurück. Immer wieder höre ich ihre letzten Worte, bevor …

Meine Gedanken versinken in Watte.

»Ich muss mit jemandem reden.« Ungeschickt stütze ich mich am Schalter ab. Die Polizistin hinter dem Sicherheitsglas mustert mich.

»Es ist dringend«, nuschele ich.

»Hallo, Nelli«, sagt die Polizistin. Verdammt, sie kennt mich! Aber mir fällt ihr Name nicht ein. »Wirklich dringend«, wiederhole ich, um nicht darüber nachdenken zu müssen. »Können Sie Inspektor Hansson …«

»Er ist im Urlaub.« Ihre klare Stimme schneidet mir das Wort ab. »Soll ich deine Mutter anrufen?«

Ich starre sie an. Genau da liegt das Problem. Ob ich ihr das irgendwie verklickern kann? »Ich muss erst mit jemandem sprechen«, flüstere ich matt. »Bitte.«

Wenn sie mich jetzt nach Hause schickt, dann … Krampfhaft würge ich den aufsteigenden Kloß hinunter. Befriedigt stelle ich fest, dass die Polizistin mit einem Schlag sehr gerade auf ihrem Stuhl sitzt. Wäre ja noch schöner, wenn ich ihr vor den Empfangsschalter kotze! Aber ich behalte alles bei mir, auch weil die Russen auf den Plastikstühlen zu mir herüberstarren.

Ohne hinzuschauen, greift sie nach dem Telefonhörer. Der frisch gestärkte Ärmel ihres hellgrauen Hemdes raschelt leise. »Setz dich, ich rufe einen Kollegen.«

»Geht auch eine Frau?«, rutscht es mir heraus.

Für einen Moment verschwimmen die Gesichtszüge der Polizistin. »Ich frage mal nach.«

Aufatmen. Das wäre geschafft.

Ich schlurfe in den Wartebereich und lasse mich auf den Stuhl in der Ecke fallen. Nein, das ist nicht mein Stammplatz, obwohl wahrscheinlich nicht mehr viel dazu fehlt. Hier sitze ich am weitesten von den Russen entfernt, die mich auch in den folgenden Minuten nicht aus den Augen lassen. Ich ziehe mir die Kapuze tief ins Gesicht und hoffe, dass ich bald hier herauskomme.

Das Telefon in der Glaskabine klingelt mindestens tausendmal, aber die Polizistin lässt sich davon nicht aus der Ruhe bringen. Parallel erstatten mehrere besorgte Bürger Anzeige wegen des Diebstahls ihrer Mülltonnen. So ist das in Südschweden: Alles läuft in geordneten Bahnen, niemand wird vergessen, die Polizei hat alles im Blick.

Fast alles. Sonst wäre ich ja nicht hier.

Ich stemme die Beine in den Boden, um nicht von dem glatten Plastikstuhl zu rutschen, und fixiere meine Schuhe, die aussehen, als wären sie mit einer Sprühdose zusammengestoßen. Sind sie in gewisser Hinsicht auch, weil Anka und ich etwas gegen Konformität haben. Da hilft manchmal eben nur Sprühlack. Von den pinken Klecksen bekomme ich Kopfschmerzen und starre den mickrigen Gummibaum auf dem staubigen Schemel an. Ihm geht es zwischen so viel Staatsmacht richtig dreckig. Wer immer diese bedauernswerte Topfpflanze in den Warteraum des Polizeipräsidiums gestellt hat, muss ein Pflanzenhasser sein.

Meine Finger tanzen auf meinen Oberschenkeln herum. Nach einer Weile ziehe ich mein Handy aus der Innentasche meiner abgewetzten Lederjacke – und stecke es wieder ein. Momentan kann ich nicht mal jemanden anrufen. Mir wird abwechselnd heiß und kalt, was die Bierdunstglocke verstärkt, die mich einhüllt. Und dann bleibt mir nichts anderes übrig, als ein Papiertaschentuch aus meiner verdreckten Jeans zu zerren und hineinzuheulen. Endlich schaut der erste Russe weg, dann gibt es auch für die anderen plötzlich nichts Interessanteres als die Info-Poster der schwedischen Luftwaffe. Ein weinendes Mädchen halten wahrscheinlich nicht mal die härtesten Russen aus. Sie an meiner Stelle hätten auch geheult, wenn sie vierzehn wären, polizeibekannt und seit ein paar Stunden ... Nein.

Ich zwinge mich, an etwas anderes zu denken.

Kurz darauf werde ich von einem Polizisten aufgefordert, ihm in den hinteren Bereich des Präsidiums zu folgen. Und dann sitze ich mitten in einem Großraumbüro vor dem Schreibtisch einer jungen Kommissarin. Sie klemmt sich die schwarzen Haare hinter die Ohren und grinst mich an, als wäre ich eine Dreijährige, die man mit einem Lächeln für sich gewinnen kann. Aber solche billigen Tricks funktionieren bei mir nicht! Gibt es so was wie Feindschaft auf den ersten Blick?

»Du bist also Nelli.« Scheinbar gedankenverloren schiebt sie zwei Blatt Papier von links nach rechts. Kommissar Hansson hat das anfangs auch gemacht, bis ich ihm gesteckt habe, dass er sich die Psychospielchen sparen kann.

»Ich bin Hanna. Wo brennt's denn?«

Erst jetzt merke ich, dass nur die untere Hälfte ihres Gesichts lächelt; ihre dunklen Augen mustern mich mit einer Mischung aus Professionalität und Desinteresse. Für sie bin ich lediglich ein weiterer Fall, der die Hälfte seines Lebens nur mit staatlicher Fürsorge bewältigen kann. Ja, die Augen sind echt wichtig, sie verraten dich, wenn du es nicht ehrlich meinst! Deshalb nehme ich ihr die Show mit der netten Tante auch nicht ab.

»Frau Hanna«, sage ich in der Hoffnung, dass meine Zunge mitspielt. »Ich ...«

Sie unterbricht mich: »Nur Hanna.« Ihre Mundwinkel schießen nach oben.

Aha – wir nennen uns beim Vornamen und sind sofort dicke Freunde. Ich könnte heulen vor Wut, dass sie mich nicht ernst nimmt, aber den Gefallen tue ich ihr nicht!

»Ich bin wegen meiner Mutter hier.« Fast hätte ich »Mama« gesagt. »Sie ist – sie ist nicht zu Hause. Ich meine ...«

Hanna runzelt die Stirn, ohne dass sie ihr falsches Lächeln aufgibt. Eine Portion Botox wäre jetzt nett, damit sie endlich die Kontrolle über ihr Grinsen verliert!

»Ich war über Nacht bei einer Freundin. Als ich heute Morgen nach Hause gekommen bin«, meine Worte schmecken bitterer als Galle, »war sie nicht da. Meine Mutter, meine ich.« Meine Stimme wackelt.

Hanna nickt, scheinbar verständnisvoll.

Wieder rauscht ein Moment vorbei, in dem ich aufspringen und wegrennen will. Wenn Kommissar Hansson nickt, dann kann ich sicher sein, dass er alles bedacht hat, was er über uns weiß, vor allem über mich. Aber diese junge Möchtegernkommissarin hat kein Recht, mein Leben einfach so abzunicken!

Hanna beugt sich vor. »Wollte deine Mutter vielleicht ...« Plötzlich fällt der Ton aus. Der Bildausschnitt verengt sich auf das Gesicht der Kommissarin, die etwas von Einkaufen und Wochenendurlaub plappert. Mein Gott, sie hat wirklich keine Ahnung! Kann sie ja auch nicht, sie war genauso wenig anwesend wie ich, als … Das Großraumbüro fängt an, sich zu drehen, ich muss mich am Schreibtisch festhalten. Anscheinend verschlechtert sich meine körperliche Performance, denn Hanna springt auf, zwei Schatten kommen von irgendwoher auf mich zu, dann starre ich in Hannas Mund, der sich unaufhörlich über mir bewegt.

»…n Ordnung? Nelli?«

Jemand hat den Ton wieder aufgedreht. Ich sitze immer noch auf dem Besucherstuhl. Einer der beiden Schatten hält mich fest, damit ich nicht vom Stuhl kippe, der andere ist eine auffallend blonde Frau. Sie drückt mir ein Glas Wasser in die Hand. Zitternd trinke ich.

»Wann ist Kommissar Hansson wieder da?«, frage ich schwach.

»Er kommt erst morgen wieder«, sagt Hanna. Sie ist angespannt wie ein Bogen kurz vor dem Schuss. »Du kannst mir auch sagen, was du auf dem Herzen hast, Nelli.« Plötzlich schimmern Sternchen in ihren Augen. Ihr Lächeln hat die magische Grenze des Jochbeins überschritten. Ich habe das irre Gefühl, dass ich ihr vertrauen kann, obwohl sie mich nicht kennt.

Mein Mund öffnet sich, doch im selben Moment wird mir klar, dass ich das Wort nicht über die Lippen bringen werde. Wenn Mama weggeht, lässt sie normalerweise einen Zettel auf dem Küchentisch, aber da war keiner. Bloß ein riesiger, dunkelroter, metallisch riechender See aus …

»Blut«, stoße ich hervor. »In der Küche. Auf dem Fußboden.« Alarmiert richtet Hanna sich auf. »Was sagst du?« Heftiges Zittern überkommt mich. »Alles ist kaputt«, würge ich heraus. »Überall Chaos.« Meine Arme schlingen sich um meinen Körper, als wollte ich mich eigenhändig erdrosseln.

Die Geräusche um mich herum schwellen an, Hanna nickt der Kollegin mit dem Wasserglas zu, die so plötzlich verschwindet, wie sie gekommen ist.

»Ein Einbruch?«, fragt Hanna.

Ich zucke mit den Schultern. Das will ich gar nicht so genau wissen. Der Polizist lässt mich los, Sätze fliegen hin und her, jemand nennt meine Adresse. Ich will aufstehen, weil ich glaube, dass sie mich nach Hause bringen werden. Aber meine Knie geben nach und ich komme nicht von diesem verdammten Stuhl hoch.

»Nelli!«

Ich merke erst, als ich hochschaue, dass ich die ganze Zeit auf meine Finger gestarrt habe.

Hannas Augen sehen dunkler aus als vorhin. »Du hast deine Mutter also nicht angetroffen, als du nach Hause gekommen bist?«

Ich nicke verstört. »Ich war nur im Flur und in der Küche. Vielleicht ist sie in einem anderen Zimmer, aber das – Blut ...«

Hanna nickt jemandem hinter meinem Rücken zu, noch einmal entsteht Unruhe. »Wir fahren«, sagt eine Stimme.

Wieder droht das Licht auszugehen. Ich konzentriere mich auf einen Kratzer in der Tischplatte, um nicht nach vorn zu kippen. Ich weiß genau, dass ich etwas vergessen habe, etwas, das Hanna unbedingt wissen muss. Aber ich weiß nicht mehr, was es war, obwohl Mama es mir gestern Abend eingetrichtert hat: »Vergiss ... nicht!«

Genau. Vergiss nicht. Aber was?

»In der Küche ist Blut, sagst du?« Hannas Stimme klingt so sanft.

Ich nicke. Das Bild des dunkelroten Sees verblasst, ein neuer Gedanke tritt in den Vordergrund. »Wir hatten Streit«, murmele ich. »Gestern.«

»Wann genau?« Das ist die Stimme des Polizisten.

»Abends. Bevor ich zu meiner Freundin gegangen bin.« Jetzt flüstere ich nur noch.

»War deine Mutter nach eurem Streit in Ordnung?« Hannas Stimme trieft plötzlich vor Verständnis, und damit verpufft die Sympathie, die ich gerade für sie entwickele. Trotzdem wage ich nicht, etwas Aufmüpfiges zu sagen oder zu lügen, denn das Blut, das leere Haus, das Durcheinander sind schon schwer genug zu begreifen.

Ich murmele: »Nein.« Und noch bevor ich das Wort ausgesprochen habe, weiß ich, dass ich einen Fehler gemacht habe. Meine mühsam aufrechterhaltene Selbstbeherrschung bröckelt. Mama war wirklich nicht in Ordnung. Sie war wegen dieses blöden Streits genauso fertig wie ich, so dass sie mit mir geweint hat, und weil ich sie einfach allein lassen wollte. Heute Morgen hätte ich mich entschuldigt, weil es mir leid tut und – weil in der Nacht etwas geschehen ist. Aber sie war nicht zu Hause, war in diesem Augenblick vielleicht noch viel schlimmer nicht »in Ordnung«, wie Hanna es nennt, und wenn ich ihren Blick nur ein bisschen zu deuten versuche ...

»Habt ihr heftig gestritten?«, schießt sie die nächste Frage auf mich ab. Ich beiße mir auf die Lippen.

»Sind dabei Dinge passiert, die dir ... leidtun?«

Meine Augen füllen sich mit Tränen. Ich presse die Zunge gegen den Gaumen. Hannas Blick wandert hinunter zu meinen Händen, fährt über meine Kleidung, sucht in meinem Gesicht nach Anzeichen, dass ich vielleicht doch mehr über das Blut in der Küche weiß. Ich habe Mama nicht angefasst, bevor ich gegangen bin, denke ich, kein einziges Mal! — Als nichts weiter passiert, riskiere ich einen Blick zu Hanna hinüber. Zwischen ihren Augenbrauen steht eine tiefe Falte. Sie will ihre Empfindungen mit den Schlussfolgerungen über den Menschen in Einklang bringen, der vor ihr sitzt: Nelli, vierzehn, alkoholisiert, vermisst nach einem heftigen Streit ihre Mutter, von der bis auf eine Blutlache keine Spur zu finden ist. Eigentlich liegt es doch glasklar auf der Hand, dass nur eines geschehen sein kann. Etwas, das so schrecklich ist, dass ich mich einfach nicht mehr daran erinnern will ... Doch Hanna rührt sich nicht, bis nach quälend langen Minuten ihr Tischtelefon klingelt. Sie nimmt den Hörer ab, lauscht, brummt etwas, legt wieder auf.

»Nelli, die Kollegen sind in eurem Haus. Deine Mutter ist nicht da, wie du gesagt hast.« Hanna seufzt energisch. »Kann gestern außer dir noch jemand bei deiner Mutter gewesen sein, nachdem du weg warst?«

Plötzlich klopft mein Herz so heftig, dass mir die Luft wegbleibt. »Keine Ahnung.«

»Hat deine Mutter vielleicht Besuch erwartet?« Hannas Stimme bekommt etwas Drängendes.

Ich schüttele verzagt den Kopf.

Hanna fährt sich durch die Haare. Sollte ich sie jemals gemocht haben, habe ich mich wohl für kurze Zeit in ein Paralleluniversum verirrt. Jetzt hebt sie den Kopf und schaut mich prüfend an. »Nelli ...«

Ich ahne, dass es gleich richtig schlimm wird, aber ich sitze einfach nur da. Ich kann ja doch nichts ändern.

»Vielleicht ist alles ganz harmlos und du bist bald zu Hause bei deiner Mutter.« Wieder ein langer Blick. »Um auf

Nummer sicher zu gehen, werde ich ein Spezialteam in euer Haus schicken, um nach dem Blut zu sehen.« Hanna hält kurz die Luft an, als hätte sie ihren Text vergessen. »Wir müssen deine Fingerabdrücke und eine Speichelprobe von dir nehmen.«

Etwas in mir erstarrt.

»Das ist reine Formsache«, fährt Hanna hastig fort. Ihre raue Hand tätschelt meinen Arm.

Reine Formsache, echoe ich. Meine Nackenmuskeln werden so steif, dass ich ein Stöhnen unterdrücken muss. Red du nur, Kommissarin Hanna. Ich weiß ganz genau, was du damit sagen willst: Du glaubst, dass ich dir etwas verheimliche. Du glaubst …

Das Zittern kommt und geht so schnell, dass die kleinen Härchen auf meinen Armen keine Gelegenheit haben, sich aufzurichten. Verzweifelt sinke ich gegen die Stuhllehne, die Stimmen und Farben um mich herum verblassen. Erschrocken stelle ich fest, dass ich die unausgesprochene Frage nicht eindeutig mit »ja« oder »nein« beantworten kann.

Habe ich Mama auf dem Gewissen?

Schweig still. Ein Schweden-Krimi von Mikaela Sandberg
© Ullstein Buchverlage GmbH, Berlin
E-Book, 200 Seiten, ISBN 978-3-95819-089-4
erschienen September 2016